作家出版社 & 悬疑世界（上海浩林文化传播股份有限公司）

悬疑世界文库

命运有无限种可能

地狱的第19层

蔡骏 著

作家出版社

目录
Contents

地狱的入口

午夜，子时。

满山的竹林都在瑟瑟颤抖，在沉沉夜色中发出潮水般的响声，似乎整个天穹都要被狂风吹落下来了。他仰望着乌黑的天空，那双深邃的灰色眼珠，已看不清周围连绵的群山，只见到几只可怕的蝙蝠，似乎是感觉到了云层中的雷电，紧张地从他头顶扑扇而过。

“就是今夜了！”当冰凉的雨点落到他的眼中，他心里便默默祈祷了起来。他又回头看了一眼，那深山竹林中的残垣断壁，不久就将被人们遗忘了。

顷刻间，山雨夹着狂风覆盖了大地，他举起一盏昏黄的煤油灯，低头小跑着冲进了残破的小院。夜雨中的灯光如鬼火般幽暗地闪烁着，但还是微微照亮了洞窟的开口，宛如黑夜里一张阴森的嘴巴。

在骇人的闪电划破夜空的刹那，他已小心翼翼地进入了洞窟中，一股不知腐烂了多少年的气息扑鼻而来，似乎外面的狂风暴雨已是另一个世界。举起灯光如豆的煤油灯照了照四周，洞窟中深邃的黑暗仿佛没有尽头。他紧张地咽了口唾沫，刚向前跨出一步，便听到黑暗中传来个沙哑的声音：“你终于来了。”

“是的，今夜我能知道秘密了吗？”这句汉语说得不流利，在深深的洞窟中发出颤抖的回声，十分可怕。

“对，今夜是个特别的日子。”

“我已经等了整整一年了。”他焦虑地拎着煤油灯，幽暗的灯光不停地摇晃着，映出了洞壁上某个高大的黑影。

然而，他依然看不到对方的脸，那似乎只是个黑暗中的幽灵。

“好吧，命中注定就是在今夜了，请说出你的问题吧。”

他的嘴角终于露出了一丝奇异的微笑，那双灰色的眼珠在煤油灯光下隐隐闪烁，就像一只回到洞穴的蝙蝠。他调整了一下呼吸，对着黑暗中的灵魂，幽幽地问出了那个古老的问题：“你知道地狱的第 19 层是什么？”

地狱的第 1 层

这个故事是春雨告诉我的。

如果你看过《荒村公寓》这本书，一定会记住那四个去过荒村的大学生，其中幸存下来的那个女生，名字就叫春雨。

现在，她是这个故事的女主角。

你们知道，因为荒村那件事的刺激，春雨曾经在精神病医院里住过一段时间，但随后奇迹般地康复出院，又回到了大学继续读书。

而你们不知道的是，当暑假结束后，我曾去学校看过春雨一次。她看起来还像初次见面时一样，脸庞清秀可人，身材匀称纤细，这样的女生很能吸引男生的眼球。

也许是经历过了荒村那件事，春雨身上唯一改变的是那双眼睛，目光变得像小鸟般谨慎小心，总是不自觉地悄悄把视线移开，似乎不敢正眼与人对视。我想，那件事留给她内心的阴影，怕是会永远存在下去吧。

我和春雨随便聊了聊，她说她已经完全恢复了，最大的心愿是在大学的最后一年里，顺利找到工作。当我和春雨话别的时候，她说自己再也不会被恐惧吓倒了，我也以为她的生活将从此归于平静。

当时我绝对没有想到，就在几个月之后的寒冬，春雨又一次出事了。也许，真的是命运的安排，让一个女孩在一年之内两度遭遇天底下最不可思议的恐惧。

现在故事开始了，你只需要倾听——

春雨的恐惧源自一条手机短信。

在这个寒冬的下午，北方南下的冷空气涤荡着一切污秽，天空似乎变得干净了许多。但谁也不会注意到，就在我们的眼皮底下，无数条电磁信号正在空气中穿梭，越过高高在上的云朵，越过水泥筑成的森林，越过大学女生宿舍的墙壁与窗户，悄悄地钻进了某个女生的手机里。

短信铃声响了。

突如其来的铃声让春雨打了一个冷战，她正在寝室里的上铺整理东西，听到从下铺传来的短信铃声。这几天突然来袭的寒流让她有些感冒，她特意在脖子上裹了一条厚厚的围巾。她把头伸到铺外看了看，原来是下铺清幽的手机。

那是一只小巧玲珑的 NOKIA 手机，孤独地躺在下铺的床单上，显示屏上闪出接收短信的荧光。

清幽上哪儿去了？应该是四个人的寝室里，现在只有春雨一个人。

她立刻下到了地上，盯着清幽的手机。

平日里的女生寝室，总是此起彼伏地响着短信铃声。最近几天清幽的手机更是忙得要命，半夜里会响起几十次，搅得春雨彻夜难眠。每当听到清幽的短信铃声，她的心里就会隐隐发怵。

正当她下意识地拿起这只手机时，寝室的门突然被推开了，清幽一路小跑着冲了进来，一阵冷风也随着她侵入了寝室。看起来清幽刚上完厕所，一进门就急急忙忙地从春雨手中接过了手机。

“有我的短信是吧？”清幽没有等春雨回答，便低下头看起了短信。

她是把背冲着春雨的,显然是不想让春雨也看到。春雨知趣地退到窗边，看着窗外的寒风卷落树上最后的枯叶。

她和清幽一直是最要好的室友，即便是心底的秘密也是相互分享的，这使她无法明白清幽这几天的变化。忽然，清幽的手搭在了她的肩膀上，毫无防备的春雨吓了一跳：“哎呀，怪吓人的。”

但清幽的表情却很奇怪，盯着她的眼睛轻声说：“你知道鬼楼吗？”

“鬼楼？”春雨嘴唇发颤地说出了这两个字。从她进入这所大学的第一年，就多次在深夜听到学姐们说起过鬼楼，使她们这些小学妹整夜不敢入睡。

“是的，能陪我一起去吗？”她的声音越来越轻，似乎没有通过嘴巴，就直接进入了春雨的大脑。

春雨背靠着冰凉的窗玻璃，摇着头说：“你要我和你一起去鬼楼？为什么？因为刚才收到的短信？”

清幽立刻将握着手机的右手放到了身后，低下头说：“你别管我的短信了，我问你去不去？”

犹豫了一会儿，春雨总算点了头：“好吧，你说什么时候去？”

“现在！”清幽冷冷地说道，那目光让春雨不敢拒绝，“难道你想半夜里去吗？”

不等春雨回答，清幽把手机挂到脖子上，拎起包跑出了寝室。

她要一个人去吗？春雨不敢想象清幽独自一人走进鬼楼的情景，她立刻披上一件外套跑了出去。

春雨在楼梯口追上了清幽，喘着气说：“你真的决心要去鬼楼吗？”

“当然，晚了就来不及了。”来不及？春雨不明白她话里的意思，但还是跟着清幽一起走出了女生宿舍。下午四点的寒风，呼啸着掠过这所大学的校园，弟弟妹妹们都竖起了衣领一路小跑，谁也没有在意这两个行色匆匆的女生。

她们在偌大的校园里走了十多分钟，终于走到了那扇门前。门上早就挂着一把大锁了，这是学校为了防止学生们私自去鬼楼而锁上的。但清幽还知道一条小路，她拉着春雨转到墙边的一条走道，通过两道围墙间狭窄的缝隙，缓缓走入一个小院子，迎面就是那栋传说中的鬼楼了。这是一栋白色的三层楼房，看起来是六七十年代建造的，显得灰蒙蒙的，所有窗玻璃都很模糊，几乎没有多少反光。虽然，这栋房子看起来还算平常，但春雨的心里却暗暗地荡了一下。春雨再回头看看清幽，只见她呆呆地望着鬼楼，眼神似有几分呆滞了，样子看起来怪吓人的。

春雨用手指捅了捅她，清幽的身体微微一颤，摇了摇头说：“春雨，这栋楼你进去过吗？”

“我哪敢进鬼楼啊。早就听学姐们说这里有一栋鬼楼，曾经是十几年前的教学楼。后来有人死在里面，经常传出闹鬼的传闻，学校因此把这栋楼给封了，禁止学生擅自闯入。大二那年，我跟几个男生来过这里，但只看了一眼就跑出来了……”

清幽似乎没有听进她的话，自顾自地说：“我进去过。”

“啊！”春雨轻轻叫了一声，她看着鬼楼二层的窗户说，“你进去过？里面什么样子啊？”

忽然，清幽缓缓地把头转了回来，表情机械僵硬，完全不像她那可爱女生的样子。她盯着春雨的眼睛，但就是不回答她的问题。随后，她把头转向了鬼楼二层的窗户。

气温越来越低，天色也渐渐暗了下来，眼前的鬼楼也似乎散发出一股阴森的气息，让春雨的汗毛都竖了起来。自荒村事件结束以后，这是春雨第一次又感到了真正的恐惧。她着急地说：“你到底要我陪你来干什么？如果不进去就快点离开吧。”

还没等清幽回答，挂在她脖子上的手机就响了起来——又是短信铃声。她立刻低下头看了看手机，微微颤抖着点了点头，接着从包里掏出一台SONY数码相机，交到春雨手中说：“给我拍一张照片吧？”

抓着小小的数码相机，春雨有些不知所措：“在这里拍照片？”

“是的。”清幽站到了鬼楼正前方，面对春雨说，“把我和整个鬼楼都拍进去。”

春雨忐忑不安地后退了几步，看着清幽身后那栋传说闹鬼的楼房，再看看头顶渐渐暗下来的天空，不由自主地举起了相机。

一直退到墙脚下，数码相机的镜头才把整个鬼楼都收进去。二层和三层的窗户都很清楚，只是屋顶上的天空太阴沉了。春雨又小心地调整了一下相机，镜头里清幽的脸毫无表情，她穿着一身黑色的外套，红色的手机醒目地吊在胸口，再加上后面那栋阴森楼房，整个画面呈现出鲜明的色彩反差。过去清幽拍照片总是摆出各种POSE，笑得天真无邪、阳光灿烂，许多男生都因为喜欢她的笑容而接近她。

不知为什么，春雨感到心里一阵悸动，隐隐约约觉得有什么东西在身边——但镜头里的画面很正常，清幽依然面无表情地站在鬼楼下面。停顿了几秒钟后，她终于按下了快门。

在定格的瞬间，春雨感到有什么东西飞到了自己的眼睛里。

春雨连忙把相机放了下来，使劲揉了揉眼睛，又似乎没有什么东西。她如释重负地长出了一口气，举起相机对清幽摇了摇：“好了，我们能回去了吗？”

清幽没有回答，她又转身看了看鬼楼的窗户，但似乎什么都没有发现。然后，她走到春雨的身边说：“谢谢你，我不会忘记你的。”

清幽的这句话，让春雨浑身不自在，通常好朋友间是不会这么说话的。春雨最后看了鬼楼一眼，偷偷地做了一个鬼脸，便拉着清幽跑出了这院子。

离开了那个鬼地方，春雨总算可以大口喘气了。她小心地问清幽：“这几天你怎么像变了一个人似的，就连说话都怪怪的。”

但清幽并不答话，只有挂在胸口的红色手机，随着她的行走而不断跳跃，似乎已经代替主人做出了回答。

入夜以后。

春雨她们寝室里另外两个女生——许文雅和南小琴回来了。她们都属于那种并不特别出挑，但长得也不算难看的女生，只是因为人见人爱的春雨的存在，使她们显得有些暗淡了。

许文雅的个头比较小，面相也稚气未脱，晚上走在宿舍走廊里宛如哈比特族精灵。现在她一回到寝室，就蜷缩在春雨对面的下铺，聚精会神地收发起了短信，不停地制造着刺耳的铃声。

此刻，清幽正蒙着头不知看什么书，春雨好奇地拉着南小琴问："你们去哪儿了？"

南小琴眨了眨眼睛，故作神秘地说："我们去看帅哥了。"

"无聊。"这是春雨和别的女生不太一样的地方，对这种事总是反应迟钝，尽管她是很多男生暗恋的对象。

"你知道我们学校最帅的男人是谁吗？"

"这关我什么事？"春雨耸了耸肩膀，尽量装得冷漠些。

"美术系的高老师。"南小琴微微笑了笑，她是个瘦瘦长长的女孩，虽然苗条的身材都是女生们的最爱，但她过分的"骨感"却总让男生们望而却步。

"算了吧，我不认识美术系的人，也从没听说过什么高老师。"

"春雨，可今天我见到他了。正好美术系在办一个画展，下午我和许文雅特地跑去看了，见到了女生们私下传说中的高老师——哎呀，果然名不虚传，简直帅呆了！"

她的语气就像见到了某个偶像歌星，让春雨觉得有些好笑。正当南小琴滔滔不绝地讲述着巧遇帅哥的经历时，清幽站起来打开电脑，把数码相机里的照片输入到了电脑里。

春雨也站到了清幽身边，看着她打开今天下午拍的照片。

这是清幽站在鬼楼前的照片。就和下午春雨拍照片的镜头里一样，整栋鬼楼都被拍了进来，清幽面无表情地站在楼下，黑色的衣服配着红色的手机，加上阴暗的天空和背景，整张照片的感觉太奇怪了。

清幽冷冷地看着照片里的自己，忽然微微颤抖了一下，她连忙按了几下鼠标，将照片放大了一些。

"二楼的窗户！"春雨控制不住自己，失声叫了出来。

她和清幽都看到了——在照片里，鬼楼二楼右侧第四扇窗户的后面，站着一个黑色的人影。

不可思议。

清幽也睁大了眼睛，她又把图片放大了一倍，将二楼那扇窗户移到了图片浏览器的当中，几乎占据了大半个电脑屏幕。画面放大到这个程度，已经有些模糊了，照片确切无疑地显示——在二楼窗户里显出了一个黑色人影，从体形轮廓和一头长发来看，应该是一个年轻的女人。

但是，看不清她的脸。

窗户里的女人被黑影遮盖住了，只能见到一个大致的轮廓。即便把图片调整到最精确，二楼窗户的画面还是有些模糊。毕竟它在照片里只是背景中很小的部分，能够发现窗户里的女人已经很不错了。

清幽又把照片调整到正常大小，画面中央还是她自己，后面是那栋据说闹鬼的三层楼房。在楼房二层右侧第四扇窗户后面，有一个隐约可辨的黑色人影。

忽然，春雨觉得照片里二楼窗前的女人，正在看着楼下拍照的清幽，或许——还有握着相机的自己？

一想到自己，春雨立刻紧张地说："怎么会把这个人影拍进来的呢？当时，我记得镜头里除了你之外，没有发现其他人啊。"

清幽也点了点头："没错，我还特地看了看鬼楼的窗户，里面什么都没有。"

"可是，鬼楼已经被学校封了十几年了，里面不可能有人的。"

春雨已经不敢再看那张照片了，她和清幽两个人面面相觑，无法解释为何会拍出这样的影像，这似乎已经超出她们对于科学的理解了。

"如果不是人的话——那就是鬼了！"这句突如其来的话，把春雨和清幽都吓了一跳。原来南小琴已站到了她们身后，看着电脑里的照片冷冷地说。

"今天你们去过鬼楼了？"就连许文雅也从床上跳下来了，把那张小孩似的可爱脸蛋凑到了电脑屏幕跟前。

清幽的脸色更难看了，她有些生气地把电脑关了，一个人爬到床上埋头看书。

春雨向南小琴和许文雅使了个眼色，让她们不要再刺激清幽了。然后，她偷偷地看了一眼清幽手里那本书的封面，原来是《雨月物语》的中文版，大约相当于日本版的《聊斋》，作者是日本江户时代的上田秋成。她怎么会看这种书？春雨记得清幽过去最害怕这种故事了。

这时的女生寝室变得安静了许多，春雨一个人看着窗外。沉沉的夜色里不知呼啸着多少寒风，让房间里也变得阴飕飕的。

子夜，女生寝室熄灯了。

有些感冒的春雨使劲掖了掖被子，把自己裹得严严实实的。这栋女生楼已经有几十年了，每年寒冷的冬夜里，这些没有暖气的屋子，总被女生们暗中咒骂个不停。春雨蜷缩在上铺的被窝中，总感觉刚才洗澡没有洗热乎，以至于双脚还有些发凉，只能悄悄地搓着脚让它热起来。

她已经在这张上铺睡了三年多了，每晚女生寝室里特有的气味都会涌入鼻孔，想起还有半年多就要离开这里，真有些舍不得这种气味。春雨是个特别敏感的女生，就连睡觉也不会太沉，每次清幽在半夜里起床，都会把上铺的她给惊醒。虽然春雨依然闭着眼睛，但她能感觉到床架的微微颤动，然后是清幽轻手轻脚的出门声。她静静地躺着等待清幽回来，似乎寝室里的黑暗只是某种幻觉，天明很快就会降临到窗外。就这样，她又缓缓地睡着了，直到又一次被黑夜里的动静唤醒。

现在，这动静又来了。

春雨本来已经迷迷糊糊地睡着了，忽然感觉到身下一阵颤动——好像心被什么提了一下。她不由自主地捏了捏被子，这时似乎整个床架都动了起来。

她感觉到下铺的清幽站起来了，已经离开床铺走到寝室中央，她等待着清幽出门的声音，应该是去上厕所吧？

可是，春雨足足等了几分钟，却始终没有听到有人出门的声音。

清幽在干什么呢？

藏在被窝里的春雨再也憋不住了，就像小时候藏在妈妈怀里听故事那样，悄悄地睁开了眼睛。女生寝室里漆黑一团，就连窗外也没有一丝光线，就好像沉入了坟墓之中。

突然，春雨听到了脚步声。

是清幽的脚步声，她正在寝室里来回地走着，似乎还有着某种奇怪的节奏。这让春雨的心跳骤然加快了，清幽可从来没有半夜在寝室里散步的习惯啊，她悄悄地支起了身子，打开了一盏床头灯。

白色的柔光照亮了春雨的脸，也依稀照出了寝室中央的清幽——她穿着一件白色的睡裙，下摆几乎拖到了地上，原本扎起来的头发披散在了双肩，像个飘浮的幽灵似的。

更奇怪的是，清幽正在不停地转圈。

春雨有些不相信自已的眼睛，但眼前看到的一切都是真实的。清幽在绕着寝室中间的空地转圈，并发出一阵阵有节奏的脚步声。清幽的转圈是逆时针的，几乎是一个非常规则的圆形路线，她的脚步不紧不慢，身体也非常平稳，就好像是在机械地完成某种仪式。

来自上铺的柔暗光线照在清幽的脸上，无法照亮整个寝室，看起来就像是在昏暗的剧场舞台上，一束光线打在了女主角的身上，这给清幽的转圈平添了几分诡异色彩。她就和下午在鬼楼拍照时一样面无表情，但表情越是平静就越让春雨感到害怕。

忽然，对面的南小琴爬了起来，她显然也被惊醒了，揉了揉眼睛看清了转圈的清幽，立刻喊了出来："你在干吗啊？"

但清幽似乎根本没听见，继续着她的转圈，在春雨看来她似乎已转了四五十圈了。

对面下铺的许文雅也醒了，刚把头伸出被窝，就差点碰到了清幽。

许文雅立刻吓得叫了起来，蜷缩在床上哆嗦着说："清幽，你中邪了吧？"

"别乱说！"

春雨已经从上铺爬下来了，把手伸到清幽的面前挥了几下，但清幽好像没有看见，继续向前转圈。春雨终于憋不住了，站到了清幽的跟前，拦住了她转圈的路线。

清幽一下子撞到了春雨的身上，终于停下了脚步。

白色的睡裙微微颤抖，清幽低下头让黑发遮住了自己的脸，看上去就像是——贞子。

虽然春雨联想到了最可怕的东西，但她还是不顾一切地抱住清幽，用力地摇着她，要将她唤醒。

南小琴和许文雅也走到了旁边，一起帮忙呼唤着清幽。

忽然，清幽缓缓抬起头，在遮盖着半边脸庞的黑发缝隙间，露出了一只黑色的眼睛，那只眼睛冷冷地盯着春雨，是她从未见过的一种可怕目光。

但接下来发生的事，更加恐惧。

清幽的嘴唇嚅动了几下，终于吐出了一句话——

"你知道地狱的第 19 层是什么？"

瞬间，女生寝室里鸦雀无声。

因为这是一个致命的问题，谁都无法逃避。

在这个寒冷的冬夜里，春雨只觉得从清幽的嘴里打出了一行文字，深深地印在了她的脑子里。

南小琴和许文雅也怔住了，她们呆呆地看着清幽，一句话都说不出来。清幽则抿了抿嘴唇，眼神渐渐柔和了下来，就像有什么东西从她身上飞走了。春雨立刻扶住了她，只感觉清幽浑身都是冰凉的。

清幽的目光恢复了正常，茫然地看着周围三个女生，却是一脸无辜的样子。她理了理额前的头发说："你们怎么了？像看一个鬼似的看着我。"

"你还问我们？我刚才差点被你吓死了。"说话的是许文雅，那双精灵似的眼睛充满了迷惑。

"我刚才怎么了？"清幽似乎真的被吓到了。

高高瘦瘦的南小琴拉着她的手说：“你难道不知道吗？你刚才在不停地转圈，还说了句很奇怪的话，看起来就像个女巫。”

“女巫？”清幽摇摇头，重新回到自己的床铺上，“不，我什么都不记得了。”

这时春雨说话了：“清幽，好好睡觉吧，也许是白天太累了。”

清幽点了点头，像个温顺的孩子似的钻进了被窝里。

春雨回头对另外两个女生说：“你们也快睡吧，刚才的事别往心里去。”

“可是，这也太奇怪了。”许文雅咋着舌头说，“怎么会不记得呢？难道她刚才在梦游？”

“别乱说，清幽从来没有梦游的毛病。”春雨立刻止住了她们的话头。

已经是三年多的室友了，她非常了解清幽，除了半夜上一回厕所以外，清幽睡觉一直都很正常的。

南小琴识相地拉了拉许文雅，她们也都回到床上去了。

一阵寒意从窗户渗透进来，春雨这才意识到自己还穿着睡衣，连忙爬回到了上铺，把自己盖了个严严实实，祈祷着快点入眠吧。

整整一夜春雨都没睡好，一直对下铺提心吊胆。但清幽就像睡死了似的，没有发出过任何动静，让春雨白白挨了一夜。

其实，她是在思考清幽最后的那个问题。

地狱的第19层？

第二天。

清幽似乎又恢复了正常，似乎把昨晚的事情都忘了，春雨也没再提起。但在春雨的耳边，却时常响起昨夜清幽提出的问题，就像咒语似的反复回旋着，让她整天都心烦意乱。

下午，她们有一场考试，当春雨赶到考场的时候，却没有发现清幽的踪影。她赶忙给清幽打手机，但怎么也无法接通，而这时试卷已经发下来了。

这些考题对春雨来说很简单，但对其他人却可能很难。春雨注意到她前排的男生，正悄悄地取出手机，拼命地收发着短信呢。春雨暗暗好笑，虽然说禁止在考场使用手机，但这种事早已经心照不宣了。想起平时课堂上此起彼伏的手机铃声，今天的考场还算是安静了许多。

春雨第一个把试卷交了上去。

或许是因为同学们都听说过荒村那件事，当春雨第一个交卷时，大家都向她投来了异样的目光。有的女生还悄悄咬起了耳朵，好像她已经不属于人间了。

还好，半年来春雨已经习惯了别人的这种目光，她只是默默地低头走出了考场。

春雨急匆匆地赶回寝室，却发现清幽还待在下铺，捧着手机不停地编辑短信。那聚精会神的样子，就像在进行另一场考试似的。春雨问她为什么不去考试，清幽则轻描淡写地说自己身体不舒服，等过几天再去补考。春雨终于忍不住了，她坐到清幽身边问："这几天你到底怎么了？好像完全变了一个人似的。"

"我觉得我没有变。"清幽随手把手机挂到了脖子上。

"不，你完全变了。"春雨回想起了这几天发生的一切，还有半夜里响起的催命般的短信铃声，都让她心有余悸。

"自从十天前，你开始没日没夜地收发短信。本来我以为你交了新的男朋友，但现在看来我想错了。"

"我不要你管。"清幽冷冷地推开春雨的手，径直跑出了寝室。

此刻，寝室里只剩下春雨孤零零一个人，她想自己也许已失去了最后的朋友。她傻傻地坐在房间里，看着窗外的校园，直至夜幕降临。可晚饭后，依然不见清幽回来，春雨给她打了好几个电话，但要么无法接通，要么没人接听。春雨想要跑出去找清幽的，但偌大一个校园，究竟到哪里去找她呢？说不定清幽已经到学校外边去了吧，也可能她真有男朋友了？春雨就这么在寝室里不停地来回走着，竟有些不由自主地转起了圈来，就像昨天半夜里的清幽那样。春雨也被自己吓了一跳，赶紧又坐回到了椅子上。

晚上十点，南小琴和许文雅终于回来了。她们说是去看夜间画展，看来还是冲着那个传说中的帅哥老师去的。

但是，南小琴对清幽的离去并不感到意外，因为她自己就经常晚上不回寝室。南小琴还略带坏笑地说："清幽不会早就在外边有人了吧？那我们也就不便打扰她的好事了吧。"

春雨瞪了南小琴一眼，实在没心情和她们说话，不到晚上十一点便早早睡下了。

但她自己还是睡不着。

不知不觉到后半夜了，一团漆黑的寝室里静得让人窒息。春雨蜷缩在被窝里，耳朵却始终听着房里的动静。她多么希望能听到清幽进门来的声音，那小兔子般的脚步声，轻微震动的下铺和床架……

凌晨三点，清幽依然没有回来。

春雨渐渐坚持不住了，正当她要恍惚地睡着时，忽然间听到了自己手机的短信铃声。

她的手机是带有摄像功能的三星，春雨攒了三个月打工的钱买的。刚买来时让同学们嫉妒了好一阵子。

春雨抓起放在床头的手机，发现居然是清幽发来的短信。

清幽发来的是名副其实的短信，总共只有三个字：

救救我。

瞬间,春雨感到自己的胸口像被什么扎了一下。她立刻从床上坐了起来，看着手机屏幕里映出的这三个字。

“救救我？”春雨又在心里默念了一遍，耳边似乎真的听到清幽熟悉的声音……

难道清幽出事了？

她立刻又给清幽打了个电话。可清幽那边的铃声一直在响，却始终无人接听。

“清幽,我来救你了。”春雨默默地对自己说。她着急地从上铺爬了下来，打开了寝室里的电灯，把南小琴和许文雅都叫醒了。

两个睡得正香的女生被人叫醒，都是一脸茫然的样子。春雨把刚才收到的短信给她们两个人都看了，南小琴这才明白了过来，眨了眨眼睛说：“别大惊小怪了，不会是她在跟你开玩笑吧？”

“不，清幽不是这种人，她不可能骗我的。”

“可你不是说她这几天变了吗？”

“万一真是向我求救呢？半夜里说不定会遇到什么恶人，她一个女生怎么能保护自己呢？”

许文雅一边穿衣服一边说：“可深更半夜的，你能到哪里去找她呢？”

但春雨的决心已定，她迅速地穿好衣服，便跑出了寝室。

楼道里的寒风直穿而过。在这阴森的冬夜，穿着厚厚外套的春雨还是浑身发抖。在经历荒村那件事以后，她一度非常怕黑，从来不敢一个人走夜路。但此刻她已经无所畏惧了，因为她知道清幽正在呼唤着她。

春雨找到了值班老师，向他讲述了清幽可能出事的状况。可老师也是将信将疑，因为这年头学生搞的恶作剧实在太多了，许多老师都被搞得晕头转向。

老师先安慰一下春雨，让她不要太着急，因为就算是失踪报案也要超过二十四小时。而且现在半夜里也没法召集其他人。老师说他会想办法寻找清幽的，让春雨先回寝室休息。

实在没有办法，春雨又回到寝室里。南小琴和许文雅都已经睡着了。但她怎么也没法睡了，只能心乱如麻地坐在下铺，不知道该做些什么。春雨回头看了看清幽的东西，发现清幽连包都没有带走。对，下午清幽出门的时候，除了脖子上的手机外，她什么都没有带。既然清幽没有带包，那也就不可能走出大学校门，因为她身上可能一分钱都没有。

所以，清幽一定还在校园内的某处。

她会在哪儿呢？

春雨又仔细地回想了一遍最近十天来清幽所有的反常举动：除了没日没夜地收发短信外，就是昨天下午拖着她去鬼楼，还在那里拍了一张照片，结果拍出了神秘的人影。

鬼楼？

下午清幽会不会又去鬼楼了？春雨不敢再想下去了，可除此之外，清幽还能去哪里呢？

突然，一股奇怪的冲动充满春雨的胸口，她觉得自己变得勇敢无比，就好像半年前那次噩梦般的荒村之旅时那样。冲动使她在顷刻间做出了决定——去鬼楼找清幽。

不能等到明天，必须现在就去，因为清幽正在向她求救，或许晚了就来不及了。

春雨从自己的柜子底下找出了手电筒，那是她去荒村时曾经用过的。原本以为早就被扔掉了，却发现它还好好地藏着。春雨又裹上一条围巾，把自己半张脸给遮住了，便拿着手电筒跑出了寝室。

她知道不能再去找值班老师了，因为学校禁止学生私闯鬼楼，向老师说无异于自投罗网。春雨只能硬着头皮溜出了女生宿舍区，独自一人跑到黑夜的校园中。

凌晨三点多的北风继续肆虐，春雨觉得自己的胆子又和半年前一样大了。在校园路灯的指引下，她一路小跑着找到了鬼楼的方向。还是像昨天下午一样，她拐进了旁边那条巷道，终于来到了鬼楼前。

在寒冷的夜风中，春雨看不清眼前鬼楼的样子，手电筒的光打上去根本是杯水车薪。她松了松脸上的围巾，大口地喘了几下，感觉后背居然出汗了。

然而，春雨嗅到了风中带来的某种气味，使她不由自主地向前走了几步——这里正是昨天下午清幽拍照片的位置。

她下意识地向二楼的窗户看去，竟发现其中一扇窗户里露出了微弱的光线。此刻，春雨的心几乎要跳出来了。因为她已经依稀地分辨出来，微光正是从二楼右侧第四扇窗户发出的。

而那张数码照片上出现的神秘人影，也正出现在这扇窗户里。

二楼右侧第四扇窗户——这个房间里究竟有什么？

难道真的是鬼楼？一座被封闭了很多年的房子，突然在半夜里亮起了一盏微光。只有恐怖片里才有的画面，如今却活生生地出现在了春雨的眼睛里。

看着二楼窗户里的微光，春雨自然而然地想起那个神秘的人影，那个女人又是谁呢？

犹豫了好一会儿，春雨还是向前走了几步，在手电筒的光线里，照出了一扇半掩的大门。真难以置信，鬼楼的大门居然开了一道缝，好像专为迎接她而开着似的。

可春雨明明记得昨天下午，底楼这道大门是关得死死的，不知是谁打开的呢？

她已经来不及多想，既然大门为她而开，为什么不进去看看呢？

虽然女生们一谈到鬼楼的那些传闻，都会吓得浑身起鸡皮疙瘩，但对于经历过荒村的春雨来说，这已经算不了什么了。

“没关系的，这不是什么鬼楼，只是一栋被封闭的教学楼而已。”春雨在心里默默地为自己打气，然后举着手电筒，小心翼翼地走进了鬼楼。

夜探鬼楼，宛如又入古墓——

眼前的楼道就好像地下迷宫似的，立刻扬起了一阵灰尘，在手电光束之下，只照出一团团白色的光点，在四周的一团漆黑里，给人造成强烈的视觉反差。春雨在楼道里转了几圈，其实她什么都没看清，更不敢走进那一个个房间。总算发现了楼梯，春雨深深吸了一口气，便缓缓地踩了上去，来到鬼楼的二层。

二楼的走廊显得干净一些，春雨凭着记忆推算她要寻找的房间，她沿着向右的走廊走去，小心翼翼地数到了那个房间。

应该就是这里了，春雨又深吸了一口气，然后缓缓地推开了房门——果然有一线幽光。

春雨又一次感到了彻骨的恐惧，她将头伸进门里，发现这是一间不大的教室，在黑板上沿有一盏小日光灯，照出了一小片柔和的光线。

是谁开的灯？

蹑手蹑脚地走进教室，第一眼注意的就是那扇窗户，昨天下午究竟是什么人站在这窗前呢？忽然，春雨闻到了某种奇怪的气味。她穿过一排排老式课桌，循着气味走到教室的最里边……

“清幽！”她控制不住自己尖叫了出来。

是的，清幽就躺在教室的地板上，穿着下午离去时的衣服，仰面朝天，毫无表情，长发如瀑布般散在地上。

春雨立刻扑到清幽的身边，才发现清幽的嘴角已流出了鲜血。刚才闻到的奇怪气味，应该就是血的气味吧。

她伸手摸了摸清幽的脸，立刻像触电一样弹了回来——清幽的身体已经凉了。

恐惧的电流瞬间贯穿了春雨的全身，她颤抖着跌坐在了地板上，凝视着清幽平静的脸庞，恐惧渐渐化为了悲伤。

清幽死了。

这是确凿无疑的事实。就算春雨不相信自己的眼睛，但她不能不相信自己的悲伤。她仰起头看着这间空关多年的教室，黑板上的日光灯继续发出昏暗的光线，宛如来到另外一个世界——这就是鬼楼？

一点一滴的咸涩液体，从眼眶中缓缓溢了出来。春雨感到自己的心沉到了无底深渊，而眼睛也被泪水模糊了。突然，春雨注意到了清幽的胸口，那部红色的NOKIA手机还亮着，似乎刚才有新的短信进来。

不知哪儿来的力量，春雨下意识地抓起了清幽的手机。

果然，屏幕上提示有未阅读的短信。

这是清幽的手机收到的最后一条短信，内容是一个英文词组：

GAME OVER。

这是一个致命的夜晚。

是的，清幽死了。

这也是春雨在半年来，又一次亲身经历的生离死别。从此，她注定要被卷入一场不可思议的战栗体验中。

凌晨时分，春雨在鬼楼中意外发现了清幽的尸体后，立刻报告了学校。起初值班老师不敢相信，当他将信将疑地赶到鬼楼的现场，才意识到了事情的严重性。

清幽的尸体随即被送往医院，检查出来的死因更令人吃惊。医生发现清幽的舌头被齐根咬断了，口腔内大量的血块流进了气管，使清幽窒息而死。

唯一的可能性是自杀，因为被咬断的舌头上的伤口，正好与清幽的牙齿形状相吻合，所以只可能是她自己咬断了舌头。

这个消息让大家非常意外，就像武侠小说里的“咬舌自尽”，或者像传说中那样被拔了舌头？据说，只有在体育比赛中才会出现这种情况，运动员在激烈的身体冲撞中不慎咬了自己舌头，结果舌头或血块卡住了气管危及生命。

为什么用这种奇异的方式来自杀？似乎在现实中从没有过这样的案例。即便是吃饭时不小心咬到了舌头，那种钻心的疼痛也都难以忍受，更何况是自己活生生地咬下来呢？

清幽的死成了一个谜。

而无辜的春雨也被卷入漩涡之中。从清幽出事的第二天早上起，学校领导就找她谈了好几次，春雨只能反复地陈述着她所知道的一切，但这些事情过于离奇了，即便最信任她的老师，也对她的话半信半疑。

为了证实自己没有说谎，春雨打开了寝室的电脑，因为电脑里存储着那张在鬼楼前拍的照片。然而，当她开机时却发现电脑中了病毒，系统怎么也无法运行起来。后来请计算机系的老师来，却发现硬盘里的内容都被病毒自动删除了，就算送出去做硬盘恢复也未必能行。

春雨又翻出了清幽留下来的数码相机，又发现相机里存储的照片也已经被删除了。或许是那天把照片转到电脑里以后，清幽自己删除的吧。难道在冥冥之中，有某种力量在操纵着她们的命运？春雨越来越难以理解整个事件。也许那张数码照片根本就是她的幻觉，从来就没有拍过？

不，南小琴和许文雅也明明看到过照片的嘛！可现在她们两个人都被清幽的死吓坏了，不敢继续待在死者住过的房间里，不知躲到什么地方去了。春雨只能凭借记忆，回想着那张神秘的数码照片。照片背景是那栋阴森的楼房，楼前是毫无表情的清幽，还有二楼窗户里的人影——天哪，感觉像不像是遗像呢？

仔细地回想一下，还真的非常像啊！无论是背景的选择，还是清幽的那种表情，都和挂在追悼会上的遗像一样。

会不会是清幽知道要死了，所以才会跑到鬼楼前拍下自己的遗像？

或者是故意要在照片里拍下什么特殊的信息——比如，二楼窗户里的影子？春雨猛地摇了摇头，不愿再想下去了，反正现在照片也没有了。然而，虽然已确定清幽是自杀，但春雨依然受到老师和同学们的质疑。她想这一回是彻底掉进了迷宫中，再也找不到真相的出口了。

当天下午，春雨在老师陪同下去了一趟医院，她还想再看一看清幽的遗容。在医院冰冷的停尸房里，春雨又一次见到了清幽。

此刻，清幽嘴角的血迹已经没有了，她的表情依然是那样安详，只是变成了死人才有的苍白。一团团冷气包围着清幽的身体，仿佛来自天上的仙境，她不会再有任何痛苦了。

凝视着清幽现在的样子，春雨的眼眶不禁湿润了，似乎耳边又听到了清幽的声音。春雨希望这一切都只是场噩梦，可梦何时才能醒来呢？

从春雨进入大学的那年起，清幽就是她最要好的朋友。男生们常说她们是系里的两朵金花，时时刻刻形影不离，让女生们又羡慕又嫉妒。

清幽在大一那年是个沉默寡言的女生，似乎藏着什么心事却不愿说出来。以后的两年她开朗了许多，也交过几个男朋友，但后来都不了了之。因为半年前荒村那次事件，春雨曾经被许多同学另眼相看，好像她真的是个不祥的怪物似的。只有清幽还在帮助春雨，使她迅速地恢复过来，重新进入学校的正常生活。南小琴和许文雅，也是在清幽的影响之下，才接纳了春雨回到寝室。

清幽，这个唯一值得她信赖的朋友，现在已变成了一具僵硬的尸体，静静地躺在眼前。只是不知道她的舌头，现在是否还在口腔中？

一刹那间，所有的恐惧都被忘却了，春雨不由自主地伸出手，抚摸了一下清幽的手臂。

这是死者的手臂。

手指上的感觉冰凉而僵硬。这个几天前还活生生的人，她们曾共同呼吸同一寝室里的空气，睡在同一张床的上下铺，相隔只有咫尺，如今却被分隔在两个不同的世界。

春雨也不知道自己哪来的勇气，小时候家里有年老的亲戚死去，她从来是看都不敢看一眼的。现在她触摸着清幽的手，却丝毫没有感到恐惧，只有眼角的泪水滑落下来，滴在清幽苍白的脸上。

虽然是温热的泪水，但无法唤醒长眠的人。

三天之后，清幽的遗体被送去火化了。

出乎大家意料的是，春雨并没有去参加清幽的遗体告别仪式。人们猜测她之所以没去最后送别清幽，除了害怕自己会悲伤得失态以外，或许更担心别人对她指指点点的眼神。至少在周围许多人的潜意识里，已经把清幽的死看作是春雨带来的厄运了。

别人并不知道的是，当清幽被送进火化炉的时候，春雨已经在寝室里哭了一整天了。

火化后的第二天，清幽的妈妈来到了女儿生前的寝室，她是来整理清幽的遗物的。春雨一直站在旁边，默默无声地低着头，就像做错事的孩子。但清幽的妈妈并没有为难春雨，她知道春雨是清幽最好的朋友。

过去，春雨曾听其他同学说过，清幽还有一个比她大两岁的姐姐，读的也是这所大学，但不知什么原因死了。如果这是真的的话，那么清幽的妈妈已经失去了两个女儿，她的痛苦也一定是双倍的。可清幽的妈妈几乎一句话都不说，只是静静地收拾着女儿的东西，似乎所有的泪水都已经哭干了。最后，遗物全都被收拾进了一个大纸箱，清幽的妈妈捧着箱子走下了女生楼。

春雨也跟着清幽的妈妈下了楼，看到她在楼下的空地用粉笔画了一个圈，然后把箱子里的东西一件件放到圈里。

旁边已经围了许多女生，她们都不明白这是在干什么。只见清幽的妈妈用打火机点燃了一条白色的睡裙——这是清幽那晚中邪似的转圈时穿的睡裙。

春雨这才明白她在干什么。原来是在焚烧死者的遗物，将死者生前用过的东西化为灰烬，寄给阴曹地府里的鬼魂使用。几千年来，中国人一直都是这么处理逝者遗物的，春雨记得小时候家里也烧过死去长辈的衣服。清幽的妈妈跪在圆圈旁边，将死去女儿的衣服一件一件烧掉。照理说校园里是不能烧东西的，特别是在天干物燥的冬天。但没有一个人敢出来制止她，大家也都知道她心底的悲伤。

纸箱里的遗物差不多都快烧光了，春雨很熟悉被烧掉的每一样东西，那些清幽穿过的衣服，看过的书本，甚至牙膏、牙刷之类许多七零八碎的小东西，全都被扔到了圆圈里烧掉了。粉笔画出的圆圈旁边还有一个小开口，大概是要把这些东西送到阴间去的通道吧。

最后，清幽那部红色的手机也被扔到了火堆里，金属的外壳立刻被烧得扭曲了起来。

看着这部燃烧中的手机，春雨忽然想到了最后那条短信——对，短信！

清幽的手机中也许藏着重要的秘密。

等春雨明白过来已太晚了，在燃烧产生的高温下，手机的内部零件都裸露了出来，发出一股股刺鼻的气味。

来不及了，最重要的手机芯片被烧掉了。春雨叹了一口气，呆呆地看着手机变成一团废铁。清幽留在寝室里的所有遗物，都只剩下灰烬或扭曲的残骸了。

通往阴间的火熄灭了。

直到这时，清幽的妈妈才落下了眼泪。真是一个苦难而又坚强的母亲。

在清幽的妈妈离去以后，春雨依然孤零零地站在原地，眼前是一个粉笔画出的圆圈，里面有一摊摊烧剩下的遗迹。

此刻，春雨的心里在想：人的肉体毁灭了，但生前用过的东西还留着，比如内衣、毛巾、牙刷，它们与死去的主人曾那样亲近，一定还残留着主人的呼吸和影子，或者就是主人生命的一部分。所以，只有把这些东西给烧掉，才算是真正把死者给火化了。

春雨点了点头，一定是这样的。刚才当她看到清幽的衣服燃着时，感觉似乎清幽就在她的面前，穿着那件衣服一同被火焰灼烧，变成了一堆灰烬，被寒风吹到了高高的空中——究竟是上了天堂，还是下了地狱呢？

这天晚上。

许文雅总算回寝室来了，但南小琴还是不知躲到了什么地方。春雨总算遇到一个可以说话的人了，但许文雅却还给她以厌恶的眼神，一个人蜷缩在床上玩着手机，就是不愿意和春雨说话。

春雨也不愿自讨没趣，回头看看原属于清幽的下铺，已经什么都没有了，就连床单都给烧掉了，真是“人去铺空”。寝室里的空气沉闷得令人窒息，两个女生始终僵持着不说话，索性早早地熄灯睡了。

一想到下铺是空着的，春雨就睡不着了，仿佛下铺没有人睡，上铺的人就会睡不稳，连整个床架都会头重脚轻，摇摇晃晃起来。虽然这仅仅是春雨的想象，但她早已习惯了睡在清幽的上铺，不知如何度过没有清幽的寒冷冬夜。

裹在厚厚的被窝里，春雨连喘气都不敢大声，似乎有任何动静床架就会倒下去。忽然，她听到对面有一阵细微的声响。是许文雅的声音。接着是一阵开门出去的脚步声，半夜里许文雅出去干吗呢？

春雨又屏着呼吸等了好一会儿，始终都没听到许文雅回来，就算是上厕所也没那么久啊。寝室里只剩春雨一个人了，外面是寒风呼啸的黑夜，被窝里的她更加不敢动弹了，生怕床铺会有任何轻微的抖动。

突然，她听到自己手机的短信铃声响了。

这急促的短信铃声，使春雨立刻联想到了清幽出事的那晚……后背的汗又渗出来了，仿佛铃声扎在了心口。

犹豫了片刻之后，春雨还是伸出手来，把手机塞进了被窝里。现在她整个头都蒙在被子里，只有手机屏幕的荧光照亮了眼睛。蜷缩在漆黑一团的被窝里，看着眼前的手机屏幕，就好像端着手电筒到了山洞里似的。

是的，就像在山洞里发现了幽灵，看着这条半夜里的手机短信，春雨差点尖叫了出来。

这条短信竟然是清幽发出的！

虽然春雨不敢相信自己的眼睛，但短信菜单的“发件人”一栏里确确实实是——“清幽”。

平时她们两个人经常互发短信，“清幽”在春雨手机里出现频率是最高的，自然绝对不会有错。再看看这条短信发出的时间，正好是两分钟以前。可是，清幽不是……不是已经死了吗？

而在今天下午，清幽的手机也被她妈妈烧掉了。既然连手机都不存在了，那么这条短信又是如何发出的呢？即便可以把这个号码转移到别的手机上，但手机的主人都已经死了，几天来也没人动过这部手机，怎么可能会被转移掉呢？

那么唯一的可能就是——幽灵发来的短信？

蜷缩在被窝里的春雨，又想起了那天半夜里，她在床上收到清幽发来的“救救我”的短信，然后就发生了那可怕的事情。可现在清幽已经变成了骨灰，但还是给她最好的朋友发来了短信。这是真的吗？清幽发来的短信究竟是什么？

在黑暗的被窝里，春雨的手颤抖了好几分钟，终于阅读了这条幽灵短信：

你知道地狱的第 19 层是什么？

又是这个致命的问题。

春雨感到浑身冰凉，被窝里浑浊的空气几乎让她窒息了。终于，她掀开被子大口地喘了起来，这时才意识到额头已布满了冷汗。

寝室里依旧一团漆黑，春雨穿着贴身的内衣坐在上铺，已经顾不得寒冷的侵袭了。她随手打开了床头灯，柔光照亮了自己的三星手机。

“地狱的第 19 层？”春雨喃喃地又复述了一遍。那天半夜清幽在寝室里转圈时，也曾经说出过这个问题，当时把她们几个女生都吓坏了。此刻，死去的清幽又在手机短信里发来了这个问题。

这究竟是什么问题呢？春雨的脸色变得煞白，一时间根本就无法思考。地狱——难道清幽已经在地狱里了吗？

一条来自地狱的短信？

此刻，春雨的脑子已经完全糊涂了，说不清是惊讶还是恐惧，似乎黑暗中有一只无形的手，将她拽到了混乱的迷宫之中。春雨突然打了一个冷战，神经质似的说：“既然是清幽发来的短信，那么我就应该回复她才对。”她又把被子裹到了身上，右手拇指不停地颤抖着，在手机键盘上打了几个字：

清幽，真的是你吗？

停顿了几秒钟后，终于把这条短信回复了出去。

长长地嘘出了一口气，春雨感到了一阵虚脱，不知道身处地狱的清幽能否收到？

她依然裹着被子坐在上铺，床头灯柔暗的光线照在脸上，春雨觉得自己的脸色一定很苍白，就像是迷途的羔羊……

时间一秒一秒过去，折磨着春雨的心脏。

突然，短信铃声响了起来。

手机屏幕闪着荧光，春雨注意到了现在的时间，正好是午夜十二点整。她又深深吸了一口气，然后缓缓按下了拇指，看到了清幽的短信回复：

欢迎你来到地狱。

地狱的第 2 层

午夜十二点。

古书上说这个时候总是寒风呼啸，万籁俱寂，亡灵出没……

此刻，春雨正颤抖着坐在女生寝室的上铺，身上裹着厚厚的被子，看着这条刚刚收到的手机短信。

“欢迎你来到地狱。”春雨一字一顿地把这条短信又念了一遍，只感到后背凉飕飕的，仿佛已闻到了地狱的气味。她无助地看了看寝室，在床头灯的微光下异常昏暗，窗外仍然是一团漆黑，难道地狱就在身边？

春雨颤抖着摇了摇头，清幽为什么要把她也带入地狱呢？

凝视着手机屏幕，那条七个字的地狱短信，就如烙铁一样印在了她眼睛里。正当春雨不知所措时，短信铃声突然又响了起来。

依然是清幽发来的短信：

你的昵称？

看到这条短信，春雨有些糊涂了，这是什么意思？只有网络或手机聊天才输入昵称，难道清幽要和她在地狱里对话吗？

“我的昵称？”平时春雨很少上网聊天的，所以也从没用过什么昵称。她想了好一会儿，脑子里忽然冒出了一个名字——小枝。荒村的小枝？对，这个名字对于春雨来说，有着极其特殊的意义。于是，春雨在手机里输入“小枝”作为昵称，回复了出去。

刚发完不到五秒钟，春雨便收到了一条回复短信。

然而，这条短信的内容却莫名其妙：

你已进入地狱的第 1 层，将选择：1. 德古拉城堡；2. 兰若寺；3. 牙买加旅店；4. 幽灵客栈；5. 荒村进士第。

春雨又默念了一遍，更加摸不着头脑了：“地狱的第1层？”这算是什么意思？春雨立刻联想到了“十八层地狱”的说法，小时候常听到的一句咒人话就是：“把你打入十八层地狱。”那又为什么给出了这五个地名：德古拉城堡，兰若寺，牙买加旅店，幽灵客栈，荒村进士第？春雨从来没听说过“德古拉城堡”，但她知道“兰若寺”——宁采臣和聂小倩就是在寺庙里相爱的。

至于“荒村进士第”，对于春雨来说更是刻骨铭心，因为她曾经到过那个地方，在那里经历过世界上最不可思议的事。现在，她要从这五个地方里选择一处。

既然以“小枝”作为自己的昵称，那么自然就要回到“小枝”的家里去了。于是，春雨下意识地选择了“5”——荒村进士第。

她将这条编辑为“5”的短信回复了出去。

只等待了几秒钟，春雨便收到了对方回复的短信：

你已进入荒村进士第，将选择：1. 大厅；2. 小楼；3. 后院；4. 地宫。

看着这条短信，就好像又一次到了荒村似的。

现在，她又一次噩梦重温了。

春雨不由自主地选择了“后院”，编辑短信“3”回复对方。

对方的回复立刻就来了：

你已进入后院，除了一棵梅树外，你还看到：1. 坟墓；2. 古井；3. 池塘；4. 山洞。

此刻，春雨已经集中起全部精神，完全忘却了自己身在何处，也不再感到寒冷和困倦。她看着这条来自地狱的短信，仔细地回想了一下遥远的荒村……对，后院里确实有棵梅树，但没有坟墓，也没有池塘和山洞，只有一口古井。

“井！”春雨不假思索地做出了选择：“2”。

又是发出不到几秒钟就收到了回复：

你选对了，你走到古井边，俯视着幽深的井底，似乎看到了一双眼睛。你将选择：1. 继续；2. 离开。

这时春雨似乎已不能控制自己了，不自觉地选择了“继续”。

把“1”刚刚发送出去之后，对方的回复就又来了：

很遗憾，你的选择将使你后悔终生，当你站在井边向下看时，突然有一双手在你背后推了一把，使你掉入了井底。

看到这样的一条短信，春雨的手立刻颤抖了起来，只感到后背微微一热，好像真的有双手推了她一把，使她掉入了一个无底的黑洞。

春雨的身体猛摇了一下，差点从上铺摔下来。整个床架也随之而摇了起来，她不敢再这么坐着了，只得乖乖地钻回了被窝里。

短信铃声又响了起来，春雨把手机塞在被窝里翻看短信：

现在，你的四周一团漆黑，只有头顶有一圈微暗的亮光。你伸手向前摸去，四周是冰凉的井壁，长满了光滑的苔藓。

蜷缩在黑暗的被窝里，读着手机屏幕上亮出的这条短信，春雨觉得自己已经在井底了——同样是一个黑暗的环境，自己被包裹在狭小的空间里，只能看到一丝光亮，是井口还是手机屏幕？

"我真的掉到井里了？"

春雨产生了一种近乎窒息的绝望感，双手拼命地向前抓着，竟然真的摸到了冰凉的井壁，手上一片滑溜溜的感觉，那是长年不见天日的苔藓。是的，她已经身在荒村了，在古老的进士第后院的井底，坐在一堆古代投井者的白骨之上，仰望着头顶一圈微暗的天光。

她已在井底被囚禁了一百年。

正当春雨想要放声大叫时，周杰伦《东风破》的旋律忽然响了起来——那是她的手机铃声，不知是谁打来的电话。

不管是在被窝里还是古井底下，春雨还没看清来电者，便立刻接听了手机。

电话那端停顿了几秒，突然传来一个女人的声音："我们不知道犯了什么罪，为什么要在第1层地狱里才能相见。"

春雨一下子呆住了，对方的声音实在太怪异了。她从来没听过这种声音，仿佛不是从人的嘴巴里说出来的，无论节奏还是音色都非常别扭，没有一般人说话的停顿和转折，音高几乎都完全一样，又尖又细像是电影里太监的声音。

但春雨还是让自己的疑问脱口而出："你是谁？是清幽吗？"

电话那头似乎没有听到她的话，继续保持着刚才的语速说："我是典妻，一个被扔到井里而死去的女子。"

典妻？一个被扔到井里而死去的女子？难道自己在与井底的幽灵对话？春雨知道什么是典妻——这是旧中国农村古老的风俗，穷人把自己妻子高价"租"给有钱人家做妾，"租期"结束后再还给原来的丈夫。

不待春雨回答，电话那头又自顾自地说了下去："我本来有丈夫和儿子，但因家中贫困，被典到有钱的欧阳家，租期三年，为欧阳老爷延续香火。一年后，我为老爷生下一子，便想回到原来的家里。但老爷不准我出门，终日将我锁在后院。终于有一天，我逃出了欧阳家，但很快便被他们抓回。女子私逃出门，在荒村罪不可恕，按旧法施以沉井，他们便将我推到了后院的古井之中。”

紧接着，手机里传来“扑通”的一声，似乎真有什么东西落到了井里，井水飞溅到四周潮湿的井壁上，然后便是永远的黑暗……

刚才那段叙述是那样平静，在这诡异古怪的声音里，春雨仿佛看见了那个冤魂——她穿着民国初年宽大的衣袍，脑后绾着个大大的发髻，她应该还很年轻，面容美丽而苍白，坐在一口黑暗的井底，面对春雨讲述着自己悲惨的一生。

她就是典妻，一个死于民国初年的女子，她一直都在井底仰望天空，眼里带着永远都难以磨灭的怨恨。现在，她从荒村的古井底下给春雨打来了电话——不，她就与春雨面对面地坐着，缓缓地伸出那只苍白的手，抚摸着春雨恐惧的脸庞。

此时此刻，春雨感到典妻已抓住了自己的脚，拖着她不断地往下沉去，在黑暗的井底还有着更深的洞穴，这里便是地狱的第 1 层。

身体渐渐地陷入了泥水中，一切都将在黑暗中沉睡，春雨感到意识越来越模糊了——“不！”

她突然大叫了一声，双脚拼命地踹起来，直到把裹在身上的被子踢翻了。终于，春雨摆脱了厚厚的被窝，支身从床上坐了起来，那盏床头灯依然亮着，照着她惨白的脸。就像刚从井底爬上来一样，春雨大口地喘着粗气，仿佛还在不停地向外呛水。

喘了好一阵子，她才注意到自己的手机，刚才已经停止通话了，而且还进来了一条新的短信。

春雨颤抖着拿起手机，阅读这最后一条短信：

你已通过地狱的第 1 层，进入地狱的第 2 层。

看着这条短信，春雨有些茫然了，难道刚才就算是地狱的第 1 层吗？随后，她又若有所思地点了点头，看起来就像是打电脑游戏过关一样，刚才只过了第一关，紧接着还要过第二关了。

如果她刚才选择的不是“荒村进士第”，而是“德古拉城堡”或者“兰若寺”，那么应该就是完全不同的经历了。她也不会接到典妻打来的电话，而是与经典女鬼聂小倩通话吧？想到这里，春雨不禁又苦笑了一下。当呼吸渐渐平稳下来后，春雨才发现刚才最后一条短信，发件人并不是清幽，而是一个特殊的短信号码——×××××741111。

春雨觉得有些奇怪，立刻再去看一看前面收到的短信，却没有在手机里留下记录，只剩下刚才这最后一条了。

又静静地呆坐了一会儿，再也没有收到新的短信了，春雨总算长舒了一口气。

一阵寒意侵入了寝室，让只穿着内衣的她哆嗦了几下，她连忙又钻回到了被窝里。已经是凌晨一点半了，春雨再也经不起折腾了，她关掉床头灯，闭上了眼睛。

什么地狱的第几层，快点全部忘掉吧——春雨在心里嘱咐着自己，终于困倦地睡着了。

女生寝室恢复了寂静，窗外继续呼啸着寒风，不知有多少亡灵在暗夜中独行……

或许是昨夜折腾得太晚了，春雨直到早上八点才醒来。

揉着眼睛走下床铺，她希望昨夜的一切都只是场梦。然而，她又不敢再看一眼自己的手机，生怕再看到那些短信。

许文雅不知道什么时候回到了寝室，正傻傻地坐在对面下铺，聚精会神地玩着手机短信，她整个人都缩成了一团，看起来更像个玩具娃娃了。春雨看着许文雅那副样子，心里忽然有了些担心，便试探着问道："昨天半夜，你到哪里去了？"

许文雅缓缓抬起头来，似乎对春雨打断她发短信很是不满，嘴里嘟囔道："没看我正忙着吗？我半夜去哪里关你什么事？"

"我是怕你出事。"

"喂，不要触我霉头噢。"许文雅瞪了春雨一眼，但她说话的声音却似乎很虚，说完便继续低头发起了短信。

实在无话可说了，春雨摇摇头跑出了寝室。

今天是周六，虽然并没有课，但她最近正在准备明年的毕业论文。

原本准备今天出去做调查的，但这些天实在没有心情出去。

春雨拟定的论文题目是《手机短信与人类沟通》。

或许是受到了身边"拇指一族"的影响，她从去年就开始思考这个题目了。而且这样的题目比较新颖，似乎还没有其他人写过，老师看了也会觉得耳目一新。她已为此酝酿了整整一年，查阅了大量有关人类沟通历史的书籍，甚至还准备去经营短信服务的公司实习。

这几天，她已经尝试完成了论文的开头——"人类相互间沟通的历史，按照使用工具和载体来划分，大致可以分为五个阶段：第一阶段是原始人用肢体语言来沟通的身体时代；第二阶段是部落民用真正的语言来沟通的嘴巴时代；第三阶段是古人用书写文字来沟通的手写时代；第四阶段是现代人用键盘来沟通的十指时代；第五阶段就是当代人用手机短信来沟通的拇指时代。”

虽然在论文里这么写，但春雨自己也不清楚，短信是否能改变人类的生活方式。但她相信有一点是永远都不会变的，那就是人与人之间微妙的情感。但是，经过了这几天的离奇事件，春雨就再也静不下心来写论文了。想想要一个人窝在寝室里，闻着清幽遗留下来的气味，就感到心里难以抑制的酸涩。

春雨想到了两个字——地狱。

想起昨天半夜里的短信，再想想这些天的心情，她觉得自己已经在地狱里了。

地狱？

你知道地狱的第 19 层是什么？

对，清幽在那天半夜里转圈，最后也问出了这个问题。昨天半夜，春雨收到死去的清幽发来的短信，同样也是这句话。

“难道清幽的死，真的和地狱有关？”

春雨无能为力地耸了耸肩膀。但她仍然想知道，地狱究竟是什么。也许在学校的图书馆里能找到答案。

对，就这么决定了，现在是下午五点，离图书馆关门只剩下一个小时了，春雨撒丫子就跑出去了。

冬季的天色早早暗了下来，春雨低着头穿过树丛，气喘吁吁地跑到了学校图书馆里。

这所大学的图书馆建于五十年代，是那种看起来坚固无比的苏联式房子。但许多年都没有整修了，图书馆的里面显得破旧不堪，室内的采光也明显不足，即便把所有的电灯都打开，看起来还是有点阴森恐怖。平时图书馆里的人还是挺多的，但今天可能因为天气太冷了，偌大的阅览室里没有多少人气，在阴暗的光线下显得特别空旷，只有三三两两的学生或看书或睡觉。走在如此寂静清冷的地方，春雨只能屏着呼吸走路，尽量不发出一丝一毫的声音，就像个飘浮的女鬼似的。这种环境很容易让人联想到十九世纪欧洲的图书馆。

春雨小心翼翼地穿过阅览室，来到后面一排排巨大的书架间，她要查的书属于社会科学，在所有书架的最后几排里。学校图书馆总共有四十排书架，藏了十万多本书。走过开头的几排书架，还能见到有男女在里面窃窃私语卿卿我我，春雨心想他们可真会找地方啊。

当她走到最后几排书架，已经见不到任何人影了，只剩下一排排经年累月都没人动过的书，静静地散发着书页变质的气味。

看着这些几乎被人们遗忘了的书，春雨忽然冒出了一个奇怪的念头：它们就像是无人认领的尸体，而书架就是它们的棺材。现在，她要做的就是把棺材打开，挖出里面的尸体，像破案的法医那样将它们解剖，看一看究竟还有没有侦破案件的线索。

她后退了一步，视线在书架上下搜索起来。在这么多社会科学的书里，要找到一本关于地狱的书，简直就是大海捞针了。不知过了多久，她忽然听到了一阵脚步声——还会有谁在这个时候来呢？

脚步声在前排的书架间徘徊着，虽然离她越来越近，声音却越来越轻了。就好像一阵奇特的风，在远处声音很响，到了眼前却又无影无踪。春雨竖起了耳朵仔细听着，还把眼前的书脊拨开一条小缝，向书架的背后看去，却没发现什么动静，那脚步声好像在空气中消失了，或许本来就不存在，只是她自己的幻听？

就在这时，她的目光落到了书架上最高一排，书脊上似乎印着“地狱”的书名。

看到这两个字，心跳就莫名其妙地加快了，春雨赶忙伸手去够那本书。但最高一排的书架，对于一个女孩子来说实在太高了，尽管她吃力地踮着脚尖，还是怎么也够不着那本书。

突然，她看见了一只男人的手——就在这个瞬间，当春雨踮着脚尖去够书架上最高的书，却意外地发现了这么一双漂亮的手——她还从没见过男人的手有这么好看的，肤色白得就像冬天的雪一样，手背上的青筋就像雪野上流淌的暗河，修长有力的手指微微弯曲，轻轻取下了那本最高的书。

然后，春雨的视线随着那只手而移动，直到看清了那个男人的脸。

他不是幻影。

春雨傻傻地看着他的脸庞，心突然乱跳起来，不由自主低下了头。使她如此羞涩的原因其实很简单，因为见到了一个非常漂亮的男人。这个男人穿着一件长及膝的黑色风衣，黑色的裤子和皮鞋，再加上黑亮的头发，浑身上下都被黑色包裹着，收拾得干干净净，一尘不染。

他的脸庞看上去比较成熟，不像是乳臭未干的大学生，起码应该已读到了研究生吧。

最具有杀伤力的是他的眼睛。

这是一双能吸引任何女生的眼睛，黑色的眼球和瞳孔显得深不可测。春雨从没有见过一个男人能有如此诱人的眼睛，或许这就是古书上所说的重瞳？

他终于说话了："你要看这本书吗？"

春雨依然低着头，像头受惊的绵羊似的，茫然地摇了摇头。她也不知道为何要摇头，刚才自己明明要拿这本书的，但看着眼前这个男人，竟有些望而却步了。

那个男人微笑了一下，举着那本书说："刚才我看到你要拿这本书，却又够不着，才帮你拿下来的。"

或许是太紧张了，春雨说话居然有些结巴了："对……对不起……我现在不要了。"

"没关系。"他耸了耸肩膀，拿起书的封面看了看，然后念出了书名——"《人类早期文明的地狱传说》，希斯·布朗著——怎么这么巧！我也正在找这本书呢。"

看来就好像"踏破铁鞋无觅处，得来全不费工夫"，他似乎也不相信自己的眼睛，摇摇头笑了起来："我找这本书找得好辛苦啊，原本以为已经被人借丢了，没想到却被你找到了。"

春雨发现他笑起来特别帅，嘴角还露出了一个小小的酒窝。

他又很有礼貌地点了点头说："谢谢。"

看着他捧着书本走出去，风衣的下摆随着脚步而飘起，春雨只能傻傻地站着，就像个没见过世面的小女孩。低下头，深呼吸，再深呼吸，停顿了好几秒之后，春雨终于勇敢地跑了出去。

寂静的图书馆里响起了她清脆的脚步声，在这古老的房子里发出某种奇特的回声。春雨跑到了阅览室里，看到刚才那个男子已经走到服务台前，好像正在办理借书手续了。

"等一等。"春雨忍不住叫了一声，看到周围几个学生抬起头来，她只能抱歉地笑了一下。

他非常敏感地回过头来，看到春雨后浅浅一笑，压低了声音说："这里可不能大声的。有什么事吗？"

看着他的眼睛，春雨又有些紧张了，只是指了指他手里的书。

对方立刻就明白了："是这本书吗？你也想要借它？"

"是的，我现在非常需要这本书，能不能先借给我看呢？"

"嗯——"他看了看手里的书，有些舍不得地说，"希斯·布朗是美国著名的人类学家，他的这本书对我来说也很重要。不过，既然是你先找到了这本书，自然也应该是你优先借走。”

他缓缓地把这本书交到了春雨手里。

春雨接过这本书，又低下了头：“非常感谢。你是哪个系的？看完后我会把书给你看的。”

他微微笑了笑说：“到美术系找高玄就可以了。”

“高玄？”

“高山的高，玄妙的玄。”

高深而玄妙？春雨心想这名字真有意思。

高玄微微笑了笑说：“你今天让我空手而归了。”

这时图书馆就快关门了，阅览室里只剩下他们两个人。管理员已经开始催他们走了。

春雨很快办理了借书手续，抱着这本好不容易得来的书，小跑着出了图书馆。

六点钟的天色差不多已全黑了，春雨抬头看着暗云下的冬夜，再回头看看阴森的图书馆，想到里面那几十排棺材般的书架，在黑夜里静静地沉睡，如果有谁以此为题材拍部恐怖片，一定会特别吓人吧。

高玄走到了她的身边，看着她的眼睛说：“有没有深夜在这个图书馆看书的经历？那是非常有意思的。”

春雨做了个鬼脸说：“我可不敢。对不起，天已经黑了，我要回寝室去了。”说完，她飞快地跑了出去，长发飘飘，却不敢回头看一眼。

高玄看着她消失在黑夜中，嘴角露出了小小的酒窝。

去了一趟图书馆，却让春雨的心跳加快了许多。

当她心神不定地在食堂吃完晚餐，再回到自己的寝室里，发现南小琴也回来了，而许文雅则一个人坐在窗前发呆。

春雨感到自己很困，实在没有力气和她们说话，便坐到寝室里一个不起眼的角落，看起了那本得来不易的书——《人类早期文明的地狱传说》。其实她从没听说过什么希斯·布朗，但在经历荒村那件事之前，她对古代文明和神秘事件还是挺感兴趣的。虽说这些并不是女孩子喜欢的领域，可春雨从小就是卫斯理迷，看倪匡的小说多了，脑子里就装满了许多异想天开的念头。

不过，对她来说这本《人类早期文明的地狱传说》实在是太深奥了，随便翻几页就读不下去了，恐怕只有学哲学专业的人才能看懂。书中把人类各早期文明的地狱传说作为重点，但大部分都是欧洲和印度的传说，每一页都引经据典，排满了各种学术词语，似乎更像是考古学报告。总之，这种书绝不是写给女孩子看的。

正当春雨硬着头皮要看下去时，突然耳边传来了一声怪叫，把她吓得汗毛都竖了起来。

发出叫声的是许文雅，她小小的身体蜷缩在窗边，像是见到了鬼似的。南小琴立刻扶住了她，问她发生了什么。春雨也提心吊胆地走到窗前，抬眼向外边看了看，除了黑暗中几棵大树外，并没有什么异常的情况。

许文雅的脸苍白得吓人，豆大的汗珠从额头滑了下来，她连滚带爬地回到了床上，紧紧抓着南小琴的手说："猴子……猴子！"

"你说什么？"南小琴有些摸不着头脑，只是一个劲拍着许文雅的后背。猴子？春雨立刻想起了一部有名的日本恐怖片。

许文雅抱着自己的双肩，惊魂未定地说："我看见……我看见窗外有一只……猴子……它在向我笑。"

"你看见窗外有一只猴子？"南小琴把她的话连了起来，"你看见窗外有一只猴子在对你笑？"

许文雅连连点头，还把手指向了窗户。

这时春雨打开了窗户，外面的寒风立刻吹了进来，她掩着嘴巴向外张望了一下，黑暗里什么都看不清楚。

"大学校园里怎么会有猴子呢？何况现在那么冷的天，半夜里跑出个猴子来，不被冻死才怪呢。"南小琴理了理许文雅纷乱的头发，低声说，"你是不是产生幻觉了？"

"不，绝对不是幻觉！我真的看见一只猴子了，就挂在窗户外边的树上！"许文雅的口气是那样认真，实在不像是瞎说的样子。

但春雨摇摇头，把窗户关上了。她知道窗外那棵树连叶子都掉光了，更别提什么会笑的猴子。南小琴不断安慰着许文雅，让她早早地睡下，不要再想什么猴子的事了。

又是早早就熄了灯，三个女生各自怀着心事睡下了。黑暗的寝室气氛凝重，就像个大棺材似的。

春雨依然睡在上铺，闭着眼睛蒙在被窝里，脑子里却想起了今天在图书馆的事。

怎么会想到这个？她暗暗责骂了自己一声，然后努力调节心跳和呼吸，要让自己快点睡着。然而，她的短信铃声又在此时响了起来。

她赶紧把手机拿进被窝，将短信铃声的音量调到最低，只有放在身边才能听到。被窝里只剩下一小块蓝色的手机背景灯光，映出了短信发件人的号码：×××××741111。

又是这个号码？春雨的心里一颤，她又注意了一下手机上的时间，正好是午夜十二点整。果然，短信的内容被她猜到了：

你已进入地狱的第2层，离开荒村进士第的后院，将选择：1. 大厅；2. 小楼；3. 地宫。

对了，春雨想起昨天半夜里，她在短信中进入荒村进士第的后院，结果被推到了井底，倾听了典妻的悲惨故事。

现在她下意识地选择了"小楼"，编辑短信"2"回复了过去。

在黑暗的被窝里等待了几秒钟后，春雨收到了第二条短信：

你走上荒村进士第的小楼，发现有个房间亮着幽光，你舔破了窗户纸向里偷看，房里点着一支蜡烛，在一张古老的梳妆台边上，坐着一个白衣女子。

春雨傻傻地看着这条短信，这黑暗被窝里的手机背光，像极了古老房间里的幽暗烛火。

紧接着又收到了一条短信：

你看到她对着镜子缓缓梳头，右手拿着木梳，左手抚着头发，三千青丝如黑色瀑布般垂下。现在她回过头来，直直盯着你的眼睛，目露凶光……

瞬间，春雨感到眼前出现了那双眼睛，从古老的房间里盯着她，幽暗的烛火照耀着那双神秘的瞳孔，似乎想要对她说什么。正当春雨在被窝里瑟瑟发抖，忽然觉得床架一晃，就像清幽又爬到了下铺似的，难道她已经回来了？就在此时，新的短信又进来了：

你很恐惧，但你没有逃跑，反而推开了房门，却发现屋里什么人都没有，只有蜡烛还点着，照亮了一张四扇朱漆屏风，屏风上画着四幅画。

那可怕的记忆又出现了，春雨摇了摇头，却怎么也无法遗忘掉。

而下一条短信则接踵而来：

但你还是看到了刚才的白衣女子，她就在屏风的画里，她的名字叫胭脂。

当春雨的脑子几乎要爆炸时，周杰伦的《东风破》忽然响了起来——她的手机通话铃声。

差不多在铃声响起的同时，春雨就接听了手机，但电话那端却发出一阵奇怪的喘息声，深呼吸了好久就是不说话。春雨缩在被窝里尽量压低声音：

“喂，请说话啊，你是谁？”

又等待了几秒钟，对方终于回答了：“你好，小枝。奴家名为胭脂。”

“小枝？”

春雨又被镇住了，一开始她还没有反应过来，后来才想起“小枝”是自己昨晚输入的昵称。电话那端女声的腔调依然非常古怪，她就是屏风里的女人吗？与昨天半夜的典妻相比，胭脂又多了几分古典气息，真的宛如几百年前的古人。

“你听到过深夜里的笛声吗？”

“不，请不要再说了，我知道你要告诉我的故事是什么。”

手机沉默了一会儿，突然又冒出了刚才的声音：“小枝，你最好的朋友死了，对吗？”

听到这里，春雨心里又是一阵发抖：“你怎么知道的？”

“我当然知道，你的朋友叫清幽。”

说话的腔调极为怪异，不像是从人的嘴巴里说出来的。被窝里的春雨已是又惊又怕，但还是大胆地问：“你知道清幽？她为什么会死？求求你告诉我。”

电话那端停顿了片刻，忽然吐出了一句不男不女，宛如泰国人妖般的声音：“拔……舌……”

刹那间，春雨感到自己的嘴里一阵发涩，刚想要发声说话，牙齿居然咬到了舌尖上，让她疼得差点惨叫了起来。手机依然贴着她的耳朵，传来冷冷的话音：“现在你知道清幽的痛苦了吧。”

霎时，春雨已经说不出话来了，自己只是轻轻咬了一下舌头，已经疼得不行了，清幽居然活生生地把自己舌头咬断，那该承受多大的痛苦啊？

等到春雨明白这句话的时候，对方却已经结束了通话。

这时她才注意到刚才的电话号码，依然是：×××××741111。

当舌头上的痛苦渐渐释放出来，春雨的脑子也清醒了许多——躲在电波那头的人究竟是谁？难道真是“典妻”或屏风里的“胭脂”吗？

春雨想到这里时，短信铃声突然响了起来。

这是今夜最后一条短信：

你已通过地狱的第 2 层，进入了地狱的第 3 层。

地狱的第 3 层

子夜十二点半。

在春雨收到最后一条短信后，手机就再也没有动静了。

舌尖依然疼得厉害，她强忍着把头探出了被窝，寝室里漆黑一片，看不清对面的南小琴和许文雅。只希望刚才被窝里的手机通话，没有把她们给吵醒。

春雨把手机放在头边，贪婪地深呼吸了几下：刚才躲在被窝里看手机，差点没把自己给闷死。她许久才让自己平静下来，虽然舌尖还是隐隐作痛，但总算是迷迷糊糊地睡着了。

但春雨的睡眠只持续了几小时，大约在凌晨三四点钟的时候，她又悠悠地醒了过来，只觉得有些尿急，小腹胀得难受。好不容易才睁开眼睛，窗外依然是黑漆漆的，平时她很少半夜起床上厕所的，所以又硬憋了好一会儿，直到实在忍不住了，才小心翼翼地爬下了床铺。

这时大约是凌晨四点，正是黎明前最后的暗夜，春雨没有注意对面的床铺，披上外衣静悄悄地走了出去。

女生宿舍楼的走廊正对着一排大树，到了夏天浓荫会伸进窗户来，冬天则会在墙上投射出奇怪的树影。春雨抱着自己的肩膀，看着走廊窗外的微光，那些大树都是光秃秃的，枯枝的影子映着她的脸，使她宛如戴上了一张面具。在冬夜凌晨的寒风中，她就像逃避猎人的小野兽似的，一路小跑着穿过走廊，闪进了最里层的厕所。

女生厕所里永远充满了滴水声，春雨对此实在是太熟悉了，但在半夜里听到这种声音，很容易会产生各种恐怖的联想。

厕所里的灯也从来没亮过，春雨只能听着滴滴答答的流水声，小心翼翼地摸了进去。这栋楼已经很多年没翻修过了，厕所也是中国特色的“蹲式”，但用木板隔了一个个小间。

等春雨从小间里出来时，忽然听到身后的木板门里有某种动静，她的心立刻就提了起来，过去春雨常听学姐们说，这间女生厕所会闹鬼，这栋楼里许多女生宁愿憋整整一夜，都不敢在半夜里上厕所。也许是经历了太多的恐惧，春雨此刻变得大胆了许多，她静静地站在那扇木板门前，侧耳倾听着里面的声音——除了永无休止的滴水声外，似乎真的有某种喘息声，现在她可以确定，这扇门里藏着某个活物。

突然，木板门里响起了一阵短信铃声。

春雨立刻大着胆子拉开了门，在微弱的手机背光的照射下，果然有一个影子蜷缩在里面。

“谁？”虽然春雨的声音都有些变调了,但那个影子还是回答说:“是我。”

一个细嫩的小女生的声音，春雨立刻就听了出来：“你是许文雅吗？”

“对。”许文雅几乎是哭着说话的，她缓缓地从厕所小间里站了起来，她那小孩子般的体形，真像传说中蛰伏于厕所的鬼娃娃花子。春雨将她扶出了小间，看着她手里的手机说：“深更半夜的，你躲在厕所里干什么？”

手机背光总算照到了许文雅的脸上，她一脸惊恐地张望着四周的黑暗，嘴里喃喃地说：“猴子，猴子。”

看着她这副样子，春雨也吓了一跳：“猴子？你又看到猴子了？”

“猴子就在你后面。”

猴子在我背后？这句话立刻让春雨的后背冒出了冷汗，赶紧回过头看了看，却是一团漆黑，什么都看不清。春雨摇了摇头，抓住许文雅的肩膀说:“这里怎么会有猴子呢？你到底怎么了？”

这时许文雅似乎清醒了一些，她抽泣着说：“对不起，我只是害怕在半夜里收发短信，会把你们给吵醒，所以只能躲到厕所间里来。”

“你真是疯了！在大冬天的半夜里，跑到厕所来收发短信？”说到这里春雨就停住了，她没有说出传说厕所里闹鬼的后半句话。

“春雨，求求你，请不要告诉别人。”

伴随着令人恐惧的滴水声，春雨沉默了片刻后说道：“你在厕所里躲了多久？”

“大概从十一点钟起吧。”

“天哪，你已经躲在厕所四五个钟头了！就是收发短信吗？”春雨说话时牙齿都在发抖，她想到子夜时分自己也在收发短信，而那时许文雅正好躲在厕所里。

许文雅总算点了点头说："是的，我也不知道为什么，反正……"

"反正什么？"但许文雅不再说下去了，从春雨手中挣脱了出来，立刻冲出厕所，瞬间不见了踪影。

春雨也紧跟在后面，穿过凌晨时分的走廊。然而，当她经过隔壁寝室门口时，发现这间寝室的房门是敞开着的。春雨觉得很奇怪，在这么冷的夜晚，房门大开着既容易着凉，也非常不安全。

于是，她好奇地把目光投向了门里——在这间寝室的一角，还亮着一盏床头灯，微暗的光线如鬼火般，照射着房间中央一个长长的人影。

那个人影似乎在缓缓摇晃着，在亮着暗光的寝室里，呈现出奇特的青色反光。但更让春雨吃惊的是，那个人影的双脚好像是离地的，距离地面大概有一米的距离，整个人就好像飘浮在半空中似的。

看着这幅怪异的景象，春雨的脑子里一片空白，她怔怔地走进了这间寝室。终于，春雨看清了那个人影。

那是一个漂亮的女生，她穿着一件薄薄的白色睡裙，整个身体悬挂在寝室中央的半空中。在微暗的床头灯光下，可以依稀分辨出她的脖子上，缠绕着一根长长的丝带，而丝带上端则挂在吊扇的悬杆上，地上还倒着一把椅子。

吊死鬼！

这个女生上吊了！春雨完全被惊呆了，她怔怔地看着眼前的景象——美丽的女生被吊在电风扇底下，白色的睡裙如幽灵般摇摆着，一阵冷风吹进亮着微光的寝室，裙摆缓缓地飘荡，宛如另一个虚无的世界。

春雨终于认出了上吊女生的脸，这张熟悉的脸庞被微光覆盖着，表情又像哭又像笑。只是她的双眼瞪得大大的，似乎要从眼眶里跳出来——她看到了什么？

第二个女生死了。

在寝室里上吊自杀的女生叫素兰，跟春雨她们是同一个专业的，再加上又是住隔壁的寝室，所以平时她们非常熟悉。

当春雨发现她的时候，素兰已经彻底断气了。春雨立刻报告了学校，但老师还是非常怀疑她的话，等真的看见素兰吊在电风扇底下，老师也差点被吓昏过去。

确认素兰死亡以后，学校没敢乱动现场，依然保持着她上吊的姿势，并立刻通知了警方。

警察在天亮前赶到了现场，许多女生都被惊动了，钻出寝室来看热闹，但都被老师们拦了回去。南小琴和许文雅也很快听说了这件事。特别是许文雅，想起昨天凌晨自己还躲在厕所里，而在同一时间段，隔壁寝室居然有人上吊自杀，还是自己非常熟悉的人，心里禁不住发慌了。

至于自杀现场的寝室，当晚只有素兰一名女生，其他三名女生直到清晨才回来。她们自然都被老师狠狠骂了一顿，她们说自己昨晚八点就出去了，当时素兰坐在寝室里玩短信，看起来并无任何异常。

当警方进入寝室的时候，素兰依然吊在电风扇底下，白色的衣裙飘飘，凸出的眼球盯着每一个进来的人。

经过对现场初步的勘查，可以判定素兰确实是上吊自杀，排除了任何他杀的可能性。

春雨也又一次摆脱了怀疑。

短短数天之内，学校里两个女生死于非命，而每次都是被春雨第一个发现，难道天底下竟有那么巧的事情？她实在没有理由不被人怀疑。

被确定为自杀的素兰，终于被从电风扇上解下来，盖上白布抬出了女生宿舍楼。这时警戒总算解除了，女生们都从寝室里跑了出来，春雨也来到走廊上。但她发现大家都用恐惧的目光盯着她，想必春雨又一次发现死人的消息，已传遍所有女生的耳朵。

在众人惊恐的目光中，春雨只能低着头走到隔壁寝室门口。她发现房门依然开着，但没有一个人敢进去，在这间刚刚死了人的寝室里，有一个男人背朝门站着。

忽然，那男人回过头来，看到了春雨的眼睛。

这个男人的年纪不会超过二十九岁，长着一张表情冷峻的脸庞，还有一双锐利深邃的眼睛——春雨认识这个男人。

他就是叶萧。

如果你读过《荒村公寓》，一定会记住里面那位叶萧警官。在春雨被送进精神病医院的那段时间，叶萧曾经多次去看过她。这个奇迹般地恢复健康的女大学生，曾经给叶萧留下过深刻的印象。

叶萧也立刻认出了她："春雨？你怎么在这儿？"

春雨不敢走进去，倚在门口紧张地说："我……我就在隔壁寝室。"

显然，叶萧对于巧遇春雨感到很意外，但他马上就恢复了平静："你是不是身体不舒服？脸色那么苍白。"

"也许……也许是因为我……第一个发现了素兰出事。"

"你？是你第一个发现了死者？"叶萧自己也摇了摇头，原来世界真是太小了，“原来凌晨经过走廊的那个女生就是你啊，你一定被吓坏了吧。”

春雨点了点头，指了指寝室里面说：“你发现了什么？”

“现场勘查已经结束了，确认死者是上吊自杀，我想我已经没有必要再留在这里了。不过，我在地板上发现了死者的手机，屏幕上显示有一条未读短信，我看了看那条短信。内容非常奇怪，是一个英文词组：GAME OVER。”

GAME OVER？

瞬间，这个英文词组如电流般贯穿了春雨的全身，眼前立刻浮现起了清幽出事的那晚，她在清幽的手机上看到的那条短信，同样也是“GAME OVER”。

难道说素兰的死，与清幽的死存在某种联系？一个是上吊自杀，一个是咬舌自杀，死亡时间都是在凌晨时分，死后都收到了这么一条神秘的短信。所有这些事情都不是孤立的——春雨的心跳立刻加快了，她立刻联想到了一种更危险的可能性。

叶萧敏锐的眼睛立刻发现她内心的变化，他走到春雨跟前说：“你有什么心事？”

他的眼睛总能使人产生一种安全感，但春雨在犹豫了片刻后，却做出了另一个决定。她摇了摇头说：“不，我只是有些害怕。”

但这骗不过叶萧的眼睛，叶萧已经一目了然了，她还隐瞒着一些重要的事情。但叶萧很聪明地转移了话题：“已经半年过去了，现在你一切还好吧？”

“我——”春雨不知道该怎么回答，难道该说“我现在的精神快崩溃了，快点送我去精神病医院检查”吗？

“但愿你一切都好，如果发生什么事，请立刻打我手机，我会尽全力帮助你的。”

叶萧微微一笑，目光却像利剑一样指着春雨，仿佛她的身体里藏着某个鬼魂。

在叶萧警官离开学校以后，整整一天都没人和春雨说话。她一个人孤单地坐在寝室里，心乱如麻地思考着这几天的事，论文根本就没法再写下去了。

晚上，许文雅一个人回到寝室。南小琴不在，她可能被隔壁寝室发生的自杀事件吓坏了，住回自己家里去了。而隔壁寝室连一个人影都没了，三个女生不敢睡在死过人的房间里，也都纷纷编造理由逃回了家。

白天，整栋女生宿舍楼都在议论，但谁都想不出素兰为什么要自杀。她平时的性格很开朗，无论学习还是家庭都挺正常的。又有人猜测她是因为谈恋爱才自杀的，但学校坚决否认这种为情而死的说法。

最让这些女生害怕的是，短短数天之内，已有两个人离奇地死亡了，明天是否还有第三个呢？

而她们中最感到恐惧的人是许文雅。

此刻，窗外的寒风继续呼啸，许文雅蜷缩在寝室里发愣，双眼呆滞地望着前方，就好像精神病人似的。春雨已经冷静了许多，她坐到许文雅身边安慰着她。但许文雅的耳朵仿佛聋了，任凭春雨说什么都没反应。忽然，许文雅的目光似乎恢复了正常，她冷冷地看着春雨的眼睛，吐出两个字："猴子。"

又是猴子？春雨有些无奈地说："你能不能说点别的？"

"春雨，你是不是以为我疯了？"不等春雨回答，许文雅就抓住了她的手，轻声地说，"不，我没有疯，我只是非常害怕。"

"你别害怕，我是你的室友，会陪伴你一起度过恐惧的。"

许文雅抓着她的那只手更加用力了，真不知道她小小的身体里，哪来那么足的力气。这时，她小心翼翼地看了看四周，就像防备有人偷听似的，轻声地说："我跟你说一个故事吧。"

如果说故事能让许文雅放松心情，春雨觉得也不错："你说吧，我仔细地听着呢。"

许文雅深吸了一口气，似乎已酝酿了很久："这是一个真实的故事——在我大一那年的暑假，我和几个高中同学一起去黄山旅游。那里确实是个好地方，我们是跟着旅行社去的，几乎把周围每个景点都玩遍了。我们住的宾馆在山里，环境非常幽静，那天从景点回来以后，我到宾馆后面的山坡下走了走。我看到地上有一个铁笼子，里面关着一只小猴子，那只小猴子看上去非常可怜，像个没断奶的小孩子似的，用一双大眼睛看着我。我发现小猴子居然流眼泪了，它双爪抱着铁笼子的栏杆，喉咙里发出可怕的悲鸣。突然，我又听到了一阵吓人的嘶叫声，原来在山坡上还有一只大猴子，它盘踞在一棵大树上，仿佛用恶狠狠的目光盯着我。"

出于女孩子特有的同情心，春雨情不自禁地说了出来："它一定是小猴子的妈妈吧？"

"当时我也是这么想的，它看到自己的孩子被关进笼子，肯定非常悲伤和愤怒。我被猴子的吼叫声吓坏了，赶紧逃回宾馆房间。当天晚上，我们旅行团吃了一顿当地的特色菜，其中有一道菜叫'黄金大脑'。我们每个人都吃了一小口，吃到嘴里味道怪怪的，不知道是用什么原料做的。"

"黄金大脑？"春雨心里突然"咯噔"了一下，立刻就猜到了几分。

许文雅满脸痛苦地说:“吃完以后我们才知道,那道叫‘黄金大脑’的菜,实际上就是猴脑……”

“是那只小猴子?”

“对,一想到自己吃了那只小猴子的脑子,我立刻就呕吐了起来。那天晚上,我差不多把胃液都要吐出来了,可还是感觉无比恶心,我想更多的还是种负罪感吧。更可怕的事情在半夜里,窗外传来令人毛骨悚然的吼叫声,我睁开眼睛,看到窗玻璃上贴着一张毛茸茸的面孔,还有一双发红的大眼睛,和一对白森森的獠牙——原来是那只大猴子,它竟然趴到了宾馆的窗玻璃上,对我们疯狂地吼叫着。”

瞬间,春雨的脑子里也呈现出了这样一幅恐怖的画面。

“那晚旅行团所有的人都吓坏了,大家决定第二天早上就离开这个地方。清晨,我们坐着旅游中巴离开宾馆,当车子行驶在盘山公路上时,路边大树上突然出现了一只猴子,它竟然跳到了我们的车子上,趴在车窗外对着我们吼叫着。所有人都吓得魂飞魄散,司机想要将猴子从车上甩出去,就连续打了几下方向盘,却一不小心开出了公路,整辆车都翻到了树林里——也许是我命不该绝,在千钧一发的关头,我身边的车窗玻璃被撞碎了。加上我的体形很小,才从破碎的车窗中逃出来。而其他人都被座位卡住了。当我爬到公路上求救时,那辆旅游中巴就在森林里爆炸了——那真是一场噩梦,除了我死里逃生以外,其他十三个人都死在了车里。”

“太不可思议了,居然是一只猴子造成的。”春雨想,原来动物间的母子亲情,也是与人类相通的,而动物的复仇往往比人类更加可怕。

“但我并不恨那只大猴子,因为我们吃了小猴子的脑子,犯下那么大的罪行,它才会来为自己孩子报仇的。那次事件之后,大家都说我大难不死,必有后福,但我却依然感到非常害怕。那只黑夜里吼叫的猴子,成了我永远的噩梦。已经两年多过去了,我把那件事埋藏在心底,没有告诉大学里任何一个同学。”

“既然如此,现在为什么要说给我听?”

许文雅露出了绝望的表情:“因为我已经别无选择了,我知道那只大猴子并没有死。所有吃过那只猴脑的人,都必须要偿命。就算我上次逃过了一劫,但它迟早都要来找我报仇的。最近这几天,我已经看到那只大猴子好几次了,它吊在窗外对着我笑,那是世界上最恐怖的笑容。”

“别胡思乱想了,猴子不可能跑到校园里来的。”春雨觉得许文雅的思维又有些乱了。忽然,她想起了今天凌晨在厕所里的那一幕,“许文雅,能不能给我看一看你的手机？”

“你想干什么？”许文雅立刻警觉地抓紧了自己的手机。

“我发觉这几天，你也在没日没夜地发短信，是不是？”

“这是我自己的事情，你管不着。”她把头别了过去，不再看春雨的脸了，房间里的气氛一时有些紧张。

春雨只是轻叹了一声，实在不知道还会发生什么事。

此刻，窗外掠过一阵奇怪的风，一根枯枝断落到了窗玻璃上，发出清脆的响声。

这晚不到十一点就熄灯了。

春雨没有缩在被窝里，而是在黑暗中睁大了眼睛。不知道对面的许文雅睡着了没有，这几天发生的事情，把这两个女生折磨得心惊胆战。

越是如此，春雨就越是不敢睡着，因为她正在等待……

子夜十二点。

短信铃声准时响起了。

果然又是那个神秘的号码：×××××741111。

现在铃声已经非常轻微了，应该没有把对面的许文雅吵醒。

春雨立刻阅读了这条短信：

> 你已进入地狱的第3层，离开荒村进士第的小楼，将选择：1. 大厅；2. 地宫。

这回春雨犹豫了一下，大拇指颤抖着按下了“2”。

她选择了“地宫”。

刚回复出去不到几秒钟，第二条短信就到了：

> 你走入荒村进士第的一个房间，墙壁中藏着一条暗道，你提着煤油灯走入暗道之中。你在地下走了很长的路，一直来到地下迷宫的入口——

迷宫？春雨看着这条短信愣住了，不知道自己还会“走”到哪里去。

紧接着短信铃声又响了，但让她感到意外的是，这次并不是一条短信，而是一个需要下载的程序。犹豫了一会儿，春雨还是把这个程序下载到了手机里。

很快，手机屏幕上就出现了一组动画，她平时很少玩这种手机程序的，一时间有些不知所措了。

屏幕上的动画呈现出幽暗的色泽，但效果却极为逼真，仿佛是用摄像机拍出来的。春雨试着按了几下方向键，动画果然动了起来，看起来像是在一条地道里走路，没走多远就遇到一个岔路口，只能选择其中一条路。看到这里春雨已经明白了，原来这就是迷宫的动画。通过手机的方向键操纵动画，好像自己真的走在地下迷宫似的。

春雨在动画里足足转了半个小时，其中还撞进了好几条死路。直到她按得大拇指都发酸时，动画里突然出现了一道大门，她径直向前“走”出了大门，屏幕上的动画就一下子消失了。

“我走出迷宫了？”还没等春雨明白过来，短信铃声就又响了起来。这回她还是没有想到，进来的居然是一条彩信。拇指赶紧按了几下，便接收到了一幅彩信图片，在图片下还附着一段文字：“你已经走出迷宫，你得到了一幅画作为奖励。”

春雨立刻打开了图片，在不大的手机屏幕里，渐渐显示出了一幅图画——从颜色上看应该是幅油画，但因为屏幕实在太小了，似乎更像是画的一部分。春雨看到的画里有一个金发的西洋女子，她双手反绑被吊在一棵大树上，树下燃烧着熊熊大火，火焰灼烤着她的双脚。

难道这就是地狱？

这幅画让春雨感到恶心，她紧紧地抓住床沿，退出了这幅彩信图片。她大口喘息了几下，收到了最后一条短信：

你已通过地狱的第 3 层，进入了地狱的第 4 层。

地狱的第 4 层

清晨七点，春雨悠悠地醒了过来。她摸了摸自己的脑袋，已经很久都没睡得这么沉了。

当春雨从上铺爬下来以后，却发现对面的许文雅不见了。她摸了摸许文雅的被窝，似乎还留着几分余热。

她的眉头立刻皱了起来，来不及梳头就打开了寝室房门。外面的走廊如冰窖一样冷，清晨的寒风直往她的内衣里吹。

突然，一声凄厉的惨叫从女生厕所方向传来，春雨的心也被揪了起来，立刻把头探向了那个方向。一个女生惊慌失措地从厕所跑了出来，披头散发的样子煞是可怕。当她跑到春雨的寝室门口时，被春雨一把拦住。春雨认出了这个女生，也是她们同一专业的同学。那女生看到春雨的脸后，更加恐惧地叫了起来，就像是见到了鬼似的。被别人当成扫帚星的滋味可不是好受的，春雨强忍着心里的痛苦，狠狠地抓着对方的肩膀问："在厕所里看见了什么？"

那个女生睁大了眼睛说："鬼……厕所里有鬼……"

难道厕所闹鬼的传说是真的？春雨的手上松了一下，那女生趁势摆脱了她，飞快地跑出了走廊。

春雨看了厕所的方向一眼，披上外套便冲了出去。

穿过冬天早晨寒冷的走廊，春雨一路跑到了厕所门口。她先在外面大叫了几声"有人吗"，但里面没有丝毫反应，她便小心翼翼地走了进去。厕所里似乎没有人，依然充满了永无休止的滴水声。但全部六个隔间的木门都关着，不知里面有什么东西。

春雨做了个深呼吸，让自己渐渐平静下来，然后推开了第一扇门，却发现里面空空如也。

然后，她依次推开了其余的几个门，里面都没有异常的情况。

现在只剩下最后一扇门了。

面对着这扇斑驳失修的木板门，春雨的心跳莫名其妙地加快了，好像传说中的花子就躲在里面似的。

终于，她大着胆子伸出手，缓缓推开了最后一扇门。门里蹲着一个长头发的女人。

春雨看不清她的脸，只看到一头乱发蓬松着，覆盖着纯白色的睡裙——就像隔壁素兰自杀时穿的衣服。

如果你没有提防地推开门，乍一看到这样一个人蹲着，大概也会被吓个半死吧。

突然，那个人缓缓抬起了头来，半边脸都被乱发遮掩着，只露出一只眼白多于瞳仁的眼睛——厕所恶鬼?

但春雨立刻就认出了她。那根本就不是鬼，而是活生生的许文雅。她大叫着许文雅的名字，但没有任何作用，许文雅依然蹲在里面，冷冷地用一只眼睛看着她。春雨实在受不了了，一把将许文雅拉出来。

许文雅娇小的身形依然缩成一团，披散的长发盖住了脑袋，好像没有脸似的。厕所里的滴水声让人心烦意乱，春雨只能将许文雅扶出了厕所。几个走到厕所门口的女生，看到她们这副样子，都被吓得尖叫着逃回了寝室。春雨总算拨开了许文雅脸上的头发，露出了那张小女孩似的脸，一双惊恐的大眼睛正盯着她，似乎她身后站着个什么东西。

“猴子！猴子！”许文雅终于发出了撕心裂肺的尖叫，那声音似乎已不再属于她自己了，而是从另一个空间发出的。

在这一刹那，春雨忽然想到了半年之前，自己亲身体验的可怕一幕，难道许文雅也……

此刻，许文雅的双手拼命地挥舞着，终于挣脱了春雨的搀扶，向走廊的另一边跑了过去。春雨看着她那小小的身体，飞奔起来的样子真像个猴子。几个女生可能是被吵醒了，可刚走出寝室就被许文雅撞倒在地。春雨已经没有力气再追了，她只能靠在走廊的窗前，眼睁睁地看着许文雅跑出了女生宿舍楼，边跑边发出怪叫，把周围的女生们都吓了一大跳。

当许文雅跑到前面的食堂时，正好撞上了一个身材高大的男老师。老师立刻用粗壮的手臂揽住了她，任凭她怎么捶打都无法挣脱。这时食堂里许多学生都走了出来，像看精神病人一样看热闹。

在几个学生的帮助下，老师紧紧抓住许文雅，将她从春雨的视线里带走了。许文雅真的疯了吗？

春雨回头看了看走廊，许多女生都将头探了出来，对着她指指点点的。春雨无地自容地低下了头，但她没有回寝室，而是又奔向了厕所。

因为她想弄清楚，刚才许文雅在厕所里发生了什么，为什么一下子变得如此可怕？

回到充满滴水声的厕所里，春雨再次拉开了第六个隔间的门。她记得许文雅就蹲在这个位置，低着头好像在看什么东西。

果然，在水槽边的水泥蹲台上，有一只银色的西门子手机，春雨立刻就认了出来，这是许文雅的手机。

春雨拿出几张纸巾，包上那只手机捡了起来，手机屏幕上还在发光，显示有一条未读短信。

轻轻按动拇指，春雨颤抖着读出了这条短信：

GAME OVER。

许文雅确实疯了。

清晨，老师们把她送到了学校医务室，但她一直都在胡言乱语，嘴里不停地叫着“猴子”。学校实在没有办法，只能把许文雅送进医院。

经过医生初步诊断，发现许文雅已经患上精神分裂症，必须住院进行治疗。老师们又一次来询问春雨了，几个人围着春雨问了一整个上午，虽然她把情况全都说了出来，但他们还是不太满意，无法理解许文雅为什么会突然发疯。甚至有人怀疑，是不是因为春雨在半年前，也曾经发生过类似的事情，所以像瘟疫一样传染给了同寝室的许文雅？

当然，这种想法是非常可笑的，精神上的疾病怎么可能传染呢？不过，人类恐惧的情绪确实是可以传染的。是不是因为室友清幽的自杀，而使许文雅产生了强烈的恐惧心理，进而导致了精神分裂？虽然这是最大的可能性，但许多人相信还有别的原因。这个原因就像幽灵似的隐藏在女生宿舍楼的某个角落，让这些女孩子胆战心惊。

下午，老师们终于离开了，春雨就像刚被释放的犯人似的，趴到窗前大口呼吸，仿佛已失去自由很久了。

许文雅此刻在医院里做什么呢？是在不停地说着“猴子”，还是沿着房间墙壁绕圈？春雨再也不想回忆起那段经历，但谁又遗忘得了呢？

是的，春雨能够理解许文雅，知道她是为什么而发疯的。但唯一的谜团是——许文雅手机上最后那条短信：“GAME OVER”，它究竟扮演了什么角色？

而那条短信的发件人，则是一个春雨熟悉的号码：×××××741111。

春雨立刻就惊呆了，她赶紧查了查这部手机上的其他短信，却没有一条能够保存下来，只剩下这最后一条了。

现在这只手机就在许文雅的柜子里，连同她留在寝室里所有的东西，都要等待学校和她家长的处理。

春雨担心的事情，终于成为了事实。在清幽出事的那晚，春雨也在清幽的手机上，亲眼看到了同样内容的短信。而昨天叶萧警官也告诉她，在素兰上吊前留下的手机里，也有这样一条“GAME OVER”的短信。

GAME OVER＝游戏结束。

对，正如清幽死了是“GAME OVER”，现在许文雅疯了也是“GAME OVER”，接下来还会有谁“GAME OVER”呢？

显然,这些神秘短信都是出自同一个号码,而在半夜带着春雨进入“地狱”漫游的,也是这个号码“×××××741111”。如此推理下去,清幽和素兰的死,还有许文雅的发疯，都应该与这个号码存在重要的关系。

而春雨每夜都会被这个号码带入“地狱”，进行着一种类似于短信GAME的漫游。想到这里，她禁不住浑身发抖，回头看看自己的寝室，总共四个女生，已经死了一个，现在又疯了一个，某种可怕的气息真的像瘟疫一样，弥漫于这里的每一个角落。

她猛然瞥见自己床头的一本书，就是她从图书馆借来的《人类早期文明的地狱传说》。

这两天来的可怕经历，使她没有丝毫的心情看这本书，现在她又随手翻了几页，实在是一点都看不下去了。春雨想到了她的承诺，还有一个人等着看这本书呢，既然自己没法看，那就快点给人家看吧。

春雨当然不会忘记那个人——到美术系找高玄。

于是，她尽量让自己忘掉上午的不快，捧着那本书跑出了寝室。

这所大学总共有上万名学生，几十个系，整个校园大得像个迷宫。

至于美术系，春雨还从来没有去过。她在路上问了好几个人，花了半个多小时，才找到了位于学校另外一头的美术系。

美术系大楼看上去非常气派，建筑材料和设计都是后现代风格的，门前摆着许多现代雕塑，进出的都是些颇具艺术家气质的俊男靓女。如此相形之下，春雨她们系实在是太寒酸了。

这时春雨有些后悔了，自己真应该穿一件最好的衣服出来，也能配得上这里的档次。她低着头走进大楼，迎面正好是一个画展的广告。原来这里正在举办一个学生画展，免费向大学生开放。

这栋大楼设计得过于前卫了，以致春雨找不到其他的路，似乎只有通过画展的大厅，才能走到里面去。

春雨小时候挺喜欢画画的，中学时候受到漫画的影响，特别喜欢画卡通女孩。读了大学以后，忽然觉得自己实在太幼稚，就再也没碰过动漫了。至于美术系里所谓的“高雅艺术”，她只有敬而远之的份了。

春雨缓缓走进大厅，两边墙上挂了许多画，分别有柔和的灯光打在上面，下面还有文字简介。看起来这个画展还是挺正规的。

只是她实在看不懂那些画，大部分画的内容过于抽象了，纯粹是无意义的色彩堆积，似乎只有看不懂才是艺术的同义词。

今天的画展特别冷清，可能前几天大家都已经来过了，大厅里总共也没几个人，春雨能清晰地听到自己的脚步声。她没心思看下去了，一直走到大厅的最后，视线里忽然掠过了什么东西。于是，春雨缓缓把头转向了一边，看到墙上挂着的那幅画。

这是幅大约一米见方的油画，画面上部画着黑色的云朵，云下是暗色的山峦，山峰如刀削般耸峙着，山坡上似乎还覆盖着浓密的黑色森林，一幅欧洲中世纪寒冷森林的景象。画面中部是十几棵干枯的大树，没有一片叶子的枝丫，奇形怪状地扭曲着伸向天空，每棵树上都吊着好几个人，全都是欧洲人的体形和外貌，大部分人几乎都没有穿衣服，体现了欧洲人体美术的传统。在树下燃烧着熊熊烈火，每个吊在树上的人，都痛苦无比地忍受着火焰烧烤，有的人脚已经被烧掉了，还有的人身体被烧成了枯骨。

就在这幅画的右下角，春雨看到一个西洋女子被吊在树上，双手反绑，金发披散，烈火正烧着她的脚底板。

就是这幅画！

春雨立刻掏出了自己的手机，打开了昨天半夜里收到的那幅彩信图片。然后，她再仔细对照了一下墙壁上的画。没错，彩信里的那幅画，就是眼前这幅画的右下角局部，一模一样，应该是用相机拍出来的。

昨晚收到的这条彩信，是作为她通过地下迷宫的“奖励”，为什么要选取这幅画的局部呢？

这个意外的发现，让她的心跳骤然加快了。

春雨又仔细地看了看墙上的画，无论颜色还是轮廓，都呈现出一种阴森的气息。在幽暗的油画光线下，每个人物都在遭受痛苦，给观众以强烈的视觉冲击力，至少春雨在瞬间就被震惊了。

整个画展大厅更加寂静了，周围似乎也没有其他人，春雨悄悄地嘘出了一口气，然后小心地走到画幅的跟前。

在画框的下面还有一段文字简介：《地狱的第 3 层》【意】马佐里尼。临摹：高玄。

瞬间，春雨倒吸了一口冷气，这幅画的名字居然叫《地狱的第 3 层》，而昨夜她刚在短信里通过了“地狱的第 3 层”。怪不得要把这幅画的局部，作为给她的“奖励”了。“【意】马佐里尼”应该就是作者了，不过春雨从没听说过这个画家。

但更让她感到意外的，是后面打出的“临摹：高玄”几个字。她今天来美术系找的那个人，不就是叫高玄吗？

难道眼前这幅油画，真是在图书馆里认识的那个男子临摹的吗？说不清是惊讶还是兴奋，春雨捂住了自己的嘴巴，生怕发出声音打破了这里静谧的气氛。

但春雨还是忍不住，伸出手摸了摸这幅油画。

当手指碰到画面的一刹那，只感到某种触电般的感觉，通过手指流遍了全身。

与所有的油画一样，画的表面是凹凸不平的，那是厚薄不同的颜料留下来的，就像是在触摸一个老人的皮肤，充满了岁月的褶皱。

正当春雨着魔般地抚摸着这幅画时，忽然听到身后传来一阵脚步声。

“小姐，对不起，画是不能用手摸的。”这是个年轻男人的声音，语气还算比较平和。

春雨立刻把手缩了回来，满脸羞愧地低下了头。是的，她刚才忘记了画展的规矩，就是“只能用眼，不能用手”。

对方走到了她的身前，停顿了一下说：“不好意思，如果我没记错的话，我是不是认识你？”

春雨不明白他的话是什么意思，只能缓缓抬起头来，终于看清了他那双重瞳般的眼睛。

居然是他——图书馆里遇到的那个男子，他长着漂亮的双手和脸庞，还有一对深邃明亮的诱人之眼。

他的名字叫高玄。

高玄也看清了春雨的脸，立刻微笑了起来：“原来是你啊，怎么有兴趣来看我们的画展？”

“实在对不起，我不是故意要用手的……”不知为什么，春雨一下子变得非常紧张，她指了指身后的油画说，“我只是有些情不自禁，忘记了不能用手触摸的规矩。”

“算了吧，反正是临摹的仿品，值不了几个钱。不过，如果是价值连城的真品的话，那你可就有大麻烦了。”

春雨脸又红了，她拿出手里的书说：“我是来把这本书交给你看的。”

“原来是这本书啊，我都快把它给忘了。”他从春雨手中接过了这本《人类早期文明的地狱传说》，“你真厉害，这么快就看完了啊？这可不是适合女孩子看的书。”

听了他最后两句话，春雨的脸更加红了：“其实，我没有看懂这本书，我想还是你更需要它吧。”

高玄又微微一笑，嘴边的酒窝露了出来。春雨的心跳得更厉害了。

忽然，春雨想到了什么，指着那幅画说：“它真是你画的吗？”

“这幅画是我在欧洲的美术馆里临摹的。原画作者是意大利画家马佐里尼。”

原来他还去过欧洲画画，春雨在心里暗暗赞叹他可真厉害，但语气里却没显露出来：“为什么要叫《地狱的第3层》呢？这个名字怪吓人的。”

“这里面有特殊的原因。说来话长，下次我慢慢说给你听吧。”

还有下次？春雨微微点了点头，一定还会有下次的。

这时，高玄盯着她的眼睛说：“其实，我已经在后面观察你很久了。我看到你静静地站在这幅画前，你身上黑色的外套感觉很冷峻，正好与这幅画的色彩互相映衬。你可能没有注意到，灯光正好照到你的侧面，在这个角度产生了很特殊的光影效果，就像有一层油画里的圣光，笼罩着你身体的轮廓。而你凝视着画面的目光，像极了文艺复兴时期油画中的那些女子，古典而沉静地面对着画家。所有大师级的作品，都是因为模特那令人着迷的眼神，才会被创造出来的。”

听着高玄滔滔不绝地说了那么多话，春雨越发感到难为情了。她向来是直面他人评价的，但面对眼前的这个男人，春雨却变得与过去判若两人，紧张地回答：“对不起，我已经把书给你了，我能走了吗？”

“当然……”高玄摸了摸自己的后脑勺说，“也许是我话说得太多了吧，真不好意思。也许是我对油画过于投入了，每当我看到一个女孩子，就会联想到她坐在画架前的样子，而你刚才看画的样子，简直又是一幅油画杰作。”

“谢谢你。还从没人这么夸奖过我呢。”春雨也微微笑了笑，转身便向大厅外面走去。

高玄跟在她后面问："对不起，我还不知道你的名字呢。"

"我叫春雨。"说话时她并没有回头，继续向前走去。

"是春天的绵绵细雨吗？"高玄的话让春雨心里微微一颤，把女孩子的名字说得如此富有诗意，想不动心都不行。但她还是继续低着头，一路小跑着出了美术系的大楼。这时候，有两个漂亮的小女生走进大楼，正好遇到了高玄，她们立刻兴奋地叫了起来："高老师好！"

但高玄只是微笑着点了点头，两个小女生娇滴滴地看着他，而他的表情又恢复了严肃，让她们自讨没趣地走开了。这一幕全让春雨看在了眼里，她原本还以为高玄是个研究生，却没想到是美术系的老师，说不定还是个学院派画家吧。

春雨又想到了与清幽一起去鬼楼的那天，许文雅和南小琴说去美术系看帅哥了，她们所说的那位帅哥"高老师"，应该就是眼前的高玄了。

怪不得，他还挺有女人缘的。

现在是什么时候了，怎么还在胡思乱想啊？春雨暗暗嘲笑了自己一把。趁着天色还没暗下来，她小跑着离开了美术系。

晚上。

春雨一个人坐在寝室里，呆呆地看着左右的床铺，随着清幽与许文雅的离去，两边的下铺都空了。春雨忽然想到了南小琴，此刻她到哪里去了呢？

这时寝室门被推开了，一个瘦高的女生出现在了面前。

"南小琴？"

刚刚想到她，她就出现了，春雨感到非常意外。但今天发生了这么多事，她不知道再说些什么才好。南小琴面色凝重地走进来，看着本该属于许文雅的床铺说："我已经知道许文雅出事了。"

"对不起，我……"

"你不要解释了，这件事谁也解释不了，或许就像鬼楼一样，永远都将是个谜。"南小琴看着春雨的眼睛，目光总算柔和了下来，"春雨，搬出这个寝室吧，我能感觉到这房间不干净，一定隐藏着某个鬼魂。"

大学里的女生总是流传着各种鬼故事，南小琴对此也一直深信不疑。但经历过荒村的春雨却摇了摇头："不，我不能离开这里，为了清幽和许文雅，我一定要查出那个秘密。"

"什么秘密？"

"地狱的第 19 层是什么？"

南小琴的表情一下子凝固住了，她也想起了那天半夜里，清幽在寝室里转圈之后说出的话。她又看了看清幽的下铺说："你的意思是——这个问题与清幽的死有关？"

"对。这些天我一直都在思考，地狱的第19层究竟是什么？"

"平时我们常说十八层地狱，还从来没听说过有第19层地狱啊。如果你一定要得到答案，除非自己到地狱里走一次。"

"清幽不是已经去那个地方了吗？"

"别胡说了。"南小琴打断了她的话，然后爬到了自己的上铺说，"我是回来收拾一些东西的。最近我准备请假几天，住回到自己家里去，反正我家离学校很近。如果我继续住在这里的话，迟早会和许文雅一样变成精神病的。"

南小琴很快就从上铺下来了，带下了一个大包。她走到寝室门口说："请不要打我手机，我看到你们的号码都怕了。"

春雨还想对她说什么，但南小琴头也不回就走了，只剩下一股冷风吹进来。

"她们都走了……"独自一人坐在寝室里，春雨抱着头轻轻抽泣，就像个被所有人抛弃的孤儿。此刻，她多想有个人能陪她说说话啊，寂寞是漫漫长夜中最大的敌人。

忽然，她想到了高玄的眼睛。

不，春雨猛地摇摇头，她要忘掉那双眼睛，快点睡觉吧，不要再胡思乱想了。

在给手机充了值之后，春雨就匆匆熄灯睡下了。也许是今天实在太累了，不一会儿就睡着了。不知过了多久，一阵急促的手机铃声响起，将她从睡梦中吵醒了。

缓缓睁开模糊的双眼，天花板漆黑一团，春雨只感到一阵头晕，拿起手机一看，果然还是那个号码：×××××741111。

现在是子夜十二点。看着这个神秘的号码，春雨有些绝望地叹了口气，难道它真的是噩梦，纠缠上了自己吗？

于是，她的拇指静止住了，究竟看不看这条短信？还是立刻就把它给删除了？犹豫了好一会儿之后，春雨的拇指代替她做出了回答，打开了这条短信：

你已进入地狱的第4层，顺利通过荒村进士第，将选择：1. 德古拉城堡；2. 兰若寺；3. 牙买加旅店；4. 幽灵客栈。

看着这条短信，春雨实在没有想到，曾经令人心惊胆战的荒村进士第，就这么顺利地通过了？

然而，接下来她要面对的这四个地方，可能要比荒村更为可怕。但她已经无路可退了，踌躇再三之后，选择了“3. 牙买加旅店”。

就和前几天一样，春雨很快就收到了短信回复，带着她进入了十九世纪初的英格兰南部，代替了小说的女主人公——玛丽·耶伦。

她穿越时空隧道，独自走过恐怖的荒原，在子夜十二点钟，敲响了牙买加旅店的大门。

牙买加旅店在地狱里开张了。

今夜，春雨住进了牙买加旅店……

半个小时以后，当春雨的拇指又酸又疼时，她终于收到了最后一条短信：

你已通过地狱的第 4 层，进入了地狱的第 5 层。

地狱的第 5 层

天还没有亮。

叶萧看着窗外一座座高楼，在黎明前的黑夜中闪烁着零星灯光，宛如中世纪的森林不时发出鬼火。

已经整整一夜没睡了，别的男人在这种时候通常会抽上一支烟，但叶萧却泡了一杯极浓的茶，苦涩的茶水通过舌头与喉咙，支撑着他疲倦到极限的神经。

桌子上放着一部银色的手机，这种小巧玲珑的样式虽然廉价，但很受女孩子的喜欢。

这部手机的主人叫素兰，曾是人见人爱的女大学生，但在前天凌晨，却在自己的寝室里上吊自杀了。谁都说不清她为什么要寻死，但既然已经确定是自杀，那也就没有警方的事了。但是，叶萧警官在自杀现场，发现了死者留下的手机，正因为这部手机上的一条短信，将他带入了最不可思议的悬疑地带。

现在，叶萧再度拿起这部手机，用拇指按了几下键盘，打开了最后一条短信：

GAME OVER。

他已经盯着这个词组很久了。小时候他也喜欢玩电子游戏机，每当游戏失败以后，屏幕上就会出现“GAME OVER”的大写英文，表示游戏已经结束了，必须重新开始。

眼前的这条“GAME OVER”的短信，收到时间正好是凌晨两点，而这部手机的主人，很可能是在这个时间段上吊自杀的。

在死亡的时候收到这样一条短信，是否意味着来自地狱的丧钟呢？

叶萧瞬间推出了一个公式：死亡＝ GAME OVER ＝游戏结束。

难道手机主人素兰的自杀，实际上是一场游戏的结束？

叶萧想到了小时候打游戏时，自己的化身勇敢地穿越关卡，被游戏里的敌人乱枪打死，屏幕上就会立刻出现“GAME OVER”。

可游戏毕竟是虚拟的，无论在电脑里还是手机上，都不存在真正的死亡。如果有一种神秘游戏，真的能使玩家丧命的话，那将是一件多么可怕的事情啊。

依靠警官才有的敏锐嗅觉，叶萧察觉到素兰的死，绝不仅仅是简单的自杀。

而且，那天叶萧在自杀现场还看到了春雨，这个半年前给他留下深刻印象的女生，居然就住在死者的隔壁寝室，而且还是第一个发现死者的人。除了感叹世界实在太小以外，叶萧的心里不能不怀疑，春雨这个有着特殊经历的女生，是否还会继续遇到类似的神秘事件呢？

所以，叶萧才会用了整整一夜的时间，来思考其中的蹊跷，特别是素兰留下来的手机。

他已经仔细地查看了一遍这部手机上所有的短信记录。但除了最后一条短信以外，其余的都已经不复存在了。

而这条短信的发件人，是一个很奇怪的号码：×××××741111。

这个号码的前面五位数似乎没什么意义，但后面六位数却给人奇怪的感觉，最后连续四个“1”不知象征了什么？

它真的和素兰的死有关吗？

这时叶萧看了看窗外，天色似乎已经有些亮了。于是，他在素兰的手机屏幕上，编辑了这样一条短信：

你错了，我没有 GAME OVER。

不知道是否能管用，或许会镇住对方？虽然叶萧的心里也没底，但他还是把这条短信，用素兰的手机回复给了“×××××741111”。

看着短信已经发出的提示，叶萧忽然感到心跳加快了，他立刻就意识到自己做错了，但短信已随电波发送给对方，一切都已经来不及了。

几秒钟以后，短信铃声响了起来。

他缓缓拿起素兰的手机，发现还是那个神秘号码发来的。是的，该来的还是要来，谁都无法躲过。终于，叶萧深深吸了一口气，打开了这条致命的短信：

你知道地狱的第 19 层是什么？

沉默，足足持续了一分钟……

第一眼看到这条短信，叶萧的脑子里就一片空白了，他还从来没有想过这样的问题："地狱的第19层？"

叶萧紧张地摇了摇头，对于这种高深的问题，或许只有一流的哲学家才能回答。作为一个成功的警官，他已经很久都没这么紧张过了，而此刻他面对的居然是条短信。

也许是熬了一整夜的缘故，叶萧的脑子已经有些乱了，他随手按了几下键，编辑了一条回复的短信：

你能告诉我答案吗？

然后，叶萧将这条短信回复了出去。

这是今夜他犯的第二个错误。

还没等他回过神来，短信铃声便又响了起来。

事情到了这一步，叶萧已经没有办法回避了，他颤抖着打开了这条短信：

欢迎你来到地狱。

清晨六点。

在昏暗的女生寝室里，春雨好不容易才睡着了几个小时，突然被一阵短信铃声吵醒了。

春雨心里暗暗咒骂了一声，她没有去看手机，依然躺在被窝里不动。片刻之后，短信铃声又响起来了，她只能伸出手看了看手机，却没想到是南小琴发来的短信：

春雨，我收到了素兰的短信。

春雨立刻清醒了过来，素兰不是已经上吊自杀了吗？

虽然，南小琴和素兰不是一个寝室的，但她们高中的时候就是同学，后来又考上了同一所大学的同一个专业，从来都是最要好的朋友。

难道素兰变成了鬼魂还在缠着南小琴？

现在春雨已睡意全消了，立刻回复给了南小琴："这不可能，那条短信里是怎么写的？"

很快南小琴就回复了："你知道地狱的第19层是什么？"

看着屏幕上"地狱"两个字，春雨的心跳又加快了，瞬间联想到了那天半夜，收到已经死去的清幽发来的短信，同样也是这个致命的问题。春雨赶快发出了短信："不要，千万不要回复她。"

南小琴："来不及了，我已经回复她了，她又回给了我短信：'欢迎你来到地狱。'"

春雨不知道该如何回复了，现在南小琴遇到的状况，就和春雨进入"地狱"的过程一样。

南小琴紧接着又发了一条短信："我已经进入地狱的第1层了。"

春雨："不要进去！"

南小琴："素兰带着我到幽灵客栈了。"

春雨感到后背冒出了冷汗，她不能让南小琴再继续下去了，便赶快回复："你现在在哪里？我来找你。"

在这条短信回复之后，春雨坐在寝室里等了半个小时，但手机依然没有任何动静。不知道南小琴那边怎么了？

春雨又给她发了好几个短信，始终都没有收到回复。春雨干脆给她打了一个电话，却无法接通南小琴的手机，好像她已经藏到了地底似的。清晨的光线渐渐照亮了寝室，春雨的脸庞沐浴在晨曦中，皮肤呈现出牛奶般的色泽，她怔怔地问自己——"难道死人在地狱里也能发短信？"

已经到下午了，还是无法与南小琴联系上。春雨焦急地在寝室里来回踱步。

不知为什么，她忽然想起了十几岁的时候，小心翼翼地守候在妈妈的门口，偷听着里面发出的可怕声音。春雨一下子捂住了耳朵，那种声音竟然又出现了，像撕裂的金属那样尖厉，深深地刺进了耳道。

她感觉鲜血仿佛流了出来，溅满了雪白的床单，十三岁的自己凝视着那个人，还有黑夜里闪光的刀刃。不——她不能再回忆下去了，每想到这一瞬间就会头疼欲裂，尖厉的声音仿佛会撕碎耳膜。

噩梦永远都不会自己走开，除非你能够消灭它。

春雨现在的噩梦，源于清幽的神秘死亡。而清幽的死除了与那条短信有关外，那栋传说闹鬼的教学楼一定也脱不了干系。

鬼楼中一定还藏着什么秘密，或许能解释清幽的死？

春雨已经决定了，她披上一件外套，立刻跑出了寝室。

十分钟后，她悄悄来到鬼楼外边的围墙，往左边走就可以绕进去了。然而，春雨的心跳又骤然加快，围墙里面似乎飘出了某种气息，涌进了她的鼻孔里，使她在原地停住不动。

是的，她感到了身边存在着一股深深的恐惧。这种恐惧只有在面对荒村时才有过。

正当她原地徘徊时，眼角忽然掠过一个人影，正急匆匆向她走过来。

竟然是高玄。

这是春雨做梦都想不到的，她只能尴尬地点了点头。高玄也显得非常意外，他快步走到春雨跟前说："世界真小，我又碰到你了。"

春雨看了看四周，因为传说闹鬼，所以这里是校园最偏僻的地方，几乎见不到其他人影。

"你怎么会到这里？"

"我差不多每天都要从这里经过，因为这里是我们美术系到停车场的捷径，如果走大路的话要绕很长时间。"

"那你现在是要出校了？"

"不，我刚从市区苏州河边的一家画廊回来。"高玄回头看了一眼围墙，轻声地说，"那你来这里干什么呢？围墙里面可就是鬼楼了。"

春雨不知道该怎么回答，有些犹豫地低下了头。

"你该不是想去鬼楼吧？"高玄靠近了她，用一种特别低沉的声音说，"许多好奇的女生都想进去看看，你也属于其中之一吧？"

"不仅仅是因为我好奇。我最要好的朋友，就死在这栋楼里面。"

高玄的脸色立刻就变了，他皱起了眉头说："我听说上个星期，有个大四女生在鬼楼里自杀了。她是你的同学？"

"不但是同学，而且是最亲密的室友。更重要的是，第一个发现她死去的人——就是我。"

"你？"他倒吸了一口冷气，摇着头说，"真没有想到，你经历了这么可怕的事情。怪不得第一眼看到你的时候，我就发现在你的眼睛里，隐藏着很深的警戒和恐惧。"

听到这句话，春雨赶紧把目光避开了他。但高玄继续追问道："我猜你现在来这里，是想要进去再看看清楚，找出室友选择在鬼楼自杀的原因，是吗？"

"对不起。我知道学校是不准学生擅自闯入鬼楼的。"她知道高玄是个老师，一定不会允许她进去的。

但是，高玄的回答却让她倍感意外："你真想进去吗？一个女孩子进鬼楼可是需要很大勇气的，如果你愿意的话，我可以陪着你进去。"

春雨一开始还以为自己听错了："你说什么？你愿意陪我进去？"

"只要你愿意。"

"可你是老师啊。"

"但任何人都有好奇心，就连老师也不例外。"说到这里，高玄又笑了起来，"何况，保护学生也是老师的职责啊。"

一边说着，高玄已经往里面走了，原来他也知道进鬼楼的小道。春雨急忙跟在他后面，小心翼翼地一起踏入了鬼楼的小院。

那栋阴森的楼房依然矗立着，在寒冬的天空下呈现着肃杀之气。春雨下意识地后退了一步，但高玄回头轻声地说："不要害怕，跟我来。"

她又看了二楼的窗户一眼，想象中那个人影没有再出现，所有的窗户都看不出什么。她这才平静了一下心跳说："你一定来过这里吧？"

高玄并不回答，只是嘴角翘了翘。他发现底楼的大门被关死了，这一定是清幽出事以后，被学校重新锁上的。

但他立刻转到了鬼楼的右侧，原来这里有扇偏门，虽然里面有插销关着，但门上的玻璃没有了。高玄把手伸进了门里，拉开了插销，便和春雨一起走了进去。

看着高玄这副驾轻就熟的样子，春雨不禁轻声地说："你怎么对这里这么熟啊？"

"因为——"高玄走进了昏暗的通道，他停顿了片刻之后说，"我在这栋楼里上过课。"

"什么？你在鬼楼里上过课？"

春雨呼吸着这里难闻的气味，仿佛又回到了那天半夜里。

高玄回过头来，脸庞被覆盖在阴影中："那是七八年前的事了，我还在读大学一二年级，我们美术系经常到这栋楼里来写生。"

"那时候没有闹鬼的传说吗？"

"世界上根本就没有鬼。"高玄冷冷地回答，然后踏上了楼梯，"这不过是一栋普通的教学楼而已，就是破旧了一些。至于传说这里闹鬼，则是在我大二那年以后的事了。"

"为什么？难道那年发生了什么事？"

高玄似乎变得沉闷了许多，上到二楼走廊后才回答："等会儿我会告诉你的。"

又是二楼的走廊，虽然春雨感到一阵胸闷，但无论如何都不敢大口呼吸。她紧跟在高玄的身后，虽然高玄做出了拉手的姿势，但她始终小心地缩着双手，不敢被他拉到。

春雨永远都不会忘记那个房间。

或许房里真的有幽灵？

她小心翼翼地走到门口，给高玄做了一个手势。而高玄的眼神则非常奇怪，他犹豫了好半天，才轻轻地推开了房门。高玄率先走了进去，但他怔怔地看了半天，都没有任何表示。而春雨已经等不及了，也跟在后面挤了进去。

还是这间小教室，除了一些课桌椅外，没有其他什么东西。春雨用眼角扫视了一圈，竭力想要捕获什么线索，但只看到一地的灰尘。

她缓缓走到窗前，正好可以看到鬼楼前面的空地，那张数码照片所拍下的人影，同样也是站在这个位置。难道那真是幻觉？春雨回过头去，看到高玄的眼睛里掠过一丝什么东西，她冷冷地说："我的室友，就是死在这个房间里。"

"听说是自杀？"

"她咬断了自己的舌头。"

"咬舌？"高玄也失去了平静的语气，"天底下怎么会有这种死法？"

春雨终于深呼吸了一口，她觉得自己面对高玄已经不再心慌了："奇怪的事情才刚刚发生，就在她死后不久，我居然收到了她发给我的短信。"

"死人也能发短信？"

"是的,她在短信里问了我一个问题——'你知道地狱的第19层是什么？'"

听完春雨的这句话，高玄的面色在瞬间就变了，他呆呆地坐到了布满灰尘的课桌上，沉默了片刻后回答："然后，你回复了这条短信。几秒钟后，对方的第二条短信便接踵而来，对你说——欢迎你来到地狱。"

这回轮到春雨惊呆了，嘴唇颤抖着："你怎么知道的？"

"因为我也收到过这样的短信。"

高玄的回答是她做梦都想不到的，世界上竟然有这么巧的事情？她摇了摇头说："不可能，难道你也进入了地狱？"

"没错，我确实进入了地狱，昨天半夜刚刚通过地狱的第10层。"

高玄的额头冒出了汗，两个人在鬼楼里讨论这种话题，确实能让人汗毛倒竖。他拿出手绢擦了擦说，"那么你呢？你到第几层了？"

"我到了地狱的第5层。"

"等一等，"高玄打断了春雨的话，他又低下头想了想，"照这么说，进入地狱游戏的人不止我一个？"

"你说是地狱游戏？"春雨摇了摇头说，"不，已经有两个人因此而死了，还有一个人变成了精神病，你还能说这是游戏？"

"真有这种事？"

春雨盯着他那重瞳般的眼睛："你是怎么收到那个问题的？"

"十几天前，我很偶然地收到了一条短信，发件人是个很奇怪的号码，我还能背得出来：×××××741111。"

“果然又是这个号码。”

“那条短信只提了一个问题——‘你知道地狱的第 19 层是什么？’”高玄总算喘了一口气说，“当时我很奇怪，从来没想过这个问题，就随手回复了一个，没想到竟收到了‘欢迎你来到地狱’的短信，就这样我被拖进了地狱游戏。”

春雨忽然低下了头，她知道高玄是与她同病相怜了。

高玄轻声地说：“我们不要再待在鬼楼了，快点下去吧。”

他们离开了这房间，然后虚掩上房门，匆匆地跑出了鬼楼。回到楼下的空地，春雨又回头望了一眼刚才自己站过的窗户，如果恰好有人在下面拍张照片，一定也会把她给拍进去的，到时人们会不会把她当成是幽灵呢？

“快走吧。”高玄催促了一声。

很快，他们回到了围墙的外边，春雨这才长出了一口气说：“你是个和别人不一样的老师。”

“别人都这么说。”高玄自我嘲讽似的苦笑了一声，“也许我不是一个称职的老师，但我是一个称职的画家。”后半句话又带着几分骄傲，春雨也忍不住笑了一下。她把自己的手机号码留给了他随后飞快地转身跑回去了。

回到寝室后，春雨继续给南小琴打电话，但没有一个能够打通。

她也不想去问其他同学，因为现在几乎已经没有人理她了。所有的女生都把她当作扫帚星，因为最近发生的两次自杀事件，都是春雨第一个发现的，如此巧合只能说明春雨的晦气太重，谁碰到她谁就会倒大霉。

至于那些男生，也不太敢和她说话了，她觉得自己就像个孤魂野鬼似的，飘荡在这栋女生宿舍楼里。

快到子夜十二点钟的时候，她终于撑不下去了，便匆匆熄灯睡下。然而，还没等春雨闭上眼睛，短信铃声就响了起来。

和前几天一样，依然是“×××××741111”号码发来的短信：

你已进入地狱的第 5 层，住在牙买加旅店中，将选择：1. 海岸荒原；2. 海盗巢穴；3. 多茨玛丽湖；4. 地狱咖啡馆。

就像着了魔似的，春雨不由自主地选择了“多茨玛丽湖”，随后便被拖入了一个阴魂不散的世界。

多茨玛丽湖位于牙买加旅店以南两英里，是博德明沼地最大的湖泊。传说古英格兰最著名的亚瑟王身负重伤后就躺在湖边，命贝德维尔将神剑扔入湖中。又传说十七世纪有个治安官，他将灵魂出卖给了魔鬼，要用一个贝壳吸干湖水，结果被地狱猎犬追踪而亡，从此便在多茨玛丽湖附近阴魂不散。

半个钟头过去了，春雨的后背已全都是冷汗了，总算熬过了多茨玛丽湖。她退到了一开始那个短信，这才注意到了最后一个选项——“地狱咖啡馆”。

春雨已经按捺不住了，反正都闯过这么多关了，再多去一个“鬼地方”也无妨。于是，她又选择了地狱咖啡馆。随后她收到了这样一条短信：

你已进入地狱咖啡馆，将与其他地狱漫游者聊天，请选择对象：

1. 化身博士；2. 弗兰肯斯坦；3. 画皮；4. 恶魔杰克；5. 山村贞子；6. 马佐里尼。

原来这里还有手机聊天室？这令春雨感到非常意外，难道真像高玄所说的那样，这是一个地狱游戏？

而且，这些“地狱漫游者”的昵称又是如此奇怪，像“化身博士”“弗兰肯斯坦”都是著名哥特式小说里的人物，而“山村贞子”更是大名鼎鼎，至于“马佐里尼”，那不是在美术系看到的那幅油画的作者吗？

来不及多想，第二条短信又到了，依然是“地狱漫游者”们的昵称和编号，只要发送他们的编号，就可以和他们聊天了吗？真不知道这些人是否存在，如果真的存在的话，是否也是像春雨她们这样的“人”呢？春雨忽然想到，自己在地狱里的昵称是“小枝”，那么恐怕自己也在这“地狱咖啡馆”里，等待他人的聊天吧？想到这里她更加犹豫了，拇指颤抖了几下，还是退出了这条短信。

随后，她收到了今夜最后一条短信：

你已通过地狱的第 5 层，进入了地狱的第 6 层。

地狱的第6层

这天是星期三。

早上刚起来，春雨就去校园里的书报亭买了份报纸。虽然这几天被恐怖的事情缠上了，但生活毕竟还要继续，特别是毕业论文的准备工作不能被耽误。如果拖到寒假以后恐怕就太紧张了。所以，她准备找一家做短信业务的公司实习，正好为自己的论文做社会实践，学校也不会反对的。春雨打开了报纸的招聘版，翻了好半天才找到了一家信息服务公司，专门招聘短信编辑若干名。看来这种公司就是专门提供短信服务的，那些具有骚扰性的服务短信，大概也是这种公司发出的吧。

她决定明天上午去应聘。

上午十点多钟，春雨突然收到了一条短信，发件人是个完全陌生的号码，而这条短信的内容，却让她心跳加快了：

春雨，我是高玄，今天中午你有空吗？我有些事想和你谈谈，中午十二点，我在“倾城之恋”等你。

春雨并没有回复这条短信。她知道“倾城之恋”。那是学校后门对面的一家餐厅，因为消费比较高，平时学生们很少去那里。她想高玄可真会选地方，倾城之恋——张爱玲著名小说的名字啊。

过了好一会儿，春雨才让自己的心静了下来。她在寝室里来回走了几圈儿，然后打开自己的衣柜，挑选了一件最喜欢的毛外套。接着她出去洗了一把脸，又化上了一点淡妆，在镜子里也算是个小美眉了。虽然不算是什么大家闺秀金枝玉叶，但起码是青春逼人。

十二点快到了，春雨终于忐忑不安地出了门。

“倾城之恋”与学校大门只隔着一条马路，春雨缓缓走进玻璃门，立刻就看到了高玄，他在靠窗的座位上招了招手。

春雨走到座位旁边，却没有立刻坐下去。

高玄看了看表说："我还从没见过像你这么准时的女生。"

春雨软软地顶了他一句："这么说，你经常请女生出来吃饭吧？"

高玄有些尴尬地笑了笑："为什么不坐下？"

"对不起。"春雨看了看窗外说，"我不想坐在靠窗的位子，因为这里很容易被同学们看见。"

原来这扇窗户正对着马路对过的学校大门，学生们出门一眼就会看到这里。高玄摇着头笑了一下，便移到了一个最里面的座位上。春雨这才在他的对面坐下，轻声地说："我不愿无缘无故地被人请吃饭。请告诉我有什么事？"

"午饭还没吃吧？先吃点东西再说。"

高玄随手点了几个小菜，菜很快就被送上了桌子。春雨可没有心思在这里享用，她只是礼节性地动了几下筷子。高玄倒显得很不好意思，只能又要了几份点心，才让春雨真正吃完了午饭。

春雨忽然想起了一个问题："昨天下午在鬼楼，你说会把传说闹鬼的原因告诉我的。"

"对不起。"高玄的表情有些尴尬，他犹豫了一会儿说，"昨天可能太紧张了，到后来我就忘了。现在让我告诉你吧，为什么大家要叫它鬼楼。因为在八年前的一个夜晚，有个漂亮的大二女生，跑到那里的一间教室里上吊自杀了。从此以后，就有了那个女生死后阴魂不散，总是在那栋教学楼里出没的传闻。有几个男生为了显示自己胆大，半夜里跑到楼里去抓鬼，结果不知道遇到了什么东西，差点被吓出了精神病。闹鬼的传闻越说越神了，那栋楼也有了鬼楼的雅号。学校实在没有办法，再加上那栋楼确实太老了，不适合再进行教学，便禁止学生进入那里。"

"这就是鬼楼的渊源？"

高玄的表情略显烦躁："不要相信这些事，不存在什么鬼楼。我在那里上过课的，那只是一栋破旧的普通教学楼而已。"

春雨沉默了片刻，忽然脑子里掠过了那个致命的问题，便冷冷地问："你知道地狱的第19层是什么？"

这个问题显然让高玄大吃一惊。他摇了摇头说："我发现你总是语出惊人。其实，这几天我一直都在思考这个问题，确实太让人头疼了。我们都知道'十八层地狱'的说法，那么第19层地狱呢？也许是地狱中的地狱吧。"

"所以，那天你也去了图书馆，去寻找那本关于地狱的书。"

高玄无奈地笑了笑："没错，就是因为这个原因。是不是很巧？如果我没有进入地狱游戏的话，我也不会跑到图书馆去找那本书，那就更不可能认识你了。"

"是地狱使我们相识？"春雨说完自己也苦笑了一下,不知这是不是缘分？

高玄忽然靠近她："其实，今天我请你出来，是有件事请你帮忙。"

"我能帮你什么忙？"

"从我第一次见到你,就发觉你的气质很特别,非常适合被画到油画里去。这几天我在准备一幅油画，但苦于找不到好的对象，我的学生们都不符合我的要求，所以我只有请你来——"

"做模特？"春雨立刻站了起来，脸上掩饰不住的是失望之色。她真的有些生气了，但还是克制着低声说："对不起，我还有其他事。"

高玄也急忙站了起来，笑着说："你想到哪里去了？我只是想请你在画架前坐上一个小时，当然是穿着衣服的。"

他最后补充的那句话，倒让春雨有些难为情了。她理解了高玄的意思，低下头轻声说："让我想一想。"

"我已经全都设计好了，就穿你身上这件毛衣，在一个幽暗的房间里，被冬日的阳光照亮脸庞。"

随着高玄的描述，春雨眼前已浮现出了这样一幅画面，她看了看餐厅窗外，果然有一层金色的冬日阳光。虽然心跳得厉害，但她还是压抑住紧张的表情，微微点了点头。

"太谢谢你了。"高玄赶紧付了账,便带着春雨走出了餐厅。十几分钟后，他们来到了美术系的大楼，进门的时候许多女生都向高玄打招呼，同时也向春雨投来了嫉妒的目光。

春雨只能低着头，跟着高玄穿过大厅，来到楼上的一间工作室里。

这是一间狭小的房间，墙上开着一面小窗户，一束冬日阳光照射进来，在另一边的墙上投出一个方形的光影。房间里充满了颜料的气味，春雨禁不住掩了掩鼻子。还有许多画架摆在房间里，大多是些未完成的半成品。看起来高玄不是搞后现代艺术的，因为那些画都是中规中矩的油画，画的也多是些穿着衣服的人像，或者是具有欧洲古典风格的画。

高玄淡淡地说："对不起，这房间太小了，不过……"

"这就是艺术家的画室？"

"谈不上艺术家，不过是个会画画的教书匠而已。"

然后，高玄关掉房间里的几盏灯，工作室一下子变得幽暗了下来，而那束阳光则更为醒目。他让春雨坐到一把椅子上，从窗口进来的那一小束阳光，正好照亮了她的脸。

在幽暗的背景下，冬日里柔和的阳光透过正方形的小窗户，就像放映电影那样洒在她脸上。春雨的皮肤非常光滑，阳光如水珠般在她额头溅起，变成了一组梦幻似的镜头，再加上她那件毛衣，正好对应她的长发与白肤，使整个人显得安逸恬静，宛如梦中下凡的圣女。

高玄摆好了画架，准备好了铅笔和颜料，但他许久都没有动笔，只是一直凝视着春雨。直到春雨有些坐不住了，他才做了一个手势，在画布上打起了草稿。

画幅并不大，仅有五十厘米见方，所以最多只能画胸像。高玄很快就打出了轮廓，一个坐在斗室里的女孩影子就跃然纸上了。在用铅笔画完所有部分后，他开始涂上了颜色。冬日阳光流淌在春雨脸上，很容易让他联想起文艺复兴时期的某幅作品。而她身后幽暗的背景，则更像是伦勃朗的风格，射入斗室的阳光赋予了强烈的明暗对比，对光线的运用就成为了画作的关键。

两个钟头过去了。

春雨一直安静地坐在画架前，她不知道高玄还要画多久，但她只能保持这种姿势，除了喘气和眨眼睛之外，几乎一动不动。

高玄画得出奇地快，差不多已经快画好了，但室内的阳光却已经没有了，他向窗外看了看，天色似乎已暗了下来。不过，这已经不影响这幅画的完成了，高玄看着春雨的眼睛，完成了最后的几笔。

终于，他把画笔摔到了地上，如释重负地长出了一口气："太棒了，你真像是圣女啊。"

春雨小心翼翼地问："我能起来了吗？"

"当然，已经完成了。"

春雨的腿都已经麻了，一下子站不起来，高玄赶忙扶了她一把。春雨感觉腿上有千万只蚂蚁爬过似的，只能用手不断揉搓，许久才恢复过来。她缓缓地走到画架后边，总算看到了油画中自己的形象。幸好高玄没有把她画成抽象画，油画中的她与真人简直一模一样，脸部的轮廓和线条都相当精确，油彩也用得很合适。总之，这是一幅写实风格的古典主义油画，只是画中人物是中国女孩的面孔。

不过，最重要的是对光线的运用，特别是洒在春雨脸上的阳光。春雨赞叹着说："你画得真好。"

高玄也颇为自得地说："虽然这幅画不大，却是我最近几个月来，感觉最好的一幅画。”

但春雨却冷冷地说：“真的吗？”

“当然是真的。”高玄微笑着摇摇头说，“你真特别，知道吗？平时我的那些女学生，都是用讨好的语气与我说话，用献媚的目光看着我。时间一长，每次听到那些话，看到那些眼神，我就会感到厌恶。只有你是与众不同的，你的眼神和语言都是那么冷，好像是一头容易受惊的小鹿，时常警戒着森林里的野兽。”

“你说你是森林里的野兽？”

“也许是吧。”高玄又收拾一下画画的工具，然后带着春雨离开了画室。

离开美术系大楼的时候，春雨一直都低着头，尽量不被其他人看到。当他们走到门口时，却发现天气变了，两小时前还是暖洋洋的冬日，现在却已下起了淅淅沥沥的小雨。

高玄立刻说：“我给你拿把雨伞吧？”

“不用了，我自己能跑回去。”

“那你这身漂亮的毛衣怎么办？”

不等春雨回答，高玄已经转身跑向大楼。还不到两分钟，他就又跑了回来，手里拿着两把雨伞。他将一把伞交到春雨手中说：“我送你回寝室吧。”这回春雨没有推辞，他们各自撑起手中的伞，走进了绵绵细雨中。

但春雨赶紧中止了自己的胡思乱想，因为不管怎么说，身边的这个男人还是老师呢。

从美术系到春雨的寝室，要走很长的路。高玄似乎很喜欢这场雨，嘴里喃喃自语：“冬天的雨，比冬天的阳光还要珍贵啊。”

“是啊，冬天很少下雨。”春雨只回答了这一句，就不再说话了。

在冬天的细雨中走了半个小时，他们终于来到了春雨的女生宿舍楼下。高玄很识相地到此为止。他向春雨挥了挥手说：“今天你实在帮了我大忙了，谢谢。”

春雨也点了点头，把手中的雨伞交还给他：“也谢谢你的伞。”

说完，她就低着头上楼去了。

刚才在楼梯口还有好几个女生，她们似乎都认识高玄，立刻交头接耳起来。原来，美术系高老师是大帅哥的名声，早就被许多其他系的女生所知了，她们每次见到高玄，都会像见到明星似的兴奋。

可是，这次她们谁都高兴不起来，因为高玄是来送春雨的，而且还是在这种浪漫的雨天。女生们只能用嫉妒的目光看着春雨。

此刻，春雨已经跑到了楼上的走廊，她把头探出窗户看了看，楼下已经不见了高玄的踪影，而整个天幕都已烟雨蒙蒙……

夜晚。

冬雨滴滴答答地落在雨棚上，发出令人烦躁的声音。叶萧警官在自家窗前徘徊着，看着外边雨夜中的城市。他在窗玻璃前呵出一口气，白色的雾气喷在玻璃上，立刻模糊了他的视线，就像这些天他所遇到的谜团。虽然只是一起大学中的自杀事件，据说很可能是因为谈恋爱的缘故而使那女生想不通走上了绝路，警方已经没有继续调查的必要了，但那天突然出现的春雨，还有死者手机里留下的奇怪短信，都使叶萧心里惴惴不安。

叶萧回到写字台前，笔记本上写着一行致命的数字：×××××741111。

昨天凌晨时分，他抑制不住自己的好奇心，向这个号码发出了一条短信，结果居然收到了“你知道地狱的第 19 层是什么？”的短信。自此就一发而不可收，他被拖入了一个奇怪的游戏，进入了“地狱的第 1 层”，但他赶快关掉了手机，没有再继续下去。

上午，他已经把素兰的手机还给学校了。但整整一天过去了，他的脑子里都在想着这个号码，在这组数字的背后究竟隐藏着什么秘密呢？

不必看笔记本，那组数字已浮现在眼前，就像密码似的不断排列着——叶萧忽然想起了那件关于“神在看着你”五个字的案子，同样也是以文字作为密码的暗号，那么能否反过来推理呢？以数字来代表某种意义或文字？

叶萧嘴里又轻声念了一遍：“×××××741111”，其中前面五位数字是没有意义的，关键是后面的“741111”六位数，过去在公安大学读书时，叶萧学过一些密码学的知识，如果以英文字母为密码，那么最简单的设置就是——

A＝0、B＝1、C＝2、D＝3、E＝4……依此类推，一直到 Z＝25。

如此这般，用二十六个英文字母与 0 到 25 的数字互相替换，这是换字式暗号的基础，作为暗号或密码来说也是最简单的。

那么要解开“741111”这个号码，首先要把“7、4、1、1、1、1”这六个数字分解，分别以换字式暗号规律的英文字母来替换，即——

7＝H、4＝E、1＝B。

“7、4、1、1、1、1”也就等于“H、E、B、B、B、B”，连续念的话应该是“HEBBBB”。叶萧实在想不出有这样的英文单词，最起码那连续的四个“B”，已经完全违背了发音规律。

但叶萧还有一个办法，就是将一位数和二位数的数字分开来。

如果将英文字母二十六进位法的数字假定为换字暗号，“74”或“41”这种数字就无法替换，因为不会有超过26以上的二位数字。

从“741111”这组数字来看，按前后顺序排列，小于26的两位数，只有11这个数字，换算为字母的话就是“L”。

除了前面的一组字母以外，叶萧试着将“741111”分割成了几组不同的数字和字母——

7、4、1、1、11 = HEBBL

7、4、1、11、1 = HEBLB

7、4、11、1、1 = HELBB

7、4、11、11 = HELL

叶萧看着这些数字化为字母，再分别试着念出其英语发音——

“HEBBL、HEBLB、HELBB”这三组字母都无法组成有意义的英文单词。

只有最后一组字母——

“HELL”。

叶萧不但立刻读出了它的英语发音，而且明白了它的意思——地狱。成功了！他终于悟出了这个数字的玄妙。

741111 = HELL =地狱。

不知是恐惧还是兴奋，叶萧感到额头上沁出了一些汗珠，他赶快打开了电脑里的金山词霸，输入“HELL”这个单词。对英文“HELL”的解释除了“地狱”以外，还有“苦境、阴间、地狱中的人、训斥、狂饮、飞驰、该死”等意义。

房间里静得像坟墓，只有窗外的绵绵夜雨，如潮汐般涌上他的心头。叶萧缓缓拿起笔，又一次在纸上写下了这组数字——“×××××741111”。

这个号码不仅仅来自地狱，事实上它本身就是“地狱”的意思。

地狱短信？

子夜，寂静的女生寝室。

黑暗的窗外下着冰凉的冬雨，春雨静静听着玻璃窗上的声音，她的名字里就有一个“雨”字，因为她是在春天的细雨中出生的。所以，她从小就喜欢隔着窗户听雨的声音，那时而稀疏时而密集的节奏，仿佛来自天国的窃窃私语。

春雨孤独地坐在上铺，她刚为手机换上新的电池板，耳朵听着窗外的雨，眼睛却看着蓝色的手机屏幕。

十二点整。

短信铃声准时响起。

又是那个神秘的号码，又是那条短信：

你已进入地狱的第6层，离开牙买加客栈，你将选择：1. 宠物公墓；2. 兰若寺；3. 德古拉城堡；4. 地狱咖啡馆。

春雨立刻注意到了“宠物公墓”，前几次她并没有看到过这个地方，而这个名字也非常特别。于是，她不假思索地选择了“1. 宠物公墓”。

在接下来的几条短信里，春雨住进了一栋公路边的房子，公路后面有一片茂密阴郁的森林，森林里有一片特殊的公墓，埋葬的都是附近人家豢养的宠物。春雨养了一只美丽的猫，有一天它不幸地被汽车撞死了，她将猫埋葬到了宠物公墓后边的泥土中。但是，在第二天的清晨，那只猫敲响了她的房门……

后来的发展完全超乎了春雨的意料，最终演变成了一幕极度恐怖的故事，而她并不知道这个故事的原作者就是——斯蒂芬·金。

当春雨从“宠物公墓”里死里逃生之后，才发现后背已经完全被冷汗浸湿了。她惊魂未定地看了看窗外，黑夜里的雨声幽幽地泣诉，宛如某个动物或人的尸体就埋在楼下。

但她并没有结束，而是回到一开始那条短信，选择了“4. 地狱咖啡馆”。

果然，春雨又一次进入了地狱聊天室，发现了一连串奇怪的昵称。

这时一条新的短信又进来了：

马佐里尼想要和你说话，你将选择：1. 同意；2. 不同意。

她立刻就想起了“马佐里尼”这个名字，不就是那个意大利画家吗？春雨感到了一丝好奇，便回复了“1. 同意”。

几秒钟后，她就收到了回音。

马佐里尼：你好，小枝，你知道自己在哪里吗？

小枝？春雨已经不再陌生了，这就是她的昵称，她立刻回复：“我想我很快就要通过地狱的第6层了。”

马佐里尼：你不感到害怕吗？

春雨：那么你呢？你感到害怕吗？

马佐里尼：请不要这么对我说话，我是地狱的守望者。

春雨：地狱的守望者？那你知道地狱的第19层是什么？

马佐里尼：当然知道。

春雨：那就快点告诉我吧。

马佐里尼：只有当你通过前面的 18 层地狱，进入地狱的第 19 层时，才会知道最终的秘密。

春雨：如果我没有通过前面的 N 层地狱呢？

马佐里尼：那你就只能 GAME OVER。

看到“GAME OVER”这个词组，春雨立刻想到了清幽出事的那晚，然后，她颤抖着用拇指按出了一句话：“清幽就是因为没有通过地狱，所以才会 GAME OVER 了吗？”

然而，等春雨把这条短信发出后，等来的并不是马佐里尼的回复，而是今夜最后一条短信：

你已通过地狱的第 6 层，进入了地狱的第 7 层。

地狱的第 7 层

雨继续下。

不到七点，春雨就提前起床了。

虽然半夜里与那神秘 ID 聊天，使她几乎整晚都没睡好，但她还是要努力打起精神。她特意在镜子前打扮了一番，又从衣柜里选了一件比较正式的衣服，使她看起来颇有些成熟的魅力。

因为今天她要去应聘。

就是昨天从报纸上看到的那家信息服务公司，主要经营短信与彩信业务，也就是业界所称的“SP”。如果这次能够应聘成功，不但是一次成功的社会实践，对完成毕业论文很有帮助，将来也能算是个很好的工作经历。春雨准备齐全了所有的应聘资料，而且为准备毕业论文，她也对目前 SP 行业的短信业务做过调查，这些都是她应聘的优势。

上午，春雨做完了一切准备，在这些天持续的郁闷中，第一次找回了部分的自信。在阴冷的冬雨中，她撑着伞走出大学校门，走进了通往市中心的地铁车站。

地铁中流传着《荒村公寓》里那个离奇的爱情故事，使春雨走在站台上不免有些冷飕飕的。她抱着自己胸前的资料，眼睛不停地向四周张望着，似乎真能看到那个终日游荡于此的幽灵。

春雨坐上了一节地铁列车，拥挤在嘈杂的人群中，周围不时有湿漉漉的雨伞碰到她，她只能很小心地保护着自己的衣服。她站在面对车窗的位置，前面座位上有个染金发的女孩，正聚精会神地玩着手机，周围则此起彼伏地响着各种短信铃声。

忽然，春雨的手机短信铃声响了起来。在摇晃而拥挤的车厢里，她好不容易才拿出了手机，发现是高玄发来的短信："今天下午你有空吗？"

春雨的心跳又加快了，她犹豫了一小会儿，然后用拇指按了一下："有空。"

在等待了一分钟后，便收到了高玄的回复："下午三点，我到你宿舍楼下再给你短信。"

看着这条有些冒失的短信，春雨嘟起了嘴唇。正好这时已经到站了，她拼命地挤出人群，在车门关闭前冲了出去。

春雨喘了几口气，重新整理一下衣服和头发，走出了地铁车站。目的地就在车站出口对面，一栋几十层高的写字楼。

她收起了伞，坐电梯来到了第19层，找到了那家信息服务公司。

这里比她想象中的还要小，在狭小局促的玄关处，几个与她年龄相仿的女生坐在椅子上，原来她们也是来应聘的。春雨似乎来晚了，她只能站在门口，等待着前面排队的人。

实在没有想到这样的局面，她们应该不会是在校大学生吧？春雨想到几位毕业后至今没有找到工作的学姐，心里不免有些紧张起来。

但面试似乎进行得很快，不断有应聘者从小房间里出来，大多带着失望的表情。春雨静静地等待在门口，几个带着浓郁香水味的女生从身边走过，使她忍不住掩了掩鼻子。

终于轮到春雨了。

她整理了一下头发，做了一个微笑的表情走进房间。这是有着落地窗户的小间，可以看到外面摩天楼丛生的景致。迎面只有一张办公桌，坐着个大约三十岁的男人，他穿着一身笔挺的西服，肤色略微有些黑，从派头上来看有点像"海龟"。

春雨还是有些紧张，她先做了一下自我介绍，然后把应聘材料放到了桌子上。那男人却看都不看她一眼，只是撇了撇嘴说："我叫严明亮，是公司的CEO，我们公司——"

他的话突然中断了，因为这时他抬起头来看到了春雨，他的眼睛似乎定住不动了，直勾勾地盯着春雨的脸，那种眼神让她感到有些害怕。严明亮又低下了头，不知道在想些什么，他用沉闷的嗓音说："你清楚自己应聘的位置吗？"

春雨的回答变得非常平静："是的，短信服务编辑，每日搜集最新的短信进行编辑，输入公司的服务器。"

他又缓缓地抬起头来，冷冷地说："你可以走了。"

春雨不再多说什么了，她没动桌子上的材料，默默地退出了房间。中央空调下的空气让人窒息，春雨的脸上没有露出心里的郁闷，她拿起雨伞便离开了这里。

走出高耸的写字楼，春雨在伞下遥望着乌云覆盖的天空，冰凉的雨点落在伞布上的声音，就像某首忧郁的歌。

下午，春雨始终等在寝室里。

这场冬雨似乎下个没完没了，房间里弥漫着阴冷潮湿的空气，让她感觉冷到了骨头里。隔着窗玻璃，她看到楼下许多男生撑着伞送女生回来，可能是因为最近宿舍楼里死了人，女生们越来越胆小的缘故。

经历了上午那次失败的应聘后，春雨的心情更加郁闷了，她离开窗口在房间里徘徊着，直到她的短信铃声响了起来。是高玄发来的短信："我就在你楼下，你在几楼？"

春雨忽然有些害怕起来，她跑到走廊里看了看楼下，果然有一个撑着伞的瘦高男子的背影。她看到走廊里不时有女生走过，立刻回复给他："你不要上来，我立刻就下去。"

她赶快回寝室挑了件外套，又对着镜子照了照自己，拿了把伞匆匆跑出去。来到楼下见到高玄，只见伞下的他神色凝重，那双让人心跳的眼睛里满是忧郁。这回春雨主动说话了："对不起，你如果来到我的寝室，恐怕会被其他人说闲话的。"

"你很在意这些吗？"高玄苦笑了一下，然后摆了摆手说，"没关系，那我们就边走边说吧。"

如果换成其他的女生，在绵绵细雨中看到白马王子般的高老师，一定会兴奋得发起嗲来。但春雨却冷冷地说："来找我有什么事？"

"昨天晚上，我发现了一些很重要的事情，是关于地狱游戏的事。"

现在春雨听到"地狱"两个字心里就发颤，但她在嘴巴上依然保持着平静："你到底发现了什么？"

"地狱咖啡馆，"高玄怔怔地说出了这个名字，"在地狱游戏中，有一个叫'地狱咖啡馆'的短信聊天室，你有没有遇到过？"

这时他们已经走到一条林荫道上，两边都是茂密的玉兰树，淋漓的雨点落在泥土中，很容易给人以浪漫的感觉。路边有个可以避雨的小亭子，正好没有其他人，他们赶紧跑进了亭子里。春雨收了伞，看着亭子屋檐下坠落的雨线，想着刚才高玄的问题，越来越忐忑不安，但她还是说了出来："是的，我进入了'地狱咖啡馆'。"

高玄失望地吐出了一口气，就连他仰天长叹的样子都那么帅，怪不得那些小女生要尖叫了。他郑重地说："在地狱咖啡馆里，你有没有看到过很多奇怪的昵称？"

"是的，那些昵称都很奇怪，尤其是……"

"不要和马佐里尼说话。"

高玄出乎意料地打断了她，冒出了这句莫名其妙的话。但对于春雨来说，却好像做了错事被老师发现了一样，紧张地低下了头，不再说话。他继续用沉重的语调说："听到我的话吗？千万，千万不要与一个叫'马佐里尼'的昵称聊天，否则你会遇到非常可怕的事情，会把你的地狱之旅，带入一条极度危险的岔路。"

"岔路？"

春雨的心脏都快跳出嗓子眼了，她只能坚持着不让自己颤抖。

高玄似乎是在严厉地教训他的学生，大声地说："岔路的终点就是GAME OVER！"

又是"GAME OVER"——昨天半夜，"马佐里尼"也说到了这个英文词组！

春雨终于坐不住了，亭子外边的连绵的雨声，让她的思绪有些乱了，她喃喃地说："你是怎么知道的？"

"昨天晚上，我在'地狱咖啡馆'里泡了一夜，发现了很多过去不知道的事情——它的可怕已经远远超过了你的想象！"

春雨后退了两步，她已经无法再隐瞒了，只能低着头说："对不起，昨天半夜里，我和马佐里尼说过话了。"

高玄的表情一下子凝固住了，他仿佛不相信似的摇了摇头，许久之后才说出话来："一切都来不及了……来不及了……"

他这种绝望的语气，就好像提前判处了春雨死刑似的，让春雨的心一下子沉到了无底深渊，她怔怔地问："你说我完了？"

"不，我不是这个意思。"

高玄似乎意识到自己失言了，赶紧想要补救，但春雨却直截了当地问："你是说，只要和那个马佐里尼说过话，就会像清幽她们那样GAME OVER？"

"这我不知道，但我想在那个昵称的背后，很可能是个幽灵。"

"幽灵？一个来自地狱的幽灵？那为什么要叫马佐里尼？那不是一个意大利画家的名字吗？"

"我也不知道为什么。马佐里尼早就死了快一百年了，他在美术史上确实是一个以地狱而出名的画家。"

“难道这个地狱游戏和死于一百年前的马佐里尼有关？”

亭子里的空气冰凉而潮湿，高玄犹豫着点了点头：“应该是有关系的，否则许多地方不会那么巧合。这些天的半夜里，我一直都泡在地狱里，其实我是在研究这个游戏的秘密，究竟它最致命的地方在哪里？背后最可怕的秘密又是什么？”

“那你研究出来了吗？”

“现在还没有，但我想很快就会有结果了。你一定要有耐心，如果可以忍住的话，就不要去理睬那些短信。”

春雨略感温馨地点了点头：“我明白你的意思，我会尽量做到的。”

在淋漓的冬雨声中,两个人在亭子里都沉默了一会儿。高玄突然发问了：“你在游戏里的昵称是什么？”

春雨轻声地说出了一个名字：“小枝。”

“小枝？”高玄微微笑了起来，“我听说过这个女孩的故事。”

“小枝对于我来说有特别的意义。”

但高玄没有继续问下去，而是意味深长地笑了笑说：“对不起，我占用了你的时间，我送你回去吧。”

他们撑起伞走出林荫道，回到了春雨的宿舍楼下。

春雨没有再说话，径直跑回了寝室。高玄一个人站在雨里，在其他女生们的目光中快步走回去了。

夜雨阑珊。

叶萧坐在电脑前面，在 GOOGLE 上搜索着有关“地狱”的关键词。

今天他又去那所大学调查过了，发现在最近的一个月内，包括上吊自杀的素兰在内，总共有两个大四女生自杀身亡，还有一人被送进了精神病医院。巧合的是，这三个女生都是在同一栋宿舍楼内的同学，其中第一个自杀的女生和疯了的女生还是室友，而她们的寝室就在素兰的隔壁。

这些发现自然让叶萧非常吃惊，他想起了那天在现场见到的春雨，她应该也是那三个女生的同学吧。而且，第一个自杀的女生死得非常怪异，是咬断了自己的舌头而死，这种事情实在是不可思议，可能与素兰的死存在某种关系。

因为两个死去的女生都已被确定为自杀，所以动用警力去调查是不现实的。现在，叶萧只有像过去发现神秘事件一样，利用业余时间自己去调查。而目前这件事的唯一线索，就是这个神秘短信，但要查到一个手机号码背后真正的主人是很难的。

如果要继续深入调查的话，唯一的办法就是进入“地狱”。

“不入虎穴，焉得虎子？”叶萧反复对自己说了几遍，听着外面的夜雨声，强行镇定了一下自己的神经。他拿起自己的手机，编辑了一条短信：

741111 = HELL ?

然后，将这条短信发送到了“×××××741111”。

就像上次使用素兰的手机一样，在等待了几秒钟后，他收到了对方的回复：

你知道地狱的第 19 层是什么？

叶萧已经有了心理准备，他又回复了一条短信：

你知道吗？

对方很快来了回复：

欢迎你来到地狱。

还没等叶萧来得及反应，紧接着又是一条短信：

你的昵称？

这回他有些措手不及了，怎么还有“昵称”，难道真的只是个游戏吗？叶萧心想难道自己还怕个游戏吗？于是他索性输入了自己的真名，就是“叶萧”。

在发送了“叶萧”作为昵称之后，他很快收到了新的短信：

你已进入地狱的第 1 层，将选择：1. 德古拉城堡；2. 兰若寺；3. 牙买加旅店；4. 幽灵客栈；5. 荒村进士第。

这些奇怪的地名他大多听说过，尤其是最后那个荒村进士第。但叶萧却在踌躇再三之后，选择了“2. 兰若寺”。

他知道这是《聊斋》里聂小倩的爱情发生地，也是个鬼魂出没害人性命的可怕地方。接着他又收到了一条短信，告知他已经进入了“兰若寺”。然后，叶萧就按照着短信中的提示，一步一步深入了这个遍布鬼狐的幽灵世界，见到了摄人心魄的聂小倩……

子夜，女生寝室。

春雨的短信铃声如约响起，一条短信跳进了视线：

你已进入地狱的第 7 层，离开宠物公墓，你将选择：1. 午夜凶铃；2. 兰若寺；3. 德古拉城堡；4. 地狱咖啡馆。

与昨天不同的是，这一层里还有“午夜凶铃”，那不是一部经典的日本恐怖片吗？春雨小心翼翼地按“1”回复了出去。很快，春雨便收到了来自地狱的回复，她从冰凉阴森的宠物公墓，来到了一座布满火山的岛屿上，岛上住着一个叫山村志津子的女人，她有一个美丽而内向的女儿——山村贞子。

就在这一夜，春雨在地狱中成为了山村贞子，从此将承受贞子的悲伤与痛苦，在黑暗的井底祈求复活于人间……

就当山村贞子即将复活之时，一阵急促的手机通话铃声，将春雨从地狱中拉了回来。她这才发现自己还躺在被窝里，手中攥着的手机屏幕正亮着。她赶紧接听了电话，然而却听不到那头的任何声音，只有几下微弱的喘息声，让人立刻毛骨悚然起来。

她连忙中断了手机通话，随即收到一条新的短信：

你已通过地狱的第 7 层，进入了地狱的第 8 层。

地狱的第 8 层

凌晨五点。

女生宿舍依然沉浸在黑暗中，窗外的寒雨依然没有停下的迹象，陪伴这栋楼里的女孩子们做梦。

在春雨熟睡的耳畔，又一次响起了铃声，但这一回是周杰伦的《东风破》——有人给她打电话了。在一团漆黑的床铺上，她像是被什么刺了一下似的，几乎是从被窝里跳了起来。她缓缓拿起手机，揉着蒙眬的睡眼看屏幕，才发现是南小琴的号码。

春雨立刻接通了手机，听到了电波那端南小琴的声音："春雨，你还活着吗？"

这说的是什么话？若是平常人在半夜里接到个电话，却听到这种问题的话，恐怕活着的也给气死了。但春雨却异常冷静地回答："我还活着。"

"你确定你还活着吗？很多人虽然已经死了，却依然坚信自己仍然活着，这就是活死人。"南小琴说话的那种口气非常郑重，怎么也不像是在开恶作剧的玩笑。

春雨依然保持着冷静。她看了看时间说："南小琴，你睡醒了吗？"

"你真的确认自己没有死？在灯光下照一照自己，看看有没有照出影子来，如果没有影子的话，就说明你已经变成了鬼魂。"

听着南小琴说话的那股认真劲，倒让春雨真的有些汗毛倒竖起来。

不知道为什么，电话里这种不着边际的话，使她下意识地打开了床头灯，白色的灯光照着她的眼睛，过了几秒钟瞳孔才适应过来。然后她回头看了看对面的墙壁，在昏暗的墙壁上，依稀晃动着一个淡淡的人影，那是床头灯照出的她的影子。

还没来得及对电话里说刚才的“实验”结果，南小琴已经似乎点破天机似的说道：“看不到影子是吧？”

春雨又看了看窗外黑暗中的冬雨说：“南小琴，你究竟怎么了？发生什么事情了？”

“有一个老头。”

“你说什么？”她觉得南小琴现在说话的声音，真有些像“地狱”里打来的那些电话了。

“既然你已经死了，那我告诉你也没关系。那是我高三那年，有一次从学校晚自习回家，我骑着自行车，经过一条昏暗的小路，没想到有个老头过马路。当时我一时没有看清楚，自行车龙头又没有把住，一下子撞到了那个老头身上。”

“你把人家给撞伤了？”

“当时我不知道，只看到在路灯下，那老头的脑袋撞到了水泥地上，鲜血流了一地，还有些溅到了我的裤子上。我当时吓坏了，看到周围没有其他人，就赶紧骑上自行车，飞快地回到了家。”

“你没有救那个老头？”

“是的，我害怕极了，只知道快点逃跑，我想那个老头很可能会死的，那我就要倒霉了。当时再过两个月就要高考了，如果我把老头送到医院，他们的家属肯定会缠着我，那我的高考就肯定砸了。我已经为高考付出了这么多努力，不能因为这件事耽误了我一辈子。”

“可是那个老头的生命呢？你不能见死不救啊，当时你应该把他送到医院，说不定他还能捡回一条命。”

南小琴带着几分哭腔回答：“可当时我的脑子里一片空白，吓得魂都要没了，根本就没想到这种事。回到家里以后，我没有对父母说起这件事，偷偷地把沾上血的裤子洗了。我再也不敢骑自行车了，也不敢再走那条小路了。我逼迫自己一定要忘掉那个老头，把注意力全都放到高考上来。终于，我考上了我们的大学，但那个老头却成为了我的噩梦。”

“别那么想，那老头不一定死的。”

“不管他死还是不死，对我来说都是一样的。春雨，过去你们是不是常会听到我做噩梦的惨叫？”

春雨确实想了起来：“是的，那时候我们都被吓坏了。”

“其实我就是梦到那个老头了。我想我是有罪的吧，我有很大的罪恶，现在就是报应的时候了。”

“别这么说，你应该振作起来。”

“春雨，你、清幽还有许文雅，现在都已经在地狱里了，说实话我很想念你们。”南小琴那边似乎已经是泪流满面了，“我永远都想念你们，我的好室友。”

这时通话突然中断了，春雨急忙再给南小琴打电话，但那边持续地响着铃声，就是没有人接听，看来是南小琴不愿意再接电话了。春雨放下了手机，寝室里又恢复了死寂，只剩下窗外绵绵不断的阴雨，使房间仿佛永远都浸泡在黑暗的水底。

早上起来以后，春雨一直都无精打采的，看着外边无休止的雨水，像把大锁将她关在了这里，哪里都去不了。

下午，外边的走廊似乎产生了一些骚动，一些女生要么围在一起窃窃私语，要么惊恐地尖叫了起来。

春雨走到外边去看了看，但别人看到她以后都躲了起来。这次出了这么大的事情，再联系到半年前的神秘事件，同学们都已经把春雨看作是不祥的扫帚星了，似乎凡在她身边的人，都会遭到死亡的厄运。于是谁都不愿和她说话了，甚至看到她就指指点点，唯恐避之不及。前几天她刚走进大教室，所有的同学就都坐到了后排座位上，只留她一个人孤零零地坐在前排，就像是碰到了艾滋病人。

其实，刚才那些女生谈论的人是南小琴。

南小琴出车祸了。

车祸地点是学校附近的一个十字路口。大约在上午九点多钟，南小琴走到了这个路口，从这里过马路很快就可以到学校了。当时路口正对着她亮着红灯，横向的车辆正川流不息地通过。南小琴原本就站在路口，等待行人的红灯变成绿灯。这个路口的红灯要亮很长时间，而过路的车辆又非常多，所以平时没人敢乱穿马路的。但南小琴却突然跑下了人行道，向着对面的红灯走过去，她走路的姿态是那样悠闲，似乎根本就没有看到旁边飞驰的车辆。正好有一辆“别克”经过路口，司机根本想不到会有人突然出现，虽然拼命地踩急刹车，但因为下雨路滑，还是撞倒了南小琴。

司机还算是个好人，他赶紧把南小琴送到了医院。经过医生紧张的抢救，总算使她脱离了危险，但她依然处于昏迷中，至于什么时候能醒来还不知道。

春雨是在下午四点，才从老师那里听说了南小琴车祸的事。她怔怔地不敢相信自己的耳朵。春雨非常了解南小琴，她平时过马路是很小心的，即便路上的汽车再少，她也绝对不敢乱穿马路，何况是在那个汽车川流不息的路口？她经常和南小琴一起经过那路口，她们都知道在那种车流密集的地方，乱穿马路就等于是自杀。

难道南小琴真的是自杀？

春雨立刻联想到了凌晨时分，南小琴打来的那通莫名其妙的电话。难道那就是预兆了？南小琴在电话里告诉春雨，她在高中时撞伤过一个老人，然后见死不救地逃跑了，这成了她心底最大的噩梦。现在，南小琴自己也被车撞了，这不正是她自己所说的报应吗？

还有，南小琴在电话中明显已经神志不清了，居然把春雨当成了地狱里的死人，最后还说了一句永远想念室友们的话，听上去像是悲壮的生离死别。

而在前几天，春雨也曾经收到过南小琴的短信，说她竟然收到了死去的素兰的短信，问她"地狱的第19层是什么？"简直和春雨收到死去的清幽的短信一样。南小琴恐怕也和春雨一样，就这么进入了地狱游戏，然后就……

春雨摸了摸自己的心口，不敢再想下去了。

她决定去医院看看南小琴。

晚上七点，春雨顶着冰冷的阴雨来到那家医院，几经周折才在重护病房里看到了南小琴。

南小琴头上缠着厚厚的绷带，万幸的是脸上并没有什么伤痕。她的手上好像受了很多伤，现在都经过了包扎处理。她闭着眼躺在病床上，鼻子里插着管子，手上还吊着针，已经完全看不出往日那个高挑个儿的女生的样子了。她的妈妈就坐在旁边，捏着女儿的手不住掉着眼泪。她知道春雨是南小琴的室友，但不知道春雨早就被人们当作了灾星，所以还是很感激春雨能够来看望南小琴。

妈妈说南小琴这几天一直待在家里，说是身体不太舒服，又不肯去医院，每天只是闷头玩手机，半夜里总听到她房间里的短信铃声响个不停。就在昨天半夜十二点钟左右，南小琴突然到了客厅里，穿着一件白色的睡裙，绕着茶几不断地转起圈来。当时她正好碰翻了一个杯子，妈妈才跑出来看到了女儿这副模样，赶快把她给搂住了。没想到南小琴却说出了一句话："你知道地狱的第19层是什么？"

南小琴的妈妈听得一头雾水，但女儿说话时的那种眼神却让人害怕，只能把她搀扶回了房间睡下。第二天早上，南小琴似乎恢复了正常，说是要回学校上课去了。妈妈也很高兴，就目送着女儿出门，没想到她竟在路上出了车祸。

南小琴妈妈说到这里，眼泪便又掉了下来。医生说南小琴的大脑遭受了严重的撞击，虽然已脱离生命危险，但能否完全恢复过来还很难说，现在只能再继续观察。

春雨听得心里空荡荡的，她看着病床上的南小琴，不知道能否再与她说话？昨天半夜里南小琴究竟看到了什么？

忽然，春雨大胆地问："阿姨，能不能给我看看南小琴的手机？"

南小琴妈妈点了点头，打开了女儿留下的书包，将里面的手机拿给了春雨。春雨立刻打开了短信菜单，却发现过去的短信记录都已经没了，只剩下最后一条：

GAME OVER。

春雨像是被凝固住了，呆呆地看着屏幕里这个英文词组。她赶紧回过神来，又看了看这条短信的发件人，果然是那个号码——"×××××741111"。

而这条短信的发送时间，正是今天上午九点十九分，恰巧是南小琴出车祸的时间。

春雨长长地叹了一口气，所有的疑问都证实了，南小琴在地狱中"GAME OVER"了。

最后看了南小琴一眼，春雨便匆匆告辞了。她撑着伞离开医院，夜雨中的城市正灯火阑珊，她自言自语地说："第一个是清幽，第二个是素兰，第三个是许文雅，第四个是南小琴，那么第五个是谁？"

她缓缓放下雨伞，仰起头看着紫色的天空。

一滴雨珠落到了眼睛里。

夜里九点回到寝室，春雨只觉得浑身都有些发潮，连带着阴冷的湿气渗入骨髓。

她赶紧去浴室洗了个热水澡，浴室里没几个人，但当她们看到春雨进来，就都纷纷躲到了旁边。有个女生连香皂还没来得及抹上，就匆匆擦干身体逃出去了。

很快，浴室里就只剩下春雨一个人了，眼睛不知被泪水还是蒸气模糊了，视线里只剩下一片朦胧的水雾。渐渐地，哭泣的声音超过了流水声，淋浴喷头的水花冲刷在脸庞上，给她一种前所未有的孤独感。

关掉淋浴开关后，她揉了揉模糊的双眼，回头看着空荡荡的浴室，除了尚未散去的蒸气外，就是清晰的滴水声了。春雨低头看了看自己的身体，那是多么诱人和完美啊。她忽然想到清幽和素兰，至少比起她们自己还是幸运的。她揉了揉浴后白嫩的脸庞，珍惜这副上帝赐予的身体吧。春雨回到寝室以后，反复地梳着自己的长发，那"光可鉴人"的发丝还冒着热气，垂在自己雪白的肩膀上。外面的雨差不多已经停了，春雨又环视了寝室一圈，左边的床是许文雅和南小琴的，右边的床是清幽和自己的。她不敢动她们的东西，甚至不敢碰她们的床铺，似乎清幽还没有离开，而在某个角落悄悄注视她……

不知过了多久，短信铃声突然响了。

这时她已经躺在床上了，立刻条件反射似的坐了起来。她拿起身边的手机，又收到了那条短信：

你已进入地狱的第8层，离开午夜凶铃，你将选择：1. 幽灵客栈；2. 兰若寺；3. 德古拉城堡；4. 地狱咖啡馆。

她看了看时间，现在正好是子夜十二点。在第一次进入“地狱”的那晚，好像也有“幽灵客栈”这个地方。因为看过那本同名的小说，所以春雨选择了“1. 幽灵客栈”。

接下来，经过半个小时令人恐惧的旅行，她终于从东海边荒凉的原野逃亡了出来。

春雨又下了一层地狱：

你已通过地狱的第8层，进入了地狱的第9层。

地狱的第9层

今天是周六。春雨早上起来以后发现，宿舍楼里安静了许多。就算是那些外地同学，也都各自有出去玩的地方，只剩下她一个人形影相吊。其实，她一直都对孤独很恐惧。最恐惧的时候并不在荒村，而是被单独一人关在病房里的那几天。

现在许文雅就是被孤独地关着吧?

春雨无法想象她如何挺过来，就算是一个原本正常的人，被关到那种地方去，迟早也会变成疯子的。于是，她决定去医院探望许文雅。

她知道那个地方在哪里，因为，那也是她这一生最不想再去的地方。但为了许文雅，为了那个也许只有死人才知道的秘密，她必须忍受内心的煎熬，去那里噩梦重温。

上午十点，春雨抵达了位于城乡接合部的那家医院，与半年前她离开的时候相比，这里似乎还是老样子。大门隐藏在静谧的树丛后，走进去很长一段路，才能看出这是家医院。

在见到许文雅之前，她先见到了文医生。文医生镜片后的眼神显然很吃惊，因为半年前就是他把春雨送出医院的。而春雨奇迹般地迅速康复，也给文医生留下了极其深刻的印象。文医生和她聊了一会儿，实际上是通过对话，暗中试探春雨的精神状态，但春雨表现得非常稳定，让文医生不再有任何的怀疑了。

然后，她终于见到了许文雅。

这是一间被冬日阳光覆盖的房间，许文雅小小的身体蜷缩在床上，看上去真像是一只猿猴。春雨轻声地叫着她的名字，但她的反应很迟钝，许久才抬起头来，两眼茫然地看着春雨，好像在看一个陌生人似的。

“你不认识我了吗？”春雨盯着她的眼睛问，而心里则不停地告诫着自己，千万不要联想到自己的过去。

许文雅的头发梳得很好，脸上也很干净，只是摇了摇头：“你是谁？”她居然全忘了。

春雨的嘴唇一阵发抖，已经哽咽得说不出话来了。忽然，许文雅回头看了看墙壁，春雨这才发现在雪白的墙壁上，密密麻麻地写了许多字。她赶紧绕到了墙边，看到墙上写着几十行相同的英文单词：

MARZORINI。

春雨实在看不出这个单词的意思，这些单词几乎布满了整堵墙，全是用蓝色的圆珠笔写的。她急忙向许文雅问道：“墙上的字是你写的吗？”许文雅点了点头。

“那这个英文代表什么意思？”

“是他——”许文雅说这句话的口气有些神秘兮兮的。

但春雨还是不明白，她继续追问着：“是什么？”

突然，许文雅从床上站了起来，嘴里大声地说：“你知道地狱的第19层是什么？”

这个致命的问题，立刻让春雨后退了一大步，她努力平静着自己的心跳，轻声地问：“你知道吗？”

但许文雅没有回答，而是又把刚才的问题复述了一遍。春雨想到了那天晚上的清幽，还有昨天凌晨的南小琴，看来她们都是一样的。

春雨最后看了墙上的英文一眼，将“MARZORINI”牢记在了心里，便退出了这间病房。她没有再和文医生说话，而是低着头走出了医院。

当她走到医院大门口时，忽然听到有人在叫她的名字。

春雨紧张地抬起头来，看到身前站着个挺拔的男子，那双锐利的眼睛正盯着她。

“叶萧警官？”她根本没想到会在这里遇到叶萧，一时有些手足无措起来。

“我也很吃惊，居然又看到你了。”叶萧拧起了眉毛，看了看前面的医院大楼说，“我以为你永远都不想来这里了。”

“是的，我是永远都不想来了。不过，现在我有一个同学在这里治疗，我今天是来探望她的。”

“嗯，是你的室友吗？”

春雨紧张地点了点头。

叶萧冷冷地说：“你的气色好像不太好，是不是有什么心事？”

她低着头说："没什么，只是身体有些不舒服。"

"那就快点回去休息吧。再见。"

春雨点了点头，立刻快步走出了大门。

叶萧用手撑着下巴，看着春雨的背影远去，心里已经有些数了。

他已经和学校联系过了，知道就在素兰隔壁寝室里，有一个女生在之前自杀了，还有个女生在之后精神分裂了，而这两个女生都是春雨的室友。现在，他要来看看这个疯了的女生许文雅。

叶萧同样也认识文医生，事实上从去年开始，他们就已经非常熟悉了。而半年前春雨的事情，也让他们两个人难以理解。

文医生很客气地接待了叶萧，然后带着他去看了看许文雅。当然从她嘴里问不出什么问题，除了那句话——"你知道地狱的第19层是什么？"叶萧开始还是被吓了一跳，但文医生告诉他，许文雅每天都要说上十几遍这样的话，大家都已经习惯了。然后，叶萧看到了墙壁上的那些文字，文医生说谁也搞不清楚那些字的意思。

离开病房以后，叶萧摇了摇头说："文医生，你认为她为什么会疯？我从她们学校了解到，她一直是个很健康活泼的女孩，过去也没有心理方面的疾病。"

"不能说是简单的'疯'，而是精神分裂。这种病多发于青年时期，至于病因很难说清楚，通常认为内因是主要的，遗传有重大作用。"

"可我已经调查过了，许文雅的父母都很健康，并没有家族病史。"

"当然，许文雅这个病例比较特殊，只能肯定不是遗传的。许多病人在发病前具有孤僻、内向、古怪、胆怯、怕羞等性格特征，但据我了解许文雅正好完全相反，她的性格非常开朗活泼。"

"也就是说，许文雅是个非常特别的病例？"

"是的。据我观察，她的病情非常特殊，很像半年前的春雨。"

叶萧立刻愣了一下："春雨？刚才我进门时遇见她了。"

"我也遇到她了，我没想到许文雅居然是她的同学，我还没见过世界上有这么巧合的事。"文医生似乎还在回想着春雨，他踌躇了几下说，"春雨是个奇迹，就像现在的许文雅一样，或许很难解释。"

"难道真的是因为地狱？"

"你说什么？"

叶萧意识到自己说错话了，赶紧摇了摇头："没什么。"

"精神分裂的主要症状是思维障碍、情感障碍、意志障碍、紧张症状等，但最常见的是妄想——而许文雅的妄想症状是非常严重的，她总是说有一只猴子，显然在她的脑子里，存在着对于猴子的妄想和恐惧。”

“那你说她为什么会妄想？”

“这个我会研究的，现在我对这个病例也很有兴趣。我会再查一些国外的医学资料，或许国外有这方面的病例记录。”

文医生曾经在美国留学了好几年，这一点叶萧是非常信任他的。

走出这家医院时，叶萧想到了许文雅说出的那个问题，现在他可以确信了，从清幽到素兰再到许文雅，她们都是因为地狱而出事的。

那么地狱究竟在哪里呢？

下午，女生寝室。

春雨在桌子上铺了张白纸，上面写着一行拉丁字母：MARZORINI。

这是许文雅写在病房墙上的字。当时看着墙上那密密麻麻的字，春雨只感到一阵毛骨悚然，女生特有的直觉告诉她，这段英文一定隐含着某种特殊的意义。

她已经查了好几本辞典，在英文中没有与“MARZORINI”相近的词。也许根本就不是英语，而是其他欧洲国家的语言？可许文雅没学过其他语言，怎么会写出这个词的呢？难道是某个人名或地名？

对，这个可能性倒挺大的。春雨按照英语发音规则读了一遍MARZORINI，应该还是可以读通的。如果按照元音分成音节来读的话，那就是：“MAR-ZO-RI-NI”。

缓缓念出这四个音节，春雨立刻想到了一个人的名字——马佐里尼。“MAR-ZO-RI-NI”的读音不就等于“马佐里尼”吗？

这不可能是巧合的，“MARZORINI”应该就是“马佐里尼”的英文或意大利文拼写。

春雨像是脑子开了窍似的跳起来，至于马佐里尼的拼写究竟是不是“MARZORINI”，也许只有高玄能够回答。

对，现在就去找他，问清楚这个问题。春雨立刻换了件衣服，飞快地跑出了寝室。

半小时后，春雨来到了美术系。

凭着上一次的记忆，她找到了楼上高玄的画室，但里面却没有人。

她只能向别人打听，才知道高玄正在三楼上课，可今天不是星期六吗？春雨带着疑问跑上了三楼。

三楼是一个大教室，春雨悄悄推开门进去，才发现里面坐满了学生，这让她显得特别尴尬。几十双陌生的目光转向了她，不知道她是从哪里来的。高玄正站在讲台上，他也看到了春雨，立刻向她微微笑了一下。春雨赶紧挑了最后一排的位子坐下，周围全是以崇拜的目光盯着高玄的女生们，她只能也装模作样地听起了课。高玄穿着一件黑色风衣，站在讲台上的样子确实玉树临风。这时教室里的光线暗了下来，后面放出了一张巨大的幻灯片。高玄退到旁边，对着幻灯片上的画面说："这就是蒙克的《呐喊》。"

在阴暗宽敞的大教室内，所有学生都屏住了呼吸，静静地看着幻灯片上的那幅油画——画面前端有个人站在桥头，看上去瘦骨嶙峋的，那形象简直是人不像人，鬼不像鬼，两只手抱着脑袋，张大了惊恐的双眼，嘴巴张开到夸张的程度，似乎在发出某种绝望的嘶喊。在画面背景的湖面上有两只小船，还有两个鬼魅般长长的人影，从桥的另一端向他走来。这幅画给人以强烈的凄凉与恐怖感，河流与天空都用奇怪的线条勾画着，不知是人间还是地狱。春雨呆呆地看着画里那个痛苦尖叫的"人"，似乎耳边真的听到了某声呐喊。

高玄说话了："同学们，蒙克生于1863年的挪威奥斯陆，曾在法国学习绘画，从这幅画就可以看出，他的风格深受凡·高和高更的影响。他擅长运用激烈的色彩和扭曲的线条，以爱情和死亡作为主题，表达人类焦虑、恐惧以及对生活的绝望。这幅《呐喊》创作于1895年，是世界公认的表现主义艺术精品。同学们，现在请不要考虑技巧的问题，用你们自己的心灵去体会这幅画，你不觉得内心深处的某个地方被震动了吗？至少我早就被它震动了，我认为这幅画来自蒙克自己心灵的地狱，表达了人类心灵深处无可救赎的绝望与不安。但最让我感到了不起的是，这幅画准确地预言了一百多年以后——也就是当今社会的人类精神状况。所以我一直都在说，凡是伟大的艺术家，同时也是个伟大的预言家。"

他的讲课非常投入，似乎整个精神都沉浸在这幅画里了。尤其是说最后几句话的时候，那双眼睛深沉地望着前方，正好是春雨坐的最后一排。大教室里的灯又亮了起来，高玄长长地吐出了一口气，结束了这堂精彩的课。无论男女同学都给了他很长时间的掌声。虽然已经下课了，但高玄还是走不掉，好几个女生围着他说话，他花了很长时间才突出重围来。春雨在教室外边等着他，高玄好不容易才跑出来，立刻带着她跑到了二楼的画室。关上画室的门以后，春雨立刻说出了心中的疑问："今天是星期六啊，你怎么还在上课？"

高玄擦了擦额头的汗珠说："本来是昨天的课，但我有些事情不能来，所以只能拖到今天了。不过学生们都很喜欢听我的课，即便是星期六也不会受影响。"

“我能看得出来，他们似乎很崇拜你。你每次讲课都这么投入吗？”

“当然。”高玄又打开窗户透了透气，“其实，我不是正式的大学老师。半年前我从欧洲回国以后，学校聘请我每周来讲三次课，主要是古典油画和欧洲艺术史，此外还给了我这间工作室。”

原来他是学校外聘的老师啊？不过春雨倒是一直觉得，外聘的老师要比本校教授讲课还要好。她点了点头问：“那你的正式身份是什么？”

“我没什么正式身份，在苏州河边开了几家画廊，可以算是个自由的画家吧。不过，既然这里有我的工作室，而且还要在这里上课，所以通常白天我都会待在学校里。可能还是怀念过去在这里读书的日子吧。”

高玄的话让春雨松了一口气，至少她不再像与老师说话那样紧张了。她放松了一下说：“今天我来找你，是想问你一件事情。”

然后她从包里取出纸笔，在纸上写下了一行英文字母：“MARZORINI”。

高玄立刻就认出来了：“这不是画家马佐里尼名字的意大利文拼写吗？”

“这就是马佐里尼的名字是吗？”

“不可能记错的，几乎所有欧洲画家的西文名我都能背得出来。”

他如此肯定的回答，也确定了春雨的设想。然后，她把上午去医院看许文雅，并发现墙上许多“MARZORINI”名字的事，全部都告诉了高玄。高玄的表情也凝重了起来，沉思了片刻后问：“你认为马佐里尼真的和地狱游戏有关？”

“至少与许文雅的发疯有关。”

“可马佐里尼早就死了一百年了。”

“在地狱聊天室里，不也有个昵称叫‘马佐里尼’的吗？你说那个马佐里尼非常危险，让我千万不要和对方说话。”

“是的——”高玄说不出话来了，他在狭窄的画室里踱了几步说，“你现在准备怎么做？”

“能不能查到马佐里尼的资料？我想知道他是什么样的人？”

高玄点了点头，他关掉了那扇小窗，然后打开一台笔记本电脑，再插上电话线上网。他很快就上了一个国外的英文网站，首页有许多油画的图片，看来应该是与美术有关的网站。高玄一边点着鼠标一边说：“这个网站是与大英图书馆联网的，我在国外的时候，经常上这个网站，能查到许多艺术史的资料。”

很快就进入了马佐里尼的页面，网页上出现了他的黑白照片——那是个非常漂亮的欧洲人，嘴巴上留着两撮小胡子，目光深邃地盯着远方。

春雨下意识地看了看高玄，忽然觉得他的眼睛跟马佐里尼的很像。高玄看着底下一大段英文，翻成中文后念了出来："马佐里尼，生于 1870 年，死于 1905 年，意大利佛罗伦萨人，二十岁起客居法国巴黎，后又移居英国伦敦。他坚持传统的古典主义油画路线，但作品大多以罪恶与死亡为题材，风格诡异，色调阴暗。1898 年 6 月，马佐里尼第一次在伦敦举办个人画展，画展的名称是《地狱》。"

"地狱？就是上次我看到的那幅画？"

"也算是吧，事实上他总共在欧洲画过十八幅那样的画，分别命名为《地狱的第 1 层》《地狱的第 2 层》等，依此类推一直到《地狱的第 18 层》。上次你看到的那幅画，是《地狱的第 3 层》。"

春雨又想了起来："你说是在欧洲一家美术馆里临摹的？"

"对，我临摹的那幅就是马佐里尼的原作。当时那幅画给了我很大的视觉冲击。"

"那你还临摹过他的其他画吗？"

"在资料里还看到过几幅，但真正临摹的只有那一幅。"高玄轻轻地叹了一声，"马佐里尼那十八幅关于地狱的画，当时一度震动欧洲画坛，引起了一股回归古典主义风格的浪潮。可惜他的大部分画都被人高价收购了，到今天很少有流传下来的。好像在美术馆里保存的，只有我在欧洲临摹那一幅。"

"那为什么会这样少呢？"

高玄又点击了一下电脑，很快出现了一个新的网页，他看了看说："传说在第二次世界大战期间，德国纳粹首脑之一的戈林，曾大肆掠夺欧洲的艺术品据为己有，其中就有很多马佐里尼的作品。戈林把这部分画藏在德国一个古城堡里，正好这个城堡周围驻扎着大量的党卫队，1945 年 1 月遭到了盟军的猛烈轰炸，结果整座古堡都化为废墟，被戈林藏在其中的名画也都变成了灰烬。"

"这真是上天注定啊，十八幅关于地狱的油画，最终在烈火中回到了地狱。"

高玄继续看那个网页，轻声地念了出来："虽然马佐里尼在欧洲已有成就，但批评界对于他的画颇有微词。据说曾有人购买了他的画后不久，便突然神秘地自杀身亡。更有人在参观完他的画展后，就直接跳入了伦敦泰晤士河溺死。于是，他的画展无法再举行，作品也受到了排斥，马佐里尼决定离开欧洲。1900 年，他远渡重洋到了中国的上海，在中国隐居了大约三年，于 1903 年回到欧洲。"

“他居然到过中国？”

“这个我也没有想到，也许我还要去查一查马佐里尼在中国的经历。”高玄始终保持着凝重的神情，他合上笔记本电脑说，“这件事情我一定会去查的，在美术系的艺术档案资料室里，或许可以查到当年的记载。”

窗外的天色已经有些暗了，春雨又恢复了腼腆：“对不起，今天打扰你了。”

“不，你告诉我这些消息，对我来说也非常重要，至少使我多了一条线索。”高玄终于微微笑了起来，“你是不是要走了？有什么事可以随时来找我，我会给予你任何帮助的。”

不过，春雨谢绝了高玄送她的请求，自己一个人走出美术系大楼，赶在天黑之前跑回了寝室。

半夜了，春雨静静地躺在上铺，双眼无神地望着天花板。寂静的寝室让她感到窒息，宛如是推理小说里常见的“密室谋杀”。

其实，清幽和素兰的死，何尝不像是“密室谋杀”呢？都是死在没有旁人的房间里，也找不出任何他杀的痕迹。

究竟是自杀还是空气中的幽灵？如果真的是幽灵的话，那他（她）一定还飘浮在这个房间的某处。

突然，幽灵真的来叫她了——短信铃声响了起来，春雨颤抖着看了看屏幕，果然是那个来自地狱的号码：

你已进入地狱的第 9 层，离开幽灵客栈，你将选择：1. 兰若寺；2. 德古拉城堡；3. 地狱咖啡馆。

又是子夜十二点。忽然，春雨想起了上午见到的许文雅，这就是 GAME OVER 后的结果，那么下一个又会是谁呢？

想到这里拇指愈发颤抖了，在键上停留了半天，该不该回复它呢？

可是，春雨感到拇指已经不听自己控制了，竟自动地按了一下“2”。她已经无法控制了，几乎是不由自主地回复了出去。

第二条短信很快就回来了：

你已来到罗马尼亚的特兰西瓦尼亚，在荒凉的原野中看到一座古老的城堡，这就是德古拉伯爵的坟墓，你将选择：1. 进入城堡；2. 回到十五世纪；3. 回到十九世纪。

春雨选择了“1. 进入城堡”。

几秒钟后，她进入了一个从未想象到的地方，在那座阴暗古老的城堡深处，隐藏着成千上万只蝙蝠，它们倒吊在山洞般的地下室，每到太阳落山便飞出来，布满整个夜空。

然而，最最让人恐惧的还是城堡的主人——德古拉伯爵。

在一片幽暗的烛火中，德古拉伯爵露出了一张年轻而英俊的脸庞，他曾经是罗马尼亚最显赫的贵族，无数少女的梦中情人。年轻的伯爵凝视着春雨，他的眼睛如宝石般明亮，直射入她内心的最深处。春雨的心被他的眼睛融化了，缓缓地倒在了他的怀中。伯爵的嘴唇红得异常鲜艳，轻轻地吻了她一下。

突然，伯爵嘴里露出一双锋利的牙齿，瞬间她感到脖子上一片冰凉，然后是热辣辣的感觉——伯爵正在吸着她的鲜血。

春雨感到一阵天旋地转，似乎全身的血液都被抽出咽喉，吸进了伯爵鲜红的口中。在最后一滴血被吸干的刹那，伯爵轻轻地问她："你知道地狱的第 19 层是什么？"

"不！我不知道！"

她几乎从床上跳了起来，发疯似的向天花板呐喊着。然后，她才浑身冷汗地坐起来，感到脖子上火辣辣地疼，她拿起镜子照了照，竟发现咽喉处有一道明显的红痕，好像刚被人用力掐过似的。

这回春雨真的害怕了，寝室里明明只有她一个人，究竟是谁掐了她的脖子？难道真的有幽灵飘荡在这里？

她缓缓举起了自己的右手，看着自己红通通的手掌——她忽然想到了清幽和素兰。

忽然，又一条短信打破了她的沉思：

你已经通过了地狱的上 9 层，从现在起进入地狱的下 9 层。

地狱的第10层

当春雨醒来的时候，才发觉已经是上午十点了。还好，今天是星期日，睡睡懒觉也没关系。

也许是昨天半夜里在地狱的第9层里太紧张了吧，她一直到凌晨四点多才睡着，脑子里总是浮现起德古拉伯爵那张脸。非常奇怪，其实她从来没有见过德古拉，那部电影里伯爵的形象也早就忘记了。虽然仅仅在短信里看到那些文字，但他那张年轻英俊的脸庞，却仿佛活生生地出现在眼前，深深烙在了脑子里。

春雨忽然想到了昨天下午，在网上见到的马佐里尼的照片，那张脸似乎也非常像德古拉伯爵，难道是因为马佐里尼的缘故吗？

还有昨晚的最后一条短信，与前几天的似乎不一样，说是通过了“地狱的上9层”,现在进入“地狱的下9层”了。这么说来已经走到地狱的一半了，这么算加起来不是18吗？那么地狱的第19层又在哪里呢？

她心里越来越乱了，赶紧从床上爬了下来，看着镜子里自己苍白的脸，蒙胧的双眼，还有沾着汗珠的发丝，不免有些顾影自怜起来。

礼拜天的下午，整个女生宿舍楼一片寂静，只剩下春雨一个人呆呆地看着窗外。以前周日她总和清幽一起逛街，虽说也买不了多少值钱的东西，但从“巴黎春天”一路逛到“伊势丹”，总会给女生带来不错的自我感觉。

但南小琴她们总是急着在礼拜五晚上就回家了，常常撇下春雨一个人留在寝室。虽然她是在这座城市出生长大的，但她早就没有家可以回了。对她来说寝室就是家，室友们就是她最亲密的家人。而现在这个家已经被幽灵占据了。

突然，她听到了一阵敲门声，已经很久都没人来敲过这扇门了。春雨匆忙地打开门一看，却看到了叶萧警官的脸。这个不速之客的到来，使春雨立刻低下了头。

叶萧缓缓走到房间里，仔细地环视了寝室一圈说："怎么，星期天一个人待在寝室里，也不出去玩吗？"

"这些天一直在准备毕业论文，所以没有空出去。"其实，她只是待在房间里发呆而已。也难怪，遇到了这种不可思议的事，玩的心思已经一点都没了。

叶萧看了看旁边空着的床铺说："春雨，我都已经知道了。你总共有三个室友，但在最近的十几天里，有一个叫清幽的自杀了，许文雅精神分裂，还有一个南小琴刚出了车祸，现在寝室里只剩下你一个人。"

"你说得都没错。但你用不着关心这些，因为她们不是自杀就是意外，并不需要你的介入。"

春雨也不知道哪来的勇气，居然面对一个警官，说出了如此倔强的话。叶萧也感到几分意外，心想这女孩确实比过去成熟多了，也许是经历了荒村恐惧考验的结果吧。

他摇着头说："你真的变了。"

"也许是我变得更坚强了吧。"

"是的，如果换成是其他女孩，遇到你这种情况，恐怕早就崩溃了。"

"对不起，叶警官，你来找我就是为了问我这些？"

叶萧意味深长地摇了摇头说："当然不是。把你知道的都告诉我吧，一丝一毫都不要保留。"

春雨有些害怕了，她避开了叶萧那锐利的眼睛，低下头轻声地说："我不知道能告诉你什么？"

"比如——那个神秘的短信号码。"

"哪个号码？"

春雨的话语不能掩饰眼神里的慌张，叶萧立刻靠近了一步，说出了那个号码："×××××741111"。

"你都知道了？"

"是的。你知道741111代表什么吗？"他停顿了好一会儿，然后冷冷地说出了那个英文单词，"HELL。"

"地狱？"

春雨摸着自己的脖子脱口而出，这是她原本没有想到的事。

"好了，我知道你的目光里隐藏着什么，你是逃不过我眼睛的。春雨，你曾经给我留下过深刻的印象，我一直都想帮助你。现在，请把你知道的一切都告诉我，好吗？”

春雨轻叹了一声，她知道自己躲不过去了。可是，究竟该从哪一天说起呢？她静静地坐下来想了片刻，最终选择了和清幽一起去鬼楼的那一天。

她缓缓说出了从鬼楼回来后的离奇经历，还有清幽半夜里中邪似的举动，直到发现清幽死在鬼楼里。而叶萧最感兴趣的，则是清幽手机上最后那条短信“GAME OVER”。

不久，她收到了清幽从地狱发来的短信，将她也拖入到了黑暗的地狱世界中。然后是许文雅如何发疯的，甚至连那个猴子的故事她都告诉了叶萧。而那天凌晨南小琴打来电话的内容，她也如实地说了出来。当然，最重要的还是她们手机上最后的短信“GAME OVER”。

当所有话都说出来后，春雨如释重负地吐出了一口气，就像身体里被抽出了什么东西。

叶萧听完以后沉默了许久，在房间里来回走了几步之后，缓缓地说：“现在可以归纳为三点：第一，清幽、素兰和许文雅都是所谓的拇指一族；第二，你收到清幽死后发来的短信，而南小琴收到素兰死后发来的短信；第三，清幽是你最要好的朋友，而南小琴与素兰的关系最要好。”

“这能说明什么呢？”

“至少说明了一个规律：在清幽或者素兰死后，她的手机号码会把‘你知道地狱的第19层是什么？’的短信，发给她最要好的一个朋友。”

“可她们人都死了，那是谁发出的呢？”

“这个我也无法解释，但我可以这样推测，在清幽手机的通信记录里，你的号码是最多的。因为你们是最要好的朋友，平时用手机互相联系的机会也最多。”

春雨似乎明白了：“没错，平时在我的手机里，清幽的号码出现得也最多。”

“对于南小琴和素兰来说也应该是如此。”

“也就是说，只要你GAME OVER了以后，你的号码就会把地狱的第19层的问题，发给你的手机通信记录中最多的那个号码，这样地狱游戏就不断传播了开来。”春雨也不太敢相信自己说的话，但仔细想想确实如此，“听起来就像诅咒录像带？”

叶萧低头想了想说：“春雨，你这几天还在玩地狱游戏吗？”

“我不认为那是游戏，而是……”

她自己也说不清楚，究竟是另一种生命的体验，还是纯粹的幻境呢？

“不要再回复那些短信了，这样的事交给我去办好了。”叶萧的语气渐渐平缓了下来，他看着春雨那张苍白的脸说，“你还会做噩梦吗？”

“不！”春雨的眼神变得异常镇定，“我已经半年没做过噩梦了。”

“对不起，也许我不该问这种问题。你已经变得很坚强了。”

叶萧终于微笑了一下，然后向春雨道别离开了这里。

但是，他并没有走出学校大门，而是去了校园的另一个地方。

那个地方叫鬼楼。

因为是星期天，叶萧只能先去找学校的值班老师。

虽然值班老师认为叶萧有些不可理喻，但毕竟人家是警官，还是带着他去了鬼楼。老师似乎也对鬼楼有一种畏惧心理，刚到门口就迫不及待地离开了，只是关照叶萧一定要早点出来。

已经是下午四点半了，再过一个钟头天就要黑了。

叶萧看着这栋普普通通的教学楼，不觉得有任何异常之处。他又看了看二楼的窗户，春雨说在照片里拍出了里面的鬼影，可现在窗户里面什么都没有。

叶萧看到底楼的大门锁住了，他沿着旁边走了一圈，才发现了那道侧门，似乎还有人进出过的痕迹。

他缓缓走进了鬼楼，走廊里暗得就像地下室。于是他从包里拿出了手电筒，光束照出了一条路，带着他找到了楼梯。二楼稍微有了一些光线，他只是扫视了两眼，并没有去检查所有的房间。

当走到三楼楼梯口时，叶萧突然听到楼上有一阵轻微的响声。他的心立刻悬了起来，在这空关多年的鬼楼里，还会有“人”在上边吗？

叶萧先让自己的心平静下来，然后蹑手蹑脚地走上去。在三楼阴暗的走廊里，只看到一地厚厚的尘土。

突然，那奇怪的声音又响了起来。瞬间，仿佛有什么东西落到了叶萧的头上，毛茸茸的，带着热度，中间还有着某种坚硬，他甚至感到那毛茸茸的东西正抚摸着他的脸。叶萧马上跳了起来，却发现头上的东西已经不在了。

他惊魂未定地向四周张望，终于在走廊的角落里见到了那双眼睛。那是一双真正的猫眼。

一只猫，更确切地说是黑色的猫。

这只猫正睁大着眼睛，冷冷地盯着惊慌失措的叶萧。黑猫有着黄色的猫眼，在昏暗之中发出幽灵般的目光。

或许，它就是个幽灵？

叶萧大胆地向它靠近了一步，黑猫立刻转身跳进了一扇门里。他也迅速地追进了那房间，却发现里面什么都没有，只是一间空房子而已。

那只猫去哪儿了？

他缓缓走到房间的窗口，从这里看出去天色已经有些暗了，围墙外边似乎是个停车场，再外边就是几十栋高层建筑了。

走出这个房间，叶萧回头看了三楼走廊一眼，他没有再一间间去找了，而是径直走下了楼梯。还是从侧门走出了这栋楼，再回头看看鬼楼，他这才真的体会到了，那天春雨和清幽一起来到这里的感觉。那么鬼楼与清幽的死，究竟有什么关系呢？

这时一阵冷风呼啸而来，叶萧快步离开了这片亡灵之地。

入夜，女生寝室。

短信铃声又响了起来。春雨看了看时间才十点钟，究竟是谁发来的呢？她小心地按了一下拇指，才发现又是一条垃圾信息，说是某某公司举办手机号码抽彩，你的号码有幸抽中了一辆奔驰车大奖，赶快致电某人联系云云。

类似的短信她每天都要收到很多，而每次都是匆忙地删除掉。一旦回复就要算钱了。

现在，她的手机里还存储着十几条短信，她把那些短信又重新看了一遍，其中一大半都是过去清幽发给她的。这些保存下来的短信，大多是些开玩笑的幽默短信，还有就是节日里的祝福短信。

虽然平时住在上下铺，可她们还是喜欢这么发来发去，反正就只花一毛钱的祝福嘛。

其中有几条清幽发的短信特别搞笑，刚收到时让春雨笑了半天。可现在她是怎么也笑不出来了，倒是觉得心里有些发酸，毕竟发信的人已经死了。

看着清幽留下来的短信，春雨忽然觉得它们就像是某种遗言，永远地留在了她的手机里。是啊，如果现在某个人死了的话，那么留在别人手机里的短信就成了遗言。如果以这些幽默搞笑的文字作为遗言，也可以算是现代社会的人们向世间告别的特殊方式吧。

据说现在还有了短信小说，每次以七十个字来连载，人们可以对着手机屏幕读小说。那么如果是恐怖小说呢？想想大家如果在黑暗的被窝里，读着每日一条的短信恐怖小说，那该是多么刺激的夜晚啊。

至少她已经亲身经历了地狱短信。

趁着时间还不太晚，她整理了一下自己的书柜，在一大堆发霉的旧书里，发现了一本蓝封面的书——不知哪年出版的中文版《神曲》。

春雨不记得自己有这本书。也许是大二那年，选修外国文学课时看的吧。这是一本关于地狱的书，更确切地说，是一首长诗。封面上印着醒目的作者名字——但丁。

春雨当然知道但丁是谁，欧洲中世纪的最后一位诗人，也是文艺复兴第一位诗人。生于意大利的佛罗伦萨，也就是徐志摩笔下的“翡冷翠”。已经快晚上十一点钟了，春雨爬到了上铺，钻在被窝里看这本书。

她翻开了前面几页，全都是分行的诗句，看起来非常吃力。

《神曲》是但丁被流放期间创作的，长诗分为地狱、炼狱、天堂三部分，每部分有33首歌，加上序曲总共100首歌14232行。就和其他欧洲中世纪文学一样，《神曲》采用了幻游故事，春雨倒觉得有些像时下流行的奇幻小说。

但丁以诗人自己为主人公，描述他三十五岁那年迷途于一个黑暗的森林，三只野兽向他扑来，就在这危急时刻，他少年时代暗恋的少女贝娅特丽丝，委托古罗马诗人维吉尔前来营救，并带着他游历了地狱和炼狱。《神曲》所描述的地狱像个上宽下窄的大漏斗，共分九层，罪人的灵魂按生前罪孽的大小，在深浅不同的层次接受不同的酷刑。炼狱也分九层，凡生前犯有罪过，但可以得到宽恕的灵魂，按人类的七大罪恶，分别在其中忏悔罪过，洗涤灵魂。

春雨忽然发现，如果地狱分为九层，炼狱也分为九层的话，那加在一起不正好是十八层吗？那么第十九层地狱又是什么呢？诗人但丁似乎并没有做出回答，或许他从来就没有思考过这个问题。

突然，短信铃声响了起来，她这才意识到已经是子夜十二点了。

她赶快放下了手里的《神曲》，打开了那条来自地狱的短信：

> 你已进入地狱的第10层，从今夜起将进入地狱的下9层，得到全新的漫游体验。你将选择：1. 许愿；2. 你最想解开的谜；3. 你最想见的一个人。

不再是那一个个恐怖的地方了，感觉也与前几天完全不同，看来果真是“全新的漫游体验”了？不知道这“地狱的下9层”究竟还会带来什么。她怔怔地看了屏幕半天，结果选择了“1. 许愿”。

很快她就收到回复：“深深吸一口气，在心中默念着地狱，然后写出你的愿望，回复过来。”

愿望？自己究竟能许什么愿呢？春雨下意识地深呼吸了一下，真的在心中默念了“地狱”几遍，然后用拇指在手机上写下：“让我应聘成功吧。”

这个愿望是不是很俗？但她确实很需要这次实习的机会。

右手拇指不由自主地按了几下，便将这条短信回复了出去。

然后，春雨静静地看着手机屏幕，但她足足等了半个钟头，都没有一条消息回来。那条祈求自己应聘成功的短信，仿佛掉进了一个无底深渊，连个响声都没有听到。

春雨无奈地摇了摇头，她想至少应该收到那条“你已经通过了地狱的第 × 层”的短信吧？如果连这条短信都不来的话，是不是意味着——自己没有通过这一层地狱？

瞬间，脑子里弹出了一个英文词组——

GAME OVER。

或许清幽和素兰也是因为这个原因？不，春雨已经不敢再想下去了，只感到背后已全都是冷汗，几乎从上铺摔了下去。

她吓得赶紧关掉了手机，甚至卸下了电池板。这样就不会收到那条“GAME OVER”的短信了吧。

关掉床头灯，春雨重新钻回到被窝里，她努力让自己心里镇定下来，但心口还是疯狂地乱跳着，无论如何都静不下来。

还有漫漫的后半夜，地狱会不会来？

地狱的第 11 层

春雨还活着。

她在清晨七点睁开了眼睛，看到了从窗外射进来的晨曦，心里却在想："地狱不会有这么亮吧？"

当她爬起来看清了自己的寝室，才确定自己并没有 GAME OVER，依然还留在这个难以割舍的人间。

或许自己已经死过一回了吧？

春雨恍惚着下了床，才发现自己的手机连电池板都没装。她重新装上了电池板，但在按开机键前却犹豫了一会儿。

但她终究还是开机了。果然在半分钟后，屏幕显示有未阅读的短信，不会是"GAME OVER"吧？

既然都已经到了自己的手机里，其实看不看都是一样的结果。于是，春雨连发件人都没看就打开了。

终于，她像瘫软了一样坐了下来，原来是一条无聊的垃圾信息，却让她如临大敌。她没有删除掉这条短信，还是放在自己的手机里，至少它不会伤害自己。

不知道昨晚是什么时候睡着的，大概只睡了三四个钟头吧，春雨依然感到头昏脑涨。反正寝室里只有自己一个人，她索性又回到床上睡回笼觉了。

几个小时后，春雨被《东风破》的铃声旋律惊醒了，也许是还没有睡够，她迷迷糊糊睁开眼睛，看到手机屏幕上出现了一个陌生的电话号码。

春雨疲惫不堪地接起电话，却听到了一个甜甜的女孩子的声音："请问是春雨小姐吗？"

"是我，你是哪位？"春雨的嗓音干燥。

“我们是明亮移动信息服务有限公司，你现在已经被我们公司录取了，请于今天上午到公司报到。”

隔了好几秒春雨才反应过来，她几乎从床上跳了起来：“没有搞错吗？我真的应聘成功了吗？”

“是的，你已经应聘成功了。请尽快到公司报到。”

春雨还来不及说出谢谢，对方就已经把电话挂了。

她揉了揉自己的眼睛，终于彻底清醒了过来。明明记得那天去应聘的时候，“海龟”的老板根本就没搭理她，她以为自己肯定砸了呢，没想到竟然应聘成功了，简直就像是做梦一样。

真不可思议，难道是昨天半夜许愿的结果？在地狱的第10层，她选择了“许愿”——让自己应聘成功。

而现在她真的成功了，是否冥冥之中有股力量在帮着自己呢？

春雨实在是百思不得其解。不过现在最要紧的事，就是赶快去公司报到。

她立刻从上铺下来，拿出化妆品精心打扮了一番。虽然那些东西都是便宜货，但装扮到春雨的脸上就是有气质。连她自己都不得不承认，穿什么衣服好看，关键还是看穿衣服的人。

总算让自己在镜子前满意了。春雨低下头暗暗关照自己，暂时忘掉昨晚的恐惧吧，总不能提心吊胆地出去实习。

她匆忙地跑出了校门，星期一的地铁车厢十分拥挤，经过了二十分钟的煎熬，总算是赶到了公司。

进门就见到一个烫着鬈发的女孩，她有个英文名叫Coco，通知春雨来的电话就是她打的。春雨略显紧张地做了自我介绍，原来人家早就等着她了，马上把她引到了总经理办公室。

还是上次那个“海龟”，用手托着下巴坐在桌子后面，像看一件什么东西似的盯着春雨，让她浑身都不自在起来。

严明亮脸色像死灰一样，好像刚刚大病了一场。他指了指桌上一堆材料说：“对不起，你来应聘的那天我心情不太好，没有仔细看你的材料。后来我又看了一下，发现你居然是我的校友，而且你的条件也确实不错，所以我就录取了你。”

“谢谢你。”

春雨觉得自己真幸运，没想到老板也是那所大学毕业的。

“我知道你是想在这里实习一段时间，其实过去这里也有很多像你这样的实习生，虽然工作时间很短，但她们的表现都非常好，我希望你也一样。

好了，明天正式来上班吧。你是实习生，不用加班，下午没事的话可以早点回去，Coco会带你熟悉工作环境的。”

然后，她签订了一份实习生的合同。虽然薪水很低，但工作时间也不长，反正是为了写毕业论文。

严明亮用带着英语腔的国语说着，但春雨总觉得他的话里带有一股土气。严明亮又询问了几句关于她的情况，那双眼睛总是盯着春雨，就像要把她给看穿了似的。大概老板们都是这副德行吧。不过，春雨也曾听过学姐们的警告，如果老板盯着女生看的话，那自己就应该小心了，这让她不禁有些紧张。

从老板办公室出来后，Coco带着春雨到公司里转了一圈，其实也就是两间房子，五六个人而已。每个人都和她差不多的年纪，扑在电脑跟前不知在忙些什么。

Coco给了春雨一张桌子和一台电脑，说明天再来上班吧，每天的工作就是搜集网上的幽默与祝福短信，然后重新整理和编辑，再输入公司的服务器，最后发送到订阅短信服务的用户手机中。

她们又聊了好一会儿，春雨想到在学校里没有人理睬她，而只有在这里才被当成正常人，她的话也就多了起来。Coco是个很热情的女孩，春雨觉得自己已经与她成为朋友了，她悄悄地问Coco：“你们公司是老板一个人开的吧？”

“当然，要不然怎么叫明亮信息服务公司呢？”

“他是个海归吧？”

“嗯，听说他在欧洲待了七八年呢。”

春雨临走前看了看落地窗，这里的景致真是棒极了，外面的城市就像未来世界一样耸立着。

忽然，她注意到了最近的那块玻璃，自己的脸庞映在上面，仿佛变成了另一个人。

又是一个寒冷的下午。

春雨回到学校后的第一件事，就是向老师说明这次实习的情况，算是为论文准备的社会调查。然后，她回到寝室里整理一些东西，为明天的上班做些准备。

大约三点，短信铃声响了起来，拿起手机一看是高玄发来的。

“春雨，我有事找你，请现在就到大学图书馆来。”

怎么又是图书馆？春雨想起第一次遇到高玄时的场景，在大学图书馆最后一排书架，那陈腐的旧书气味，那双古希腊雕塑般的手……

她忍不住摸了摸自己的心口。

她给高玄回复了“马上就到”，然后在镜子里看了看自己，依然是上午穿的那身衣服，看起来真的还不错。她轻快地跑出了寝室，很快就抵达了大学图书馆。

这栋苏联式建筑越来越显得陈旧了，在寒冷的北风中，周围的树丛全都掉光了叶子，看起来更适合作为恐怖片的外景地。

在图书馆幽暗的进门处，她看到了高玄挺拔的身子，只是脸还藏在阴影中，当那双重瞳般的眼睛渐渐露出时，春雨向他微微地笑了一下。

高玄似乎已经等待很久了，对她轻声地说：“我从你脸上看出来了，有什么好消息吗？”

“我应聘成功了，明天起到一家信息服务公司实习。”接着她说出了那家公司的名字。

他先是怔了一下，然后微笑道：“是不是为了准备毕业论文？”

“你真聪明。”春雨已经不把他当作老师了，说话也不再紧张了，“就算是社会实践吧，主要为了调查当下的短信文化，毕竟现在已是拇指时代了嘛。”

也许是她的声音太高了，高玄给她做了一个噤声的手势，轻声说：“今天我请你到图书馆来，是因为我查到了一些重要的东西。关于马佐里尼在中国。”

“马佐里尼？”

这个名字立刻让春雨恢复了沉闷，她捂着自己的嘴巴，许久都说不出话来。

高玄带着她走上图书馆的三楼，这里平时是不对学生开放的，脚下的木楼板发出吱吱呀呀的声音。

春雨心想，这种地方半夜里一定是老鼠们的天堂。

在狭窄阴暗的走廊里转了半天，他们走进了一间小小的库房，在台子上摊着一堆旧报纸。高玄让春雨坐在台子旁边，低声说：“这里是学校的旧报刊库房，藏着许多珍贵的中英文报刊资料。”

“这和马佐里尼有什么关系呢？”

“我上次说过，会去查美术系的艺术史资料。今天上午我已经查过了，马佐里尼确实来过中国，是从1900年到1903年。当时上海的一家英文报纸对他进行了比较详细的报道，这里应该可以查出来的。”

“是哪一家报纸呢？”

“《字林西报》。”然后他念出了这份报纸的英文名称，“*North- China Daily News* 是近代中国历史最悠久的英文报纸，这间库房里收藏了许多。”

“就是桌子上的这几份吗？”

“对，我已经查到了关于马佐里尼的报道了。”

高玄摊开一卷卷发霉的旧报纸，许多边角都已经掉下来了，一股奇怪的味道直冲鼻孔，春雨连忙屏住了呼吸。

果然，在这张《字林西报》的右下角，她看到了印着的“MARZORINI”黑体字。这还是她第一次看到一百年前的报纸，感觉像是在坟墓里睡了一个世纪的僵尸，重新爬起来躺到了桌子上。

报纸上密密麻麻的英文很难看清，春雨只能远远地掩着鼻子问：“这上面写的是什么？”

高玄已经事先看过一遍了，他用翻译后的汉语念了出来：“1900 年 4 月 5 日，意大利著名画家马佐里尼先生随邮船“圣玛利亚”号抵达上海，马佐里尼此行引起两租界艺术品收藏界关注。本报记者在码头采访了马佐里尼先生，马佐里尼表示这次抵沪，并非短期访问或旅行，而准备长期定居于此。当晚，以热衷于收藏艺术品闻名的怡和洋行董事凯利先生，在南京路波塞冬饭店设宴招待了马佐里尼先生……”

春雨忽然打断了他的话：“算了吧，不要再照着原文翻了，太费力了。这些报刊你是不是都看过了？”

“差不多吧。”高玄终于露出些倦态，他抬头看了看低矮的天花板说，“我就根据刚才发现的材料，大致说一下吧。”

春雨连忙点点头：“对了，上次你不是说，马佐里尼的作品因为过于恐怖，而遭到了欧洲评论界的指责。那他千里迢迢到上海来，是不是为了逃避欧洲对他的争议呢？”

“一开始人们都是这么猜测的。不过，1900 年的上海租界还从没来过什么艺术家，所以大家还是非常欢迎他的。但是，根据几位后来与马佐里尼熟悉的人说，他到上海来的真正目的，并不是为了逃避欧洲评论界的指责，而是想要到中国来探险。”

“探险？”提到这两个字，春雨立刻下意识地想到了荒村。

“对，马佐里尼曾经提到过，他要来中国寻找一处艺术史上的宝藏，曾经有一位欧洲的传教士，在十八世纪中叶来到中国，那时还是乾隆年间。据说那位传教士在中国东南某处深山中，发现了一个古老的遗迹。后来传教士回到欧洲，写过一篇游记的手稿。马佐里尼在法国一处私人博物馆里发现了这篇几乎失传的手稿，他被手稿描绘的地方吸引住了，决心一定要找到那处遗迹，以完成平生最大的心愿。”

看着桌子上宛如坟墓里出来的旧报纸，春雨轻叹着说："欧洲人发现的中国古老遗迹？听起来就像是敦煌藏经洞。那马佐里尼找到了吗？"

"是的。马佐里尼到了上海以后，就开始努力学习汉语，甚至拜某位中国画家为师，学习传统的中国画技巧，很快就成了一个中国通。他经过多方打听和联系，终于查到了那个地方的大致位置，于是独自一人前往，据说那处遗迹就隐藏在浙皖两省交界的群山中。可马佐里尼离开上海不久就失踪了，在长达一年的时间里音讯全无。"

"他出事了吗？"

"就在人们几乎要把马佐里尼遗忘的时候，他突然出现在了上海，身边还带着一个美丽的中国女子，这让许多人都倍感惊奇。人们问他一年里去了什么地方，但他总是保持沉默。"

"还带着一个美丽的中国女子？"女孩子总是对这种事情感兴趣。

高玄略带暧昧地笑了笑："当时的欧洲人总喜欢在中国寻花问柳。当然，他也有可能在中国经历了一段真正的爱情。"

"是啊，照片里的马佐里尼很帅，就像意甲联赛里的球星。"春雨忽然觉得这句话很傻，立刻严肃起表情说，"后面还有吗？"

"没有了，这里收藏的《字林西报》从 1902 年开始中断了。"

春雨失望地说："真遗憾啊，看来马佐里尼在中国也有一段传奇经历，甚至可以说是一个谜。比如说那个古代遗迹里究竟有什么？他为什么会失踪了长达一年时间？还有那个美丽的中国女人？这么多谜究竟哪一个与地狱有关呢？"

"也许全都有关吧。"高玄皱起了眉头，重瞳般的眼睛让春雨越来越看不清了，他收拾着桌子上的旧报刊说，"我还会继续查下去的，一定会解开马佐里尼的那些谜，到时候或许就能解开地狱短信游戏的谜了吧。"

"对，马佐里尼就是一把钥匙，我们一定要找到它。"

高玄把那些旧报刊整理了一下，放回到了库房后面的大铁柜子里。

在走下摇摇欲坠的楼梯时，高玄突然问她："你还有空吗？"

春雨有些紧张，抓紧了楼梯扶手说："有什么事吗？"

"没什么，只是想请你去我的画廊坐坐。"

"画廊？是在苏州河边上吧，路上那么远，而且天都快黑了。"

"没关系，我开车带你去，到时候再送你回来。"

春雨这才走下了楼梯，轻声说："那好吧，只是不要太晚。"

离开这个坟墓般的图书馆后，高玄带着她快步走向停车场，果然又路过了鬼楼外的围墙。

春雨不想再靠近那栋楼，只是低着头小跑了过去，高玄紧紧地跟在后面说："别那么紧张，我几乎每天都要路过这里。"

高玄的车在停车场的最里面，是一辆白色的帕萨特。春雨坐在了副驾驶的位置，高玄帮她系紧了安全带，迅速开了出去。

天色渐渐暗下来了，而都市的夜生活尚未开始，一路上都是忙着回家的上班族。春雨看着车窗外的世界说："有时候我觉得离他们很近，又觉得离他们很远。"

"你是指周围的人？"高玄在红灯前停下来了。

"差不多吧。我总觉得自己生活在另一个世界。"

"为什么？因为你的过去？"

"过去……"春雨像是被什么刺到了一样，立刻闭上了眼睛。那个丑陋的背影又浮现在脑海中了，使她颤抖了半天都说不出话。

又是一个红灯，高玄用那具有穿透力的目光盯着她："你怎么了？"

她傻笑着摇了摇头，掉转了话题说："为什么带我去你的画廊？"

"因为我会送给你一个小小的惊喜。"

半小时后，高玄带着她来到苏州河边的一座大楼，看上去像是三十年代的大楼。沿着苏州河的一线，开着好几家艺术画廊，高玄的画廊在最不起眼的位置，只有个狭小的门面，上面挂着"子夜画廊"的牌子。

"子夜画廊？真是很特别的名字。"

高玄微微笑了笑，把她带进了画廊里。其实就是一道狭长的走廊，两边的墙上挂着各种油画作品。

在这条充满了颜料气味的走廊里，春雨仿佛走进了另一个世纪。所有的画都是古典主义风格，大部分是文艺复兴作品的临摹，还有一些是中国人的肖像。

她边看边问："这些都是你画的吗？"

"不，只有一小部分是我画的。其实，我开画廊并不是为了赚钱，只是觉得这样的生活方式很自由。"高玄来到走廊最里面的楼梯口说，"再到二楼去看看吧。"

春雨跟着走上陡峭的楼梯，来到楼上一个宽敞的房间。在进门最醒目的位置，她看到了一张熟悉的脸——她自己的脸。

她立刻就怔住了，向后退了几步，才相信自己并没有看错，那幅以她为模特的油画，正骄傲地挂在墙上。

春雨当然不会忘记那天下午，在美术系的一间画室里，她在高玄面前呆坐了几个小时，就是为了创作出这幅画。

她成为了真正的“画中人”，安静地坐在冬日的阳光里，柔和的光线抚摸着她的皮肤，在幽暗背景的衬托下宛如圣女。在高玄的画笔之下，她的眼睛是如此恬淡，几乎已遗忘了整个尘世。

许久之后她才回过神来，对着高玄说：“这就是你给我的惊喜？”

“没错。我把这幅画挂在画廊最重要的位置，但我已标明这是非卖品，只准欣赏不准买卖。昨天有个收藏家来这里，一眼就看中了这幅画，愿意出十万元买下，但我说一百万都不卖。”

“你认为这是画廊里最好的画？”

“是的。虽然它只是幅小框画，算不得真正的大作品。但这幅画的意境很特殊，要比那些大作品更能打动人的心灵。你看你画中的眼神，看你的嘴唇和下巴，真正的杰作不在于大小，而在于灵魂，这就是一幅有灵魂的画。”

听了这么多溢美之词，春雨感到有些不好意思了：“那么画的灵魂到底是什么呢？”

“这个谁也说不清楚，正因为说不清楚才难能可贵，才是许多画家苦苦追寻了一辈子的东西。春雨，我一定要感谢你，是你让我重新获得了画的灵魂，我已经好几年都没找到这种感觉了。”

“你真的不必感谢我，我只是摆了个样子而已。关键还是你画得好。”

“不，对于一幅好的作品来说，模特是非常重要的。我觉得单就这幅画而言，不仅仅是我一个人创作的，而是你和我两个人共同创作的结果。”

“快别这么说了，我怎么也能算创作呢？”

“你坐在画架前的姿态、眼神、气质，还有所有的一切，都是别人永远都无法复制的。你说这算不算是一种创作呢？”高玄有些激动地走到窗边说，“创作的本质就是独一无二，而春雨你就是个独一无二的人。”

但春雨摇了摇头说：“我想每个人都是独一无二的。”

“不，人和人是有区别的。绝大多数人都是平庸的，而只有极少数人是完美的。”

“至少我不完美，我觉得我还有很多……很多不完美的地方。”

她忽然感到心里一阵发慌，赶忙把手撑在了窗台上。从这扇窗眺望出去，可以看到外面静静流淌的苏州河。天空差不多已经完全黑了，只是对面的高楼灯火通明，几乎把一半的水面都照亮了。

高玄索性打开了窗户，一阵寒风吹乱了春雨的头发，他把头伸到窗外，眯起眼睛说："每天晚上，我都会看着这条河，就像在欧洲留学时每晚对着泰晤士河。"

"你就住在这里吗？"

高玄指了指天花板说："对啊，我就住在楼上的房间。"

春雨理了理飘扬的发丝说："你们搞艺术的真会挑地方住啊。"

"出去吃点东西吧。"

高玄看了看墙上那幅画，又看了看眼前的春雨，然后关上了窗户。

走出底楼画廊的门，春雨低着头说："对不起，我想我还是早点回学校吧。"

"你不饿吗？"

"不。今天午饭吃得晚，现在一点都不饿。"春雨看了看眼前的大楼，心跳骤然加快起来，"我可以自己回去的。"

高玄摇了摇头说："春雨，我不知道该怎么说，你和别的女孩子太不一样了。"

"她们大概都巴不得能和你一起吃饭吧。"

这句话让高玄有些不好意思了："就是因为你的与众不同，所以我才会特别注意你，如果你和那些女孩子一样的话，你也不可能成为我的'画中人'。"

然后，高玄坐进了车子，向她挥了挥手说："你不是想早点儿回去吗？我送你回学校。"

晚上七点，他们终于回到了学校。

当高玄把车开进停车场后，他没有让春雨下车，而是凝视着前方说："这些天来，除了神秘的地狱游戏之外，我还在思考另一个问题。"

春雨隐隐有些不安地问："什么问题？是不是和我有关？"

"你真聪明。是的，这几天我一直在思考，你为什么和别的女孩不一样呢？"

"也许是天生的吧。"

高玄拔下了车钥匙，但还是没有开门："不，人的容貌可以是天生的，但内心却是后天决定的。"

"那你认为，我的内心是什么样的呢？"

"我不知道。"高玄的脸被车厢内的阴影覆盖着，只听到他低沉的声音，"那你的家人呢？是不是也和你一样？"

"家人？"春雨忽然摸了摸心口，她知道高玄看不清她的脸，她缓缓闭上了眼睛，用极轻微的声音说，"求求你，不要问这个问题。"

高玄被她的话刺激到了，靠近了她问："你的家人究竟怎么了？"

"别管我！"春雨一下子推开了车门，飞快地跑了出去。

高玄也跟着冲了出去，但黑灯瞎火的停车场里，再也看不到她的影子了。

其实，她正躲在一辆巴士后面，泪水已经模糊了她的眼睛，她一动不动地躲在黑暗中，抬起头已看不到月光。她听到高玄大声地叫着她的名字，但她依然没有动弹。直到传来一阵汽车发动的声音，高玄开着车离开了这里，春雨终于走了出来，在停车场中央的空地上，她望着四周黑洞洞的世界，再也没有抹去脸上的泪珠。

春雨没有直接回寝室，因为她害怕路过鬼楼。走出停车场大门后，又从外面绕了一个大圈，她才回到了学校里面。

食堂差不多快关门了，她只能吃一点剩下的面条。吃到一半的时候，她收到了高玄发来的短信："你现在在哪里？我很担心。"

春雨想了片刻，回复道："我就快回到寝室了，不用担心，谢谢你送我回来。"

当她回到寝室以后，第一件事就是照镜子。脸上的泪痕全都干了，只是眼角还带着忧伤的样子。春雨用毛巾擦了擦脸，然后从柜子底下取出了一个相框。框里镶嵌着一张黑白照片，画面里有一对年轻的夫妇，中间坐着个大约十岁的小女孩。

那是春雨的一家三口。

她伸手摸了摸照片上爸爸的脸，又摸了摸妈妈的脸，最后是自己的脸。她觉得小时候的自己一点都不像现在，那时候她又瘦又小，丝毫都不讨人喜欢。

其他的小姑娘总是光彩夺目，而她却常常被别人遗忘，只能一个人躲在阴暗的角落里。只有在爸爸的怀抱里她才是快乐的，她能够抚摸爸爸的胡楂，闻着他身上淡淡的烟草味道，渐渐地沉入梦乡……

抱着怀中的相框，春雨竟趴在桌子上睡着了。仿佛灵魂出窍般，回到了许多年以前的时光。

直到子夜十二点，短信铃声把春雨从梦中惊醒。她猛地从桌子上抬起头来，慌张地环视着整个寝室，好像有某个人在对她尖叫似的。

许久她才拿起了手机，屏幕上显示的依然是地狱的号码，她赶快打开了这条短信：

> 你已进入地狱的第 11 层，你将选择：1. 你最想解开的谜；2. 你最想见的一个人；3. 你最恨的一个人。

这时春雨已经完全清醒过来了，她把相框放回到了柜子里，看着这条短信上的提示，心想：不知不觉都到地狱的第 11 层了，照这个速度走下去，离那个最后的秘密“地狱的第 19 层”也不会远了吧。

她又把那三条选项读了一遍，目光的焦点对准了“1. 你最想解开的谜”。现在想要解开的谜实在太多了，究竟先要解开哪一个呢？忽然，春雨想到了自己的身后，那是清幽的下铺，她还在看着自己吗？

春雨的拇指颤抖着，终于按下“1”键回复了出去。

对方的回复很快就来了：“把你想要解开的谜告诉我吧，你会实现愿望的。

春雨立刻在手机上打出了一行字：“我想知道清幽为什么会死？”

在把这条回复发出之后，她突然关掉了手机。也许是出于恐惧，也许是出于希望，现在她不想收到什么回复，只需要静静地等待。

看着外边沉沉的冬夜，她不知该如何独自度过？

地狱的第 12 层

虽然还在地狱之中漫游，但生活总是要继续的。

这是春雨第一天上班，她九点钟就赶到了公司，才发现离上班时间还早，只能一个人尴尬地等在门口。

九点五十分，她看到严明亮出现在了门口。老板像发现了什么似的紧盯着她，嘴里却不说话，只是掏出钥匙打开了公司大门。

和许多第一次实习的女生一样，春雨看到老板心里就感到害怕，特别是当老板的目光在自己身上游走时。

她只能通过说话来转移严明亮的目光："经理，昨天 Coco 已经关照过我的工作事宜了，我会完成每天的工作的。"

严明亮似乎永远都是那副病恹恹的样子，在死灰色的皮肤下，暗暗潜藏着青色的血管。眼角神经质似的抽搐了一下，让春雨暗暗吓了一跳。但他微微笑了笑说："具体的工作我就不管了，你应该也是拇指一族吧？"

其实，春雨本来不能算是拇指族的，但她想到这些天来的地狱游戏，便脱口而出："也算是吧。"

"本来我们招聘短信编辑的时候，首先都要考手机文字输入能力。"

"可是，这里工作只要坐在电脑前就可以了啊。"

严明亮依然用那种洋不洋土不土、怪里怪气的口音说："当然，不过如果你自己都不爱玩短信的话，又怎么做得好短信编辑的工作呢？"

"嗯，那我更要适应好拇指时代的工作和生活了。"

这时上班时间已经到了，Coco 和其他几个女孩也陆续进来了，春雨就跟着她们进了办公室。

等到看不见严明亮的时候，春雨偷偷地问 Coco："我们老板是不是有点怪？”

“他本来就是个怪人嘛，不过他对女人可是无害的。”Coco把声音压到了最低，又做了噤声的动作，“嘘，可别说出去啊。”

接下来，Coco就开始了自己的工作，春雨也打开了归自己使用的电脑，她看到电脑的桌面图案很特别，是一朵白色的小兰花。

她又整理了桌子下的抽屉，发现许多乱七八糟的办公用品。她在抽屉最底下摸到了一个小牌子，应该是吊在手机上的小饰物，很多女孩子都喜欢这种东西。小牌子上还有个繁体的“兰”字，看到这个字春雨似乎想起了什么，看起来挺眼熟的，可又实在想不起来在哪里见过。

接下来一天的工作，就是在网上搜集最新的短信，还有各种彩信图片与彩铃，再重新编辑和分类，输入到公司的服务器里。或者把鸟叫和流行歌曲中的某一段制作成MIDI，外加一些配合图片的编写。

公司还在外面请了几个短信写手，每天都要写十几条特搞笑的原创短信，发到公司的电子信箱来，春雨负责与他们联系。平时手机里就收到过不少这样的短信，但真正干上了这一行，才发觉这真是个无比深的糨糊桶。

整整一天，春雨已输入了上百条短信，几十张彩信图片。虽然不过是“复制＋粘贴”，但一定要选最新最酷的，比如：“狱长问临刑前坐在电椅上的死囚：你还有什么要求吗？死囚：我只希望你在行刑的时候能握住我的手，让我心里好过一点。”

“亲爱的朋友，您接收此信息将扣费50元，用于向伊拉克人民提供人道主义援助，我们代表伊拉克人民向您表示感谢！详情请与伊拉克移动联系！”

“亲爱的用户，您好，您的手机将于明天零时停机！如果您要问为什么，凭您的智商，我们很难向您解释！”

……虽然这些无厘头的短信，并不足以让她忘记这些天来发生的一切，但起码可以难得地轻松一下。

实习生是可以比别人早下班的，春雨四点多就从公司出来了。这时候正是写字楼里最忙碌的时候，下去的电梯里只有她一个人。

下降到七楼，电梯门忽然打开了，一个年轻的男人走了进来，见到春雨立刻就愣住了，摇了摇头说：“我没认错人吧？”

春雨一下子也没有认出来，眯起眼睛看了看，总算叫出了他的名字：“杨亚非？”

“对了，你怎么那么快就毕业了？”

“不是啦，我还在读大四，现在这里一家公司实习。”她实在没想到会在这里遇到杨亚非。

他是比她们高两届的学长，过去在学校里都是学生剧社的，所以还算是比较熟悉。

“我好像听说你出国读硕士了。”

“是啊，上个星期才从美国回来，刚刚去七楼一家公司签笔合同。”电梯已经到底楼了，杨亚非微笑着说，“好久没见了，一起吃晚饭吧。”

春雨倒有些犹豫了。

杨亚非是那种长得很讨女孩子欢心的男生，当初在学生剧社，他长期包揽了男主角的位置，每次上台都会引起女生们一片尖叫。不过，春雨从没对他有过任何感觉，这和清幽成了鲜明的对比。

在杨亚非的一再邀请下，春雨还是答应了。餐厅就在写字楼对面，价位还算是比较实惠。

一坐下来杨亚非就问：“你还好吗？看起来你好像和过去不一样了，真像个 office 小姐。”

“我觉得我依然没有变，倒是你越看越像‘海龟’了。”

杨亚非的表情变得严肃了，他低声问道：“清幽还好吗？”

清幽？春雨立刻怔住了，她放下手中的筷子，低下头半晌没说话。

“出什么事了吗？”是啊，杨亚非上星期才回国，当然不会知道这件事的。

春雨冷冷地看着他，一字一顿地说：“清幽死了。”

“死了？”杨亚非立刻傻了，他捂住自己的嘴巴，许久才说出话来，“她是怎么死的？”

“她自杀了。就在十几天以前，死在了鬼楼里。”

“鬼楼？就是学校里那栋传说闹鬼的楼？”杨亚非好像一下子明白了什么，拧着眉头说，“她是死在鬼楼的哪里？”

“怎么连这个都要问？是我第一个发现她尸体的，就在鬼楼二楼的一个房间里。”

杨亚非满脸痛苦地摇了摇头：“二楼的房间……天哪！她是为了楚楚而死的。”

春雨几乎站了起来，她着急地问：“你说清幽是为楚楚而死的？”

“一定是这样的。春雨，你不知道，有些事情我们一直都在保密。既然清幽都已经死了，那我就不妨说出来吧。”

“你刚才说到楚楚，清幽的死关楚楚什么事？”楚楚是比春雨高一届的女生，也曾经是学生剧社的演员。她一直都是杨亚非的女朋友，但听说在两年前出国去了。

“你是剧社的成员，一定知道楚楚和我的关系。但你也许不知道，清幽一直暗恋着我，曾经偷偷地向我表白过许多次，但每次我都委婉地拒绝了她。”

“清幽一直暗恋着你，当时我也能看出一些端倪来，只是她不太愿意告诉我。”

“你应该知道，清幽是个内心非常倔强的女孩，她一旦认定了某件事，就一定要完成。虽然，她在公开场合对我很平淡，其实暗中狂热地喜欢着我。这可不是我的自我吹嘘，她曾经给我看过她的日记。”

“她把日记都给你看了？”

春雨知道清幽在大三以前，一直都有写日记的习惯，而且每次写日记都非常保密，就算最好的朋友春雨也从来不让看。她的日记一定记录了内心最隐秘的东西。

“说实话，清幽的日记让我感到害怕，她实在是有些走火入魔了，日日夜夜都在想着我。同时，她还对楚楚产生了强烈的嫉妒心，她在日记里说她恨楚楚，一定要把我和楚楚拆开。”

“她真的这么想的？”

“清幽不但是这么想，而且确实这么做了。她偷偷地跟踪我，只要我和楚楚在一起，她就会给我发短信，而那些短信的语言非常挑逗，看起来就好像男女之间做了什么见不得人的事。而楚楚的性格你是知道的，她也是那种直脑筋的女孩，一见到我低头看短信，就立刻把手机抢过来看，结果就可想而知了。”

“楚楚以为你另有新欢了？”

“简直是深信不疑啊。”杨亚非露出了一脸苦笑，“无论我怎么向她解释，可她根本就不相信，认定我欺骗了她的感情。而清幽则继续骚扰着我，甚至直接与楚楚通话，让我跳进黄河也洗不清了。楚楚是个喜欢走极端的人，居然公开以自杀来威胁我。”

听到“自杀”这两个字，春雨的心也提了起来：“没想到她的性格那么刚烈。”

“唉！大概现在的女孩子都太任性了吧。而我毕竟是个男生，也还是要面子的人，平时一直心高气傲的，我实在是受不了这份气了，索性就向楚楚提出分手。楚楚大概受不了这个打击，威胁我说如果离开她，她就跑到鬼楼去自杀。但我还是离开了她，我以为她只是吓唬我而已，根本就没想到她真的会……”

“自杀了？”

“是的，那天晚上楚楚没有回寝室，她的室友找到了我，我这才意识到她可能真的出事了。于是我跑到了鬼楼，果然在二楼的那个房间里，发现了楚楚的尸体。”杨亚非说到这里，眼泪已经忍不住流了下来。

虽然春雨的心里也翻江倒海似的，但她努力平静着自己的呼吸，冷静地问：“楚楚是怎么死的？”

“楚楚是上吊自杀的，她把绳子系在窗户上沿的铁栏上，身体就贴着窗玻璃吊着。”

“吊死在窗上？”

春雨倒吸了一口冷气，她立刻想到了那张数码照片，鬼楼二层窗户里的人影，难道那就是……

“这全是我的错！”杨亚非已经低下了头，几乎抽泣着说，“我早就应该想到，楚楚是个性格倔强的女孩，她是一条死胡同走到底，说得出就做得到的。如果我当初注意着她，大概她也就不会死了。”

“为什么当时我不知道？”

“楚楚的自杀让学校也很紧张，他们悄悄地通知家属处理了这件事，我也因此而受到了学校处分。至于为什么你不知道，大概是因为楚楚比你高一届，宿舍楼隔得非常远，学校保密工作做得比较好，对你们就说楚楚出国去了。”

春雨又恢复了镇定，轻声地问：“那清幽知道这件事吗？”

“清幽当然知道，老师还私下里找她谈过心。她知道楚楚自杀的消息后也非常震惊，她绝对没有想到会有这种结果。也许是觉得内心有愧于楚楚，从此清幽就退出了学生剧社，再也没有和我说过一句话。”

“怪不得在大二那年，清幽无缘无故地退出了剧社。我记得那段时间她很消沉，每晚都蒙在被子里哭泣，我们几个室友都很担心她，不知道她发生了什么事情，而她也一直瞒住我们不说。唉！清幽也是个要面子的女孩，这种极不光彩的事，想必是羞于说出口啊。”

“所以，当你说清幽是在鬼楼里自杀的，我立刻就想到了楚楚。我想这两年来，清幽的心里也不好过吧，她曾经说过是她杀死了楚楚，她觉得自己欠楚楚一条命，就算为此而忏悔一辈子，都抵不上自己的罪过。”

春雨已经明白许多了，她点了点头：“谢谢你，让我知道这段隐情，让我知道清幽为什么要选择在鬼楼自杀。”

这时候杨亚非已经说不出话了，埋单以后就匆匆辞别了春雨，甚至连张名片都没有留下。

走出这家餐厅，外边已经是满天星斗了，寒风掠起了许多女孩的长发。满眼都是霓虹灯的广告，春雨抬眼望着对面的写字楼，怎么也分辨不出自己公司的窗户了。

在坐地铁回学校的路上，春雨终于等到了一个座位，在夜晚空荡荡的地铁车厢里，看着对面窗户飞驰的隧道，仿佛走向一个未知的地洞。

对面座位上有对年轻男女，正旁若无人地卿卿我我，这时春雨的存在显得十分碍眼。她知趣地移到座位的另一头，这时短信铃声响了起来。是高玄发来的短信："能不能到学校图书馆来一趟，就是现在。"

现在到学校图书馆去？有没有搞错啊。春雨看了看时间，已经是八点钟了，学校图书馆也早就关门了。她立刻做出了回复："是现在吗？有什么重要的事？"

高玄回复："很重要的事，关于地狱。"

看着最后"地狱"两个字，春雨心里一下子紧了起来，她只能回复："好吧。我现在在地铁里，你还要等我好一会儿。"

半个小时后，春雨回到了学校。

穿过黑夜中寒冷寂静的校园，她小心地注意着身边的树丛，好像里面埋伏着什么野兽似的。幸好有稀稀落落的路灯指引，总算让她摸到了图书馆。

夜幕下的学校图书馆寂静无声，只能看清整个建筑物大致的轮廓，但在底楼的几扇窗户里，却露出了一丝微弱的灯光。想到在寒冷的冬夜里，在这样一个特殊的地方，与高玄这样的男人相会，使她联想到小说里才有的情节。

春雨走到图书馆大门口，却发现大门紧紧地锁着。

她只能又给高玄发了个短信："我已经到图书馆门口了，你在里面吗？"

高玄的回复闪电般地到了："请绕到后门进来。"

春雨心里更紧张了，她可从来没看到过什么后门。但既然已经到了，总不见得再回去吧。她小心翼翼地绕过旁边的树丛，估算着到了图书馆另一面。

一丝光线从后面亮出，依稀照出了一扇小门。她赶紧走到门前，原来是虚掩着的，悄悄地推门进去，前面是一条狭窄的通道，只有头顶亮着昏暗的小灯。

她缓缓拐过一个弯，忽然有只手摸到了她的肩膀。她感到心都要跳出嗓子了，几乎就要大叫了出来。但那只手是那样有力，让她一点都动弹不得，随即她感到了一阵温柔的呼吸，立刻就知道他是谁了。

耳边响起了高玄柔和的嗓音："春雨，是我啊。"

“不要碰我，你想要干什么？”虽然她不再挣扎了，但心里还是异常紧张。

黑暗中看不清高玄的脸，只觉得有一双清澈的眼睛盯着她。高玄的手已经松开了，他轻声说：“我怕你找不到进来的路，快跟我过来吧。”

春雨连着喘了几口气，跟着高玄的脚步声向前走去，在转了几个弯后，终于来到了阅览室大厅。阅览室足有几百平方米大，古老空旷的大厅传来两个人脚步的回声，所有的灯几乎都灭了，四周显得幽暗而恐怖。只有在桌子上亮着一盏台灯，照出一片微弱的光线。

高玄苍白的脸也露了出来，表情似乎有些尴尬：“非常抱歉，是不是让你感到害怕了？”

“我不明白，图书馆晚上还开放吗？”

“这里的图书管理员是我的朋友，是他给了我后门的钥匙，让我进来查点图书资料的。”

春雨回头看了看大厅，还有头顶高高的天花板，在幽暗的阴影中非常模糊，只剩下眼前的一片灯光，就好像黑暗中的舞台。

她摇了摇头问：“为什么白天不来，半夜里叫我出来呢？”

“事实上我已经在这里待了一整天，从白天一直到晚上，在一个小时前刚刚有所发现。”高玄摊开桌子上一堆书说，“你看了就知道了。”

春雨将信将疑地坐到了桌前，在台灯下看到了几本旧书，全都是竖版印刷的，应该是三十年代的版本吧。

高玄打开了其中一本说：“这是三十年代我们学校一位教授的专著，他到各地走访研究了十几年，收集各种与地狱有关的民间传说，汇集成了这样一本书。可惜当时他的著作没有被重视，出版以后一直扔在图书馆里，几乎被后人遗忘了。今天我查了学校图书馆几十年来的目录，总算把这几本书给找出来了。”

他的声音虽然不是很响，但在这幽暗空旷的大厅内，却发出某种奇特的回声，缓缓飘荡着，让春雨的心也跟着晃了起来。

春雨尽量不去听那些声音，随手翻了几页旧书。那些繁体字读起来真是很困难，她摇了摇头说：“还是你告诉我吧，这些书里说了什么？”

“地狱的传说东西方都有，现在我们要看的这些书，主要记载了中国民间的传说。但在民间也有许多不同的说法，让我写下来吧。”

高玄在桌子上铺了几张纸，写下几行字：

（一）八大地狱，又作八热地狱、八大热地狱。即等活、黑绳、众合、号叫、大叫唤、炎热、大焦热、阿鼻等八大地狱。

（二）八寒地狱，即额部陀、尼剌部陀、阿吒吒、阿波波、虎虎婆、媪钵罗、钵特摩、摩诃钵特摩等八寒地狱。

看着高玄写的这些地狱名称，春雨摇了摇头说："你写了这么多，可我还是不知道它们的意思。"

"具体说起来可能三天三夜都说不完，反正都是些荒诞不经的民间传说，大概《聊斋》里面也能看到吧。"高玄用笔在阿鼻地狱下面画了一条横线，"请注意八大地狱最底层的阿鼻地狱，它又被称为无间地狱。"

"无间地狱？听起来好像有些耳熟。"

"看过《无间道》吗？这片名就是由传说中的'无间地狱'而来的。"

春雨点了点头："怪不得人家说《无间道》有哲学意味，原来还有这种出处啊。"

"不过，这些加在一起都算不出人们常说的十八层地狱，更别说地狱的第19层了。"高玄又摊开了一张纸，幽幽地说，"还有另一种说法。"

他在纸上缓缓地写下：地狱的第1层：拔舌地狱。

"挑拨离间，拆散他人，诽谤害人，说谎骗人，将被打入拔舌地狱，用铁钳夹住舌头，生生拔下。"

听完高玄的讲解，春雨已经颤抖得不行了。而纸上大大的"拔舌"二字，使她仿佛回到了鬼楼的夜晚，清幽那张苍白的脸也越发清晰，似乎已经写满了"拔舌"二字。

"清幽不是咬舌自杀的吗？"

"是的。如果按照这里的解释，那么清幽进入的是拔舌地狱。"

在空旷的大厅内，"拔舌"两个字不断地传来回音，春雨不禁捂住了耳朵，许久才说出话来："这是地狱的第1层是吗？既然清幽在第1层就已经……那么我已经到了地狱的第12层了，我……"

"别这么胡思乱想了，怎么可能有这种事呢？清幽的死一定还有其他的原因，你不会有事的。"

"其他的原因？"春雨用极低的声音，几乎是自言自语地说，"我已经知道原因了。"

"你是说清幽自杀的原因？"

在台灯的照射下，春雨的脸色显得苍白无比，她幽幽地说："你说进入拔舌地狱的人，都是因为挑拨离间、破坏他人关系是吗？"

"这只是民间传说而已，大体还是老百姓心中恶有恶报的观念。在我们现实生活中，许多真正做过坏事的人，未必真会得到报应。所以只能想象出一个地狱世界，让尘世中的罪恶受到惩罚，以求得弱者的心理平衡。”

“不，清幽之所以下了拔舌地狱，就是因为她确实做过挑拨离间的事。”春雨立刻想起了杨亚非说过的那段隐情，虽然清幽是她最要好的朋友，但事实就摆在这里，任何人都无法回避。

“你是说——清幽在鬼楼咬舌自杀的真正原因，就是因为她做过挑拨离间的恶事，所以才会受到地狱的第 1 层的惩罚？”

“或者是她的自我惩罚。”

高玄不停地摇着头，台灯将他的身影投射在高高的天花板上，仿佛整个大厅都在晃动着幽暗的影子。他又摊开了一本旧书说：“好了，关于清幽的事，我们下次再慢慢谈。先看看接下来的几层地狱吧。”

春雨感到浑身都没有力气了，只能怔怔地听着高玄继续说下去。

“地狱的第 2 层：剪刀地狱。传说在《水浒传》中，教唆西门庆和潘金莲作恶的王婆，就被下到了剪刀地狱。”

“地狱的第 3 层：铁树地狱。进入这一层地狱的，都是些挑唆家庭不和之人。”

“地狱的第 4 层：孽镜地狱。犯了罪以后瞒天过海逃脱罪行的，最终还是要落到这一层现出原形。”

听到这里春雨已经忍受不下去了，她几乎叫了出来：“停！请不要再说下去了……”

“对不起，那我就更加笼统地说吧，这里的地狱总共有 18 层，每一层都有不同的名称，基本上都是‘刀山’‘冰山’‘油锅’之类刑罚的名称。不同的人按照不同的恶行，进入不同的地狱，每一层地狱都必须是犯了这种恶行的人才能进入。”

“相当于对号入座？”

“对。比如谋害亲夫将下到第 8 层的冰山地狱，民间传说潘金莲就长住于此；弃婴者将下到第 11 层的石压地狱……”

“别说了！”春雨的眼前仿佛已出现了这些恐怖的场景，“有没有为虐杀动物者准备的地狱？”

高玄翻了翻书：“有，地狱的第 10 层：牛坑地狱。虐杀动物之人，将被投入坑中，有数只野牛袭来，以牛角顶，牛蹄踩。”

原来春雨想到了许文雅说过的猴子的故事，这就是许文雅发疯的原因了吧，是下了地狱的第 10 层。

高玄继续说：“牛坑地狱也是下九层的第一层。”

“下九层？”

“在民间传说的十八层地狱里，又可以分为上九层和下九层。”

春雨听了心里一激灵，前几天她刚刚通过“地狱的上九层”，现在正在通过“地狱的下九层”，那么又有哪一层会留给自己呢？

“中国人幻想的十八层地狱，是以受罪时间的长短与罪行等级轻重而排列。即便时间最短的地狱，在其中度过一天，也等于人间的 3750 年。经过 10000 年，已是人间的 135 亿年了，才能被释放出狱。再逐次往后推，每一层地狱各比前一层地狱增加苦难二十倍，增加时间一倍，到了地狱的第 18 层，简直苦得无法形容，更无法计算出狱日期了。”

说完这些话以后，两个人都沉默了很长时间，空旷的阅览室大厅又恢复了死寂，幽暗的天花板下只有一片微光，照着他们惊恐的眼睛。

又是高玄先说话了：“春雨你不必把这些当真，教授在这本书里做了深入的研究。这些关于地狱的传说，都是在一千多年前形成的，当时的人们生活异常艰苦，一旦遇到社会动荡，常常是罪恶横行。许多善良贫苦的老百姓，他们希望恶人能够受到惩罚，但往往是好人没好报，恶人倒得以善终。所以，人们才幻想出了一个地狱世界，希望那些在现实中逃过了惩罚的恶人，能够在地狱中受到严惩。”

春雨明白了一些：“同时也通过这些地狱的传说，告诫大家活在世上不要做坏事。如果做了什么见不得人的事情，一定会在地狱中遭到惩罚，是不是？”

“对，如果从惩恶扬善的角度出发，这些十八层地狱的传说，还是有一定积极意义的。至少让许多愚昧无知的人，懂得了多行不义必自毙的道理。至于作恶多端的人，受到了下十八层地狱的警告，从而改邪归正的例子也有。有句古话不是说了吗，若要人不知，除非已莫为。”“你说的道理我都懂，可是清幽呢？她不是真的下了拔舌地狱了？现在发生的这些事情，又如何来解释呢？”

高玄无奈地摇了摇头：“我也不知道。”

春雨低下头想了一会儿，忽然说：“也许，真正的根源还是在马佐里尼的身上。他的那些关于地狱的画，他在中国的离奇经历，已经远远超出了民间传说的范围。”

“马佐里尼的事情，我会去努力调查的，我相信我这个画家。”台灯下高玄的面色虽然苍白，但目光却是那样深邃迷人，任何一个女生见了都会心猿意马。

“我想关键还是在地狱的第 19 层吧。”春雨缓缓地站了起来，她回头看了看黑洞洞的阅览室深处，幽幽地说，“第 19 层究竟是什么呢？”

想了半天还是得不出答案，低头一看时间，已经是半夜十一点多了。

春雨也没想到会这么晚，她立刻紧张了起来:“对不起，现在已经太晚了，我想我该回去了。”

“是啊，你一个漂亮的女生，深更半夜和我在一起，让人家看到确实不太好。”

高玄的嘴角微微一撇，露出了可爱的酒窝。他收拾着桌子上的旧书，然后放到了阅览室里面的一个小屋子里。

随后，他关掉了桌子上的灯，整个阅览室陷入了黑暗之中，只剩下两个人的脚步和呼吸声。春雨的心跳又加快了，她轻声地说：“你能找到出去的路吗？”

“闭着眼睛也能找到。过去我读书的时候，每天半夜都会跑到这里来看书。”黑暗中高玄说话的气息在她的脸上摩挲，使她只能低下了头，让高玄紧紧握着她的手，带她走出图书馆。

在没有一丝光线的通道中转了几个弯,春雨只觉得自己的手心都冒汗了。而高玄的手握得是那样紧，这种肌肤之间的亲密接触，让她有一股说不出的兴奋。

总算走出图书馆后门了,高玄把门重新锁了起来。在外面幽暗的月光下，春雨也依稀看清了一些。

这时她才感到寒风逼人，冷得浑身发抖。

高玄立刻就感觉到了，他脱下身上的皮外套，披到了春雨的身上。春雨还来不及推辞，只感觉背上一阵暖和。

高玄在她耳边说：“太晚了，我怕你路上出事，让我送你回寝室吧。”

她不置可否地继续向前走去，而高玄则紧紧跟在她身边。

在呼啸的冬夜寒风中，两个人的影子就像幽灵似的，在寂静的校园中前行。路上春雨一句话都没有,只是蜷缩在高玄的外套中,丝毫都感觉不到寒冷。

到了女生宿舍楼下，春雨没有让高玄上去，她把高玄的外套还给了他，轻轻地说了声“再见”，便悄无声息地跑上了楼梯。

回到冰凉的寝室以后，春雨又感到了寒冷，而身上已经没有那件外套了。她疲惫不堪地爬到自己的上铺，甚至连衣服都没有脱，就这么仰面躺在被子上。今天实在是太累了，浑身都累得散了架，好像自己已经下了一层地狱，身体被大石磨碾成了两半。

就这么闭着眼睛躺了片刻，突然被短信铃声吵醒了。春雨拿起手机又看到了那个号码："×××××741111"。

时间已是子夜十二点了，地狱短信准时来访：

你已进入地狱的第12层，你将选择：1.你最想见的一个人；2.你最恨的一个人；3.你最可怕的噩梦。

这时春雨已经有些意识模糊了，她随手就按了个"1:你最想见的一个人"。

几秒钟后回复就来了："现在你最想见到谁？说出来，你就会看到那个人的。"

春雨的意识依然没有清醒，她用力地揉着自己的后脑勺，但脑子里还是一团乱麻。

忽然，眼前仿佛掠过了很多东西，渐渐显现出了一个男人的身影。

春雨的心像被谁触摸了一下似的，立刻不住地颤抖了起来。

对，她最想见的就是那个人。

拇指缓缓地按了几下，打出了那两个字："爸爸"。

这就是春雨最想见的人。

她不假思索地将"爸爸"回复了出去。

然后她闭上了眼睛，一些温热的液体，已不可抑制地渗出了眼皮……

地狱的第 13 层

凌晨三点。

叶萧盯着自己的手机，双眼已经通红通红了，好不容易才把目光对准了黑暗的窗外，只见到对面大楼里永远不暗的几盏灯光。

他已经进入了地狱的下 9 层。

手机屏幕上依然在显示那个号码："×××××741111"。

但是，他怎么也无法摆脱这个被他破译为"地狱"的号码。

叶萧自己也不能解释，为什么明明知道是地狱，却依然不停地往里走？自从进入地狱的第 1 层，他就感到心里有一种说不清的冲动，迫使着自己要继续走下去。

在"地狱的第 1 层"，叶萧选择了"兰若寺"这个地方，因为《聊斋》聂小倩的故事曾留给他深刻的印象。在漫游于兰若寺的过程中，他感到自己真的见到了聂小倩，凝视着她迷人的双眼，呼吸着几百年前的空气，甚至能通过某种特殊的方式，与她面对面地说话，触摸到她的身体和灵魂。

叶萧确信这种身临其境的体验，对所有人来说都是前所未有的，就算世界上最先进的电脑游戏都无法做到一这点。

虽然警官的嗅觉使他不断警告自己，但面对这样一个"地狱"，悬念和好奇像针一样扎进了心里，逼迫自己不断通过下一层地狱。就这样从"兰若寺"到"荒村进士第"，再到"幽灵客栈"与"德古拉城堡"，甚至还有 1888 年的伦敦。

现在他已经突破了地狱的上 9 层，还有新的地狱和体验在等待着他：

你已进入地狱的第 10 层，从今夜起将进入地狱的下 9 层，得到全新的漫游体验，你将选择：1. 许愿；2. 你最想解开的谜；3. 你

最想见的一个人。

他低下头想了很久，终于选择了“3. 你最想见的一个人”。

同时，脑子里闪过一张张面孔。他们中间有的已经死了，有的还在监狱里，有的仍然是他最好的朋友，但唯有一个人是永远烙在他心底的。

“雪儿。”

叶萧轻轻地念出了她的名字。

已经有很久都没想起过她了，但他知道自己忘不了她，因为她是一个不可磨灭的烙印。

他大口呼吸着闭上了眼睛，而雪儿的脸庞却似乎越来越清晰了。

她站在一片北方的雪地里，身后全是银白的天地，就像一尊冰雕那样纯净。叶萧已经记不清那是什么时候了，是七年还是八年以前？那时候他还在北京的公安大学读书，刑事侦查专业的女生少得可怜，像雪儿这样的更是凤毛麟角，自然吸引了叶萧的目光。

雪儿来自一座北方小城，虽然将来会成为女警官，但她绝不是野蛮师姐那样的女孩，看上去更像个文科小女生。谁都想不到她是个神枪手，每次学校里的射击比赛都是前三名。而叶萧无论怎么努力训练，总比她低上一个名次。

在毕业的前一年，雪儿终于成了叶萧的女朋友，按照上级的安排，他们一块儿去了云南实习。他至今还清楚地记得，在彩云之南的黄昏，他抓住雪儿的手，忽然产生了一种生离死别的感觉。

突然，手机的通话铃声响了起来，将叶萧从往事的遐想中拉了回来。他一阵手忙脚乱，差点没把手机给摔到地上，才接起了那个电话。可是电话那端却没有声音，只有一阵轻微的呼吸声。叶萧颤抖着等待着，他能预感到什么，某个幽灵正藏在手机的另一头。

他听到了一阵女孩子的哭泣声……

春雨是早上七点多醒来的，发觉自己居然连衣服都没脱，就这么躺在被子上面过了一夜。她赶紧爬下来喝了一口热水，确定自己并没有着凉。看着窗外寒冷的校园景色，她想起了昨夜发生的事。

不知道高玄是什么时候睡着的？真该死，想他干什么呢？春雨暗暗骂了自己一声，赶快冲出寝室去洗脸了。

上午九点，在对镜子里的自己说“OK”了之后，春雨出门上班去了。

最方便的还是坐地铁，当她通过验票口的时候，忽然觉得后背凉凉的，可回头看看并没有什么异常。

今天不知道是什么日子，坐地铁的人似乎特别多，几乎是排着队才下到了站台。

列车呼啸着进站了，春雨随着拥挤的人群进了车厢，费了很大力气才找到个面对窗户的位置。

车窗外的内衣广告很快就消失了，取而代之的是黑暗的隧道，车厢内的空气很浑浊，再加上此起彼伏的手机和短信铃声，感觉就像个自由市场，所有人被迫挤在这里讨价还价，只等待跑出去的那一刻。

车厢内的灯光照在对面窗玻璃上，映出了十几张疲惫而苍白的脸。

春雨好不容易才找到了自己的脸，照在玻璃上略微有些变形，特别是她的那双眼睛，只有在极度惊恐的状态下，才会把眼睛睁得如此之大。

忽然，她的视野里进入了一张脸，这使她的眼睛睁得更大了。

时间对她来说仿佛凝固了，不，是瞬间倒流了。

在这拥挤的地铁车厢里，她似乎又闻到那股熟悉的气味。

她看到了一张脸，那张脸映在对面的玻璃上，距离她有两三米远。那是一张中年男人的脸，虽然年纪并不大却早早地衰老了。比起春雨熟悉的那个人来说，他脸上的皱纹多了不少，头发也不如以往那么浓密乌黑了，多年来生活的艰难使他目光变得呆滞。

但春雨知道他是谁，岁月不能改变他的身份，对于春雨来说，他永远都是自己生命中最重要的男人——爸爸。

她见到爸爸了。

在飞驰的地铁车厢里，春雨的嘴唇颤抖了起来，她凝视着车窗玻璃上映出的那张脸。千真万确，他就是爸爸，永远都不可能认错的人。是啊，已经分别了十年了，他看起来已老了许多，那是岁月无情的雕刻，春雨真的想伸出手抹平他那些皱纹。

终于，她缓缓地转过了头，向身边那一张张脸看去。突然，她看到一个中年男人转过身去，向车厢的另一边挤了过去。

对，就是那个男人。

爸爸！春雨几乎就要叫出来了，她也跟着那个男人向那里挤过去。可是周围的人实在太多了，几个女人发出了尖厉的怪叫咒骂春雨挤疼了她们。

但春雨已经顾不了那么多了，她只想再见到爸爸，抱着他说上许许多多的话。可是那个男人越挤越快，只能看到他略微谢顶的后脑勺。

看着他马上就要消失了，春雨终于忍无可忍地叫了出来："爸爸！"

车厢里所有的人都转过头来，用看精神病人似的眼光看着她。但那个男人却没有回头，依然在向前面挤去，春雨着急得都快哭出来了，可她前面站着两个几百斤重的大胖子，她无论如何都挤不动了。

这时列车正好到站了，而春雨则站在靠近门口的位置，许多人都拥了出来，无论她怎样拉住栏杆，还是被挤出了车门。当她想要再回去的时候，身上再也没有力气了。

她只能眼睁睁地看着列车开走，只留下铁轨对面的广告灯箱片看着她。她这才意识到脸上已布满了泪水，她看着前方深深的隧道，任凭泪珠缓缓地滴到地上。

虽然站台上还有许多人，但她真想大声地哭出来，让全世界都听到她的痛苦。她在原地呆站了好几分钟，依然想着刚才见到的爸爸的脸，她确信自己绝对没有认错，也许是车厢里人太多了，爸爸没有听到她的呼唤。然而，现在春雨不得不面对这样一个问题——爸爸早就死了。

春雨的父亲在十年前就死了。

那么刚才确认为父亲的那个男人，究竟是不是“人”呢?

尽管嘴唇依然在颤抖，双脚却缓缓移动着离开了这里。

她还是准时地抵达了公司。在电梯里重新整理了一下头发和衣服，看起来比刚才好了许多。

Coco 似乎没有看出她的异常，她们便各自开始了工作。春雨藏在电脑显示器的后面，虽然已经打开了公司的服务器，但她的手始终都没有放到鼠标上。

春雨低着头，还在想着刚才地铁里发生的那一幕——死去多年的父亲居然又重新出现，就在离她只有几米远的地方。而当她去寻找父亲的时候，他却匆匆地挤到人群中消失了。

这是不是有些不可思议?可这些天来，她已经经历过太多不可思议的事了。可是，她不相信自己见到的是父亲的幽灵。

但父亲不可能还活着的，因为她是亲眼看着父亲死去的。

那是春雨十一岁那年的冬天，他们一家三口住在一间不大的房子里。父亲是个普普通通的男人，母亲是个柔弱的女子，他们都是非常平凡的人，过着平凡而正常的生活。

然而，就在那个异常寒冷的冬天，十一岁的春雨看到窗外飘起了雪花，她立刻兴奋地跑出了家门。她梳着两条羊角辫子，踮起脚仰望漫天的雪粒，冰凉的雪融化在了脸上，她就像童话里的灰姑娘见到王子那样跳起了舞。

许多孩子都在雪中欢腾，春雨也加入了这场狂欢。

她渐渐忘记了马路与人行道的界限，走到了风驰电掣的快车道上。就在这时，一辆卡车呼啸着开了过来，大胆的司机刚喝过几杯酒，再加上眼前飘舞的雪花，根本就没注意到马路上小女孩的存在。

春雨已经被吓呆了，她怔怔地看着卡车向自己开来——

如果当时父亲没有正好路过的话，春雨的生命也将会在十一岁终止。然而，就在春雨即将被卡车撞上的时候，父亲发疯似的冲到了马路上，他重重地将春雨推到了前面去，而自己却被卡车撞上了。

父亲瞬间就飞了起来，在飞雪的空中转了一百八十度之后，他摔在了春雨面前的地上。

疯狂的卡车终于停了下来，春雨目瞪口呆地跪在雪地里，看着父亲的脸庞渐渐发紫，鲜血从他身上流淌了出来，慢慢变成一条鲜艳的小溪。

在生命中最后的时刻，父亲依然看着春雨，他的眼睛睁得大大的，嘴巴里却说不出话来。当灵魂最后一次徘徊在肉体上时，他见到的图景只剩下美丽无比的雪花，还有雪中最美最美的公主——他的女儿。

春雨就这样看着父亲断了气。

当时她被吓坏了，居然连一滴眼泪都没有流。后来当看见妈妈哭得像个泪人似的，她才跟着一起流泪了。她知道父亲是为了救她而死的，如果她没有忘乎所以地跑到马路中央，父亲也不可能奋不顾身地为救女而死。

很多年以后，她觉得自己欠父亲一条命，而那条命永远都补偿不回来了。为此她常常在黑夜里流泪，她奢望着奇迹能够出现，父亲可以回到自己身边。如果天堂真的存在，她想自己一定会在天堂里与父亲相聚。但现在恐怕要在地狱中相逢了吧？

春雨这才发现泪水又流了下来，她急忙用手帕擦拭着眼泪。回头看着落地窗外的城市，在这茫茫的人海中，难道真的与奇迹擦肩而过了吗？突然，身后传来了一阵奇怪的声音：“你哭了？”

她吓得几乎跳了起来，才发现是老板严明亮站在身后。春雨赶忙低下头说：“刚才眼睛里进了沙子。”

“办公室里会有沙子吗？”严明亮靠近了她，睁着一双细细的眼睛，像是要把她的心看穿似的，“告诉我，发生了什么事让你如此伤心？”

“严经理，我……”春雨话到嘴边又咽了回去，她无法解释这件事情，如果说出来别人或许会把她当成精神病。

“你一定有什么难言之隐，不方便说出来，就像我过去读书时一样。”严明亮难得地露出了笑容，哪怕只是安慰性的。

“没关系，你会渐渐好起来的。”

“对不起，我马上就开始工作。”

“在心情不好的时候工作，是最容易出差错的，你还是先休息一下吧。到了下午就早点回去吧。”

严明亮那双眼睛还是让她害怕。他居然在春雨的肩膀上拍了两下，然后回到自己办公室去了。

Coco 立刻就转到春雨面前，张大嘴说：“太阳真是从西边出来了，老板平时从来不会关心我们的，更不会说什么心情不好就多休息，简直像换了一个人似的。”

春雨听出了 Coco 是话里有话，这让她很不好意思，只能低下头由着 Coco 说了。

接下来，春雨面对着电脑屏幕，根本就不知道怎么动鼠标了。整个上午就这么晃过去了。好不容易挨到下午两点，就提前下班离开了公司。在坐地铁回学校的路上，春雨在站台上停留了很久，她的心底还存留着一丝希望，然而奇迹是不可能再出现的。

进入地铁车厢以后，她不敢再看车窗玻璃了，一直都低着头，直到自己的目的地。

回到学校以后，春雨仍然想着地铁里的事。昨天半夜在“地狱”游戏里，她选择了自己最想见到的一个人——爸爸。

而她今天果然真的见到了，难道这真是地狱的安排？将死去十年的爸爸从地狱中放了出来，在不见天日的地铁中与女儿相会？

不！不要再想下去了，否则一定会和许文雅一样疯掉的，春雨暗暗告诫着自己。她打开寝室的窗户，让刺骨的寒风吹乱自己的头发，终于渐渐冷静了下来。

在寒风的包裹下，她回忆起这几天发生的一切，尤其是昨天遇到杨亚非，第一次听到了那段隐情。楚楚的自杀是清幽的嫉妒心造成的，而清幽又是死在楚楚死过的地方。如果杨亚非说的都是真的，也就是说鬼楼在两年前也死过人。

关于两年前楚楚的死，学校档案里一定会有记录的，只有档案才能够证实杨亚非的话。或许还能够查出其他一些东西来，比如“鬼楼”过去还发生了什么？

春雨曾经去过学校档案室，帮助整理过一些学生档案，或许档案室的管理员能够帮忙。

她立刻跑出了寝室，低着头穿过冬日下午的校园，悄悄走进学校的行政大楼。

档案室在四楼最不起眼的地方，她轻轻地敲响了房门。女管理员打开房门，一开始还没有认出春雨，茫然地问：“你找谁？”

当春雨说明了来意之后，管理员嗤之以鼻地笑了笑说：“你一个学生，有什么资格查档案？”

春雨就这样被赶出了档案室。心里虽然不怎么好受，但她是不会轻易放弃的，因为她忽然想到了一个人——高玄。

就在档案室外的走廊里，她给高玄发了一条短信，并没有说明原因，只是请他到学校档案室来一趟。

半小时后，高玄神色匆匆地来到了这里。

他一见到春雨就低声地说：“为什么让我来这里？还好我刚才在美术系的画室里，要是在外面就过不来了。”

春雨只能撇了撇嘴说：“对不起，能不能帮我敲开档案室的门，就说你要查一些档案。”

然后，她又把来这里查档的原因告诉了高玄。

高玄用手撑着下巴想了想，说：“两年前的档案肯定可以查到，或许还可以查到更久的。”

“你什么意思？”

“先不要问，等进去以后再说吧。”高玄抚了抚头发，敲响了房门。

女管理员打开房门，刚要发作，却发觉眼前站着一个玉树临风的男子。她的表情一下子温柔了许多，原来她是认识高玄的。

“今天你怎么有空来找我？”管理员一边嗲声嗲气地说，一边赶紧理了理头发。

“好久没看到你了，想来和你聊聊啊。”高玄居然也厚着脸皮说了起来，这让后面的春雨感到不是滋味。

“那就快点进来吧。”管理员几乎是把高玄给拉了进来，却没想到后面还跟着一个女生。

高玄只能解释道：“她是我的学生，今天来跟着我一起查点东西。”

管理员的面色立刻晴转多云，讪讪地说：“那好吧，只是时间不要太久。”

听说要查鬼楼里出事的资料，管理员犹豫了好一会儿。但在高玄的几番“花言巧语”之下，还是把档案都拿了出来。

终于，春雨看到了两年前的那份档案——关于楚楚自杀的调查报告。

报告里详细描述了楚楚在鬼楼自杀的情况，还有后来杨亚非写的说明和证词，甚至连清幽写的检查的复印件都有。杨亚非说的情况都是真实的，档案里都已清清楚楚地写明白了。

高玄也看了这份报告，他轻声地说："这就是地狱的第 1 层？"

春雨没有回答，因为她发现后面还有其他档案，其中有厚厚的一沓，封面上印的日期，大约是八年以前。她小心翼翼地将其打开，才发现这些档案记录了八年以前，鬼楼里发生的又一起悲剧。

这出悲剧的女主人公叫蕴涵，在八年前的一个寒冷冬夜，她跑到一间教学楼里自杀了。后来这栋楼就有了闹鬼的传说，被学生们称为鬼楼。至于自杀的原因，当时的报告写得很含糊，好像是因为谈恋爱造成的。

在材料的最后一页，她发现了蕴涵生前的照片。看着这张八年前死去的女生的照片，春雨愣住了。

照片里的蕴涵有一双迷人的眼睛，正隔着阴阳界冷冷地看着春雨和高玄。而春雨则像尊雕塑似的凝固了起来，仿佛见到了自己生命中隐藏的另一部分。

这是一个致命的发现，照片里的女生长得很像春雨，特别是那双诱人的眼睛。

春雨的心跳急剧加快了，她调整了一下自己的呼吸，又把蕴涵和自己仔细地对比了一下，虽然两个人的眼睛非常像，但脸庞的轮廓还是不太一样，蕴涵看起来更多些"古典"感。

突然，她把目光对准了高玄，发现高玄的脸色也不太对头了。

她立刻敏锐地意识到了什么："你认识她，是不是？"

高玄后退了一步，停顿许久才说出话来："是的，我认识蕴涵。事实上那时所有的同学都认识她，因为她是我们美术系的系花。"

"系花？"

"对，可惜后来她自杀了。其实上次在鬼楼里，我已经对你说过这件事了。"高玄回头看了看后边的管理员，低声说，"在这里说话不太方便，我们出去说吧。"

随后高玄交还了档案，又强作笑容和管理员聊了几句，便匆匆地离开了这里。

他们走出了学校行政楼，又跑到了校园中那条林荫道上。

可那座小亭子已经被一对男女生占据了，春雨只能边走边问了："你不觉得我长得很像蕴涵吗？"

"是的，我不否认。但你与她还是不一样的，一眼就能分得出来。"

但春雨却问出了更为尖锐的问题："是不是因为这个原因，你才会有意接近我的？"

高玄在林荫道里停了下来，犹豫了片刻说："我不知道。但你可以回想一下，我们第一次相遇纯属巧合，后来就是你来送书，怎么能说是我故意接近你呢？我想更重要的，还是我们都进入了地狱游戏的原因吧。"

到这时春雨的口气也柔和了下来，她知道自己无权指责高玄，只能低声地说："当你第一次见到我的时候，是不是马上就想到了蕴涵？"

"这我说不清楚。但春雨你要相信自己，你是独一无二的女孩子，没有任何一个人能够替代你，你也不可能成为另外某个人的替身。"

春雨听了这番话，心里不知是什么滋味。她想起了自己的童年，想起了那个漫天飞雪的下午，她觉得是自己害死了父亲，从十一岁的小女孩直到现在，她从来没有真正自信过。而这些天认识了高玄，她第一次觉得自己可以成为公主，而现在又觉得自己依然是灰姑娘。

看她没有回答，高玄便继续说道："春雨，你看着我的眼睛。现在让我告诉你，你就是你，一个叫春雨的女生，你不从属于任何人，只属于你自己的灵魂。"

"好了，你别再说了。"春雨低下头徘徊了几步，看着林荫道上空干枯的树枝说，"谢谢你，高玄，已经很久没人对我说过这些话了。"

"春雨，我只是想要告诉你，不要去在乎别人的想法，关键是你自己心里的感觉。"

但春雨并没有回答，只是沉思着继续向前走去。高玄紧紧地跟着她，就这样在寂静的林荫道下，两个人沉默地走了好一会儿。

"我们说些别的吧。"春雨总算把自己的心情调整了回来，冷静地说，"现在我们已经知道了，清幽之所以会死在鬼楼，是因为在两年前，她破坏了杨亚非和楚楚间的关系，导致了楚楚在鬼楼自杀的后果。而清幽咬舌自尽的死法，也正与地狱的第1层拔舌地狱相同。"

"照这么说，这是一个具有内在逻辑性的必然结果？"

"对，操纵着这个逻辑的，正是隐藏在地狱深处的某个幽灵。"

"只有清幽一个人不足以证明，那么其他人呢？"

这时春雨差不多都已经想通了，她点了点头说："我的室友许文雅，曾经历过一件很可怕的事情。"

然后，她把许文雅经历的猴子的故事，原原本本地转述给了高玄，最后得出了结论：许文雅之所以会发疯，就是因为那只猴子的缘故。结果被送到了虐杀动物的那一层地狱。

还有南小琴曾经撞伤过一个老人，而她后来所遭遇的离奇车祸，很可能是她自己撞上去的，就这样下到了见死不救的那层地狱里。至于素兰，肯定也发生过什么隐情，只是现在大家都还不知道，或许永远都是个谜了吧。

高玄摇了摇头说："照你这么说，她们岂不是罪有应得了吗？"

"不，她们确实都做过错事，但绝不该是现在的结果。"春雨觉得自己脑子里又有些乱了，只是怔怔地说，"我们都应该好好地活着，好好地活着。"

"春雨，你会没事的。"

但她苦笑了一下："算了吧，我知道你在安慰我。"

他们又在林荫道里走了一会儿，春雨没有把上午在地铁里发生的事情说出来，大概说出来也没人会相信吧。她忽然说自己有些冷了，就匆忙地辞别了高玄，跑回了自己的寝室。

将近子夜了，女生寝室的灯依然亮着。

又是一个要独自挨过的长夜。春雨呆呆地坐在窗前，看着自己的三星手机，等待那来自地狱的短信铃声响起。她已经见到了死去的爸爸了，还会有什么愿望会让她实现呢?

十二点整。

短信铃声准时响起，还是那个地狱号码，春雨打开了这条短信：

你已进入地狱的第13层，你将选择：1. 你最恨的一个人；2. 你最可怕的噩梦；3. 你最想去的一个地方。

春雨这回屏住了气息，冷静地想了一会儿。忽然，她的眼神变得非常可怕，似乎充满了一股杀气，她缓缓地按下"1. 你最恨的一个人"。瞬间，某张脸庞像烟雾一样涌了出来，春雨知道这只是幻觉，她冷冷地回想着那张脸，回想着那些可怕的夜晚。

地狱的回复来了："你最恨的人是谁？你会得到报复的机会的。"

春雨的眼神依然那么可怕，仿佛已经变成了另一个人。就像在木偶人上刻字一样，她用力地按了几下拇指，手机屏幕上显示出了两个字——继父。

她立刻就把这两个字回复了出去。

终于，春雨像是吐出了胸中一块大石头似的，竟然仰天尖叫了一声，她觉得自己从来没有这样疯狂过。

地狱的第 14 层

气温已降到零度以下。

上午九点，春雨裹了一条厚厚的围巾，匆匆跑出去上班了。

天气预报上说，过几天将会有西伯利亚冷空气南下，可能还会出现降雪。校园里再爱漂亮的女生，也不得不牺牲了自己的身段，穿起了臃肿的滑雪衫。

去公司的路上，春雨依然坐着地铁。在拥挤嘈杂的车厢里，她特意寻找了一个好位置，差不多能看清周围所有的脸。那一张张脸是那样冷漠，没有一张是她所希望看到的，不，或许还是不要看到的好。

春雨到了公司以后，发现 Coco 与她说话的态度有些冷淡，这让她心里不太好受。

她只能一个人扑在电脑前，因为昨天几乎没干什么活，所以今天她工作得特别卖力，连着几个小时到下午，中间除了吃饭外几乎没停下来过。但不巧的是，今天公司里有个女孩生病请假了，所以春雨只能留下来加班。

又在电脑前干了几个小时，春雨才发现窗外的天空已经暗下来了，取而代之的是无数的霓虹灯光。而这时 Coco 她们都已经悄悄地溜走了，办公室里只剩下了她一个人。

空荡荡的办公室一下子静了许多，春雨站起来活动了一下身体，在电脑前坐了一天，脖子酸痛无比。肚子早就饿坏了，正好桌子上放着一份晚点心，这是给加班的人吃的。吃完这顿晚餐，春雨便准备下班了。

当她走到门口，忽然听到身后一阵沉闷的嗓音："她们都走了吗？"

突如其来的声音差点没把人给吓死，春雨紧张地回过头来，才发现是老板严明亮。她低着头说："她们都已经走了，我的工作也结束了。"

严明亮冷峻的表情一下子变得柔和了："今天辛苦你了，到我房间里坐坐吧。”

虽然心里很紧张，但春雨没办法拒绝，只能走进经理办公室，坐在旁边的沙发上。

“是不是很累？”

“没关系的。”

“刚出来打工的时候都这样，你还算是比较轻松的。想想我在国外的时候，那可是你们没法想象的啊。”

严明亮的目光像蚂蚁一样在春雨的脸上爬着，让她感到浑身都起了鸡皮疙瘩。她只能低着头回答：“严经理，其实我来这里实习，主要还是为了毕业论文做社会调查。”

“什么论文？记得我当初的大学毕业论文，是写计算机网络会改变人们的生活方式。当时很多人都不知道网络是什么东西，但现在每个人都离不开网络了。”

“我写的论文题目是《手机短信与人类沟通》。”

“非常好的选题，确实有许多人的生活因此而改变了。”严明亮每说一句话，都靠近春雨一步，让春雨不得不退到了办公桌旁边。突然，视线里似乎掠过了一张脸庞，就像火星一样溅到了她的眼睛里。

那是严明亮桌子上摆的一个相框，里面镶嵌着一张女孩的照片，看不清照片的背景，只有那女孩微笑的脸庞，还有一双诱人的眸子。

瞬间，春雨摸着自己的脸后退了几步。她已经看出了照片里的脸，虽然她从来不认识那个女孩，但她知道女孩的名字，蕴涵。

虽然不是在学校档案里看到的那张照片，但两张照片上显然是同一个人，那脸庞、那眉眼是绝不会看错的。可是，蕴涵的照片为什么会在严明亮的桌子上呢？

严明亮立刻拿走了桌子上的照片，低声说：“是不是觉得她很像你？”

“不但很像我，而且还很像另一个人。她的名字叫蕴涵，是八年前我们学校美术系的系花。你认识她是不是？”

这回轮到严明亮后退了，他抿着嘴想了想说：“既然你知道蕴涵，那我就承认了吧，她是我大学时代的女朋友。”

“蕴涵是你的女朋友？”春雨实在不敢想象，八年前的严明亮应该是什么样子呢？实在看不出他有什么魅力，居然会让美术系的系花投入他的怀抱。

“你不相信可以去问别人。”严明亮走到了落地窗边，背对着春雨低下头沉吟，“自从她死了以后，这张照片多年来一直陪伴着我，无论我多么痛苦，我都知道她就在我身边。”

春雨觉得自己触到了别人内心最脆弱的神经，她抱歉地说：“对不起，严经理，我不该问那么多。”

“今天已经太晚了，你快点回去吧。”

春雨点着头退出房间，飞快地离开了公司。

办公室里只剩下严明亮一个人了，他颤抖着关掉了所有的电灯，让自己笼罩在一片黑暗之中，隔着落地玻璃面对着不夜的城市。然而，他并不属于这个城市。

看着窗外鳞次栉比的摩天大楼，在黑夜里闪烁着不熄的光芒，他突然想起了那个烟雾缭绕的清晨，他躺在小屋内，鼻子里充满了牲畜的气味。是的，与这个故事里所有的人物不同，严明亮出生在一个贫穷的山村。

那个清晨就是他的第一次记事，是母亲撕心裂肺的惨叫声将他惊醒，在刺鼻的牲畜气味中睁开眼睛，看到父亲正骑在母亲的头上，用巴掌将她打得头破血流。这就是严明亮与众不同的童年。虽然家里穷得揭不开锅，但他还是读完了小学和中学。也许是因为贫困，使他过早成熟了起来。

他看着一无所有的家，看着终日哭泣流泪的母亲，看着喝得醉醺醺的父亲，决心一定要离开这个地方，一定要有出人头地的那天。尽管被所有的人瞧不起，但他的学习成绩一直是最好的，每次别人欺负他，他总是低着头忍让。

他恨他的父亲，因为每夜他都是听着母亲的哭泣声入眠的。父亲永远都改变不了打女人的习惯，从拳脚相加到皮带木棍，母亲每次被打都不敢声张，只能默默地承受痛苦，抱着儿子度过漫漫长夜。

直到有一天，父亲喝了两斤劣质的白酒，将母亲推倒在门板上，用板凳狠狠地抽打着。儿子目睹了这一切，却被父亲绑在床上无能为力。最后，父亲失手打到了母亲的太阳穴上，这时父亲才如梦初醒地收了手，把母亲送往医院急救。但一切都太晚了，母亲就这样走完了悲惨的人生。

他是看着母亲被自己的父亲活活打死的，那一刻他居然没有流泪，他觉得泪已经化成了血，逆流到了自己心里。父亲自知犯下大罪，便从悬崖上跳下去摔死了。那一年他正好十六岁，成了真正的孤儿。

父母下葬后，他才听说了自己真正的身世，原来他竟是母亲红杏出墙的结果，并不是“父亲”真正的儿子，所以“父亲”从来都不爱他，也一直以毒打的方式惩罚母亲，直到他们同归于尽。

他感到了一种深深的耻辱，这种耻辱从娘胎起就烙在了自己身上，如果没有他的存在，母亲的命运也不会如此凄惨。他再也无法抬起头来，只能没日没夜地拼命读书，要离开这个永远都不想再见的地方。

终于，他用父母遗留下来的一点积蓄，读完了高中三年。又以全省前二十名的成绩，考上了上海一家著名大学。

他以为到了上海的大学，就可以摆脱别人鄙夷的目光，然而人们依然瞧不起他，室友们都不愿意和他说话，因为他来自贫穷的农村，实在土得可怜，人们觉得和他交朋友会很没面子。他的学费要靠他四处打工来拼凑，白天在学校里听课，晚上就跑到建筑工地上扛水泥，到半夜里带着一身臭汗入眠。

他学的是计算机专业，到大三以后就开始为电脑公司打工了。至少再也不用像民工一样干活，还可以攒一些零用钱。也就是那一年，他认识了一个叫蕴涵的女生。

认识蕴涵完全是巧合，那是个漆黑的夜晚，他刚从外面打工回学校，在学校后门发现几个社会上的小流氓，正围着一个女大学生动手动脚。他用在农村养成的体魄，将那几个流氓打得满地找牙。

就从那一刻起，他成了蕴涵心中真正的英雄。那时他保持着在农村养成的早起习惯，每天清晨六点钟，当室友们都在梦乡中时，他就会到学校大操场去跑步。而蕴涵也会准时地跑到那里，两个人一起绕着大操场，跑上一圈又一圈，直到同学们纷纷在旁边围观，谈论起校园里的新鲜事——“乡下人”严明亮泡上了美术系的系花。

谁都无法理解蕴涵为什么会喜欢上他，这样一个贫穷的乡下小子实在没有任何魅力可言。尽管暗恋着她的男生成群结队，但她并不喜欢那些小白脸，只喜欢高仓健式的男人，而严明亮就是她的高仓健。

严明亮引起了许多人的嫉妒，那些人常来欺负他，甚至还有人通过某种卑劣的方式，调查出了他耻辱的身世。一下子校园里谁都知道了。从此无论他走到哪里，都被人指指点点。他感到无地自容，就好像全身衣服被扒光了，展现在所有的老师同学面前。

在这绝望的时候，只有蕴涵没有嫌弃他，反而公开地与他出双入对。蕴涵的父母都是领导干部，当他们听说女儿与“乡下人”谈恋爱时，差点以为女儿有了精神病，而当听说了严明亮的耻辱身世，更是要女儿立刻断绝与严明亮的关系。

起初蕴涵不肯向父母退让一步，但她又一直是父母的好女儿，她不想看到父母为此而悲伤欲绝。而严明亮最终也妥协了，他不愿蕴涵因为他而断绝与父母的关系。在学校与父母的压力之下，蕴涵终于被迫离开了严明亮。但她实在太悲伤了，终日以泪洗面，精神恍惚，胡言乱语，甚至半夜里梦游。

她几次被送去心理治疗，但没有一点成效，从一个健康美丽的系花，逐渐变成了疯疯癫癫的傻姑娘。

终于有一天，悲剧发生了。

蕴涵趁着黑夜跑到了一座教学楼里，在那里写下遗书，然后上吊自杀了。严明亮痛不欲生，学校和蕴涵的父母也没想到这种结果。说不清谁该承担责任，只能草草处理了事。万念俱灰的严明亮也想到过死，但愤怒和仇恨让他活了下来。

大学毕业后，严明亮决心去英国留学，但他没有钱交纳昂贵的学费，为了筹集到出国的费用，他咬着牙卖掉了自己的一个肾，终于踏上了前往欧洲的飞机。

然而，他在英国的生活比在国内还要艰难，在白天攻读计算机程序之余，常常整夜都在餐馆里刷碗，甚至跑到海滩上为人拾贝壳。这使他剩下的一个肾不堪重负。他失去了男子汉的体魄，像个女人般倍受凌辱，经常被街头流氓打得奄奄一息。无论是肉体还是精神，他都在遭受着地狱般的煎熬。

就在他痛恨着眼前一切，甚至痛恨自己为何来到人间，准备彻底从世界上消失时，却在英国南部的一个小镇上，很偶然地遇到了某个人，而这个人彻底改变了他的命运……

严明亮终于睁开了眼睛，在光滑的落地玻璃上，似乎照出了那个人的影子。他嘴角缓缓地嚅动着："谁该下地狱？"

春雨离开公司的时候，已经是晚上七点多了，她穿过喧闹繁华的街道，钻入了地铁站台。

现在高峰期已经过去了，站台上只有一些加班回家的人。还有就是出来玩的少男少女们。

进入地铁车厢后，她终于等到了一个座位，马上就闭起了眼睛。今天实在是太累了，地铁的摇晃又具有某种催眠的作用，她只感到自己沉入了很深很深的地下，就这么睡着了。

不知过了多久，有一只手在春雨肩头推了一下，她立刻慌张地醒了过来，才发现自己学校这一站到了。她紧张地站了起来，但四周的座位都是空着的，也没有站着其他人。那究竟是谁推了她一下呢？她摸着自己的肩膀，感到半条手臂差不多都凉了，难道刚才推她的那只手，是空中的幽灵吗？

车门打开了，春雨立刻逃到了站台上。又回头看了看四周，几乎没什么人下车。或许刚才只是错觉吧？虽然身体还是很累，但她只能强打着精神，匆匆地跑出了站台。但一路上她总觉得后面有什么东西，回头看看却什么都没有。这让她一直到进入校园都提心吊胆的。

在冬夜的校园里，小径被枯树覆盖着，四周几乎没有一个人影，只有远处昏暗的灯，依稀照亮了前边的路。春雨突然停了下来，在寂静的黑夜里，她似乎真的听到了后边的脚步声。背后有人？

后背的汗毛都竖了起来，她缓缓地回过头去，想象着会在背后看到什么恐惧的景象。春雨终于看到了，在漆黑的枯树影下，一个高大的人影缓缓移动着。

她紧张地深呼吸了几口，大声地叫了起来："你是谁？"

空旷的校园里传来她的回声，感觉更加令人害怕。而那个黑影则继续向她走来。渐渐地，昏暗的灯光打到了人影身上，那个熟悉的轮廓一下子跳进了春雨的眼中——是他吗？

春雨张大了嘴巴，团团白色的气体呼出嘴边，她永远都无法忘记那个人。不，那股熟悉的气味也来了，悠悠地吸到了她的鼻孔里，就是那个人身上的气味，永远都无法改变的可怕气味。

那个人是她的继父。

一阵没来由的阴风刮了起来，让春雨后退了几步。她捂住嘴巴没有把"后爸"两个字叫出来。而那个人影还在向她走来，大约只有十几米的距离，一步，两步……

她已经毛骨悚然了，颤抖了许久才转过身去，拼命地跑向寝室。路上只有昏暗的灯光和耳边呼啸的寒风。她根本就不敢回头去看，只顾低着头向前跑，总算跑回了女生宿舍楼。

惊魂未定地跑回寝室，春雨赶紧把房门给锁死了，然后又把窗户重新关死了一遍。她蜷缩在白色的灯光下，用双手捂着耳朵，生怕外头会响起可怕的敲门声。

颤抖着等了很长时间，想象中的敲门声并没有出现。春雨这才抬起头，大口地喘息了起来。

脑子里又浮现起了刚才那个人影，那是她永远都不会认错的，特别是那个人身上的气味。可是，继父怎么可能出现在她的校园里呢？会不会是其他体形和长相类似的人呢？春雨实在是想不明白。

难道是昨天晚上，地狱游戏中的"我最恨的人"起了作用？

是的，那个男人就是她最恨的人。

春雨又一次闭上了眼睛，泪水缓缓地溢出了眼眶。在朦胧的黑暗里，她似乎又看到了爸爸的脸。他躺在冰凉的殡仪馆里，十一岁的她看着爸爸被送往了火化炉，妈妈紧紧地搂着她，衣服上满是泪水。

爸爸死了以后，她只能与妈妈相依为命了，每夜母女俩都睡在一起，她能感到妈妈心里的颤抖。

又过了两年，妈妈从单位里下岗了，家里的生活一下子困难了许多。就在她们走投无路的时候，一个高大的男人走进了这个家庭，成为了春雨的继父。那个男人是做生意的，刚进家门时给春雨买了许多漂亮衣服，又给家里添了许多电器，对妈妈也还不错。只是继父的身上永远都有一股怪味，说不清是酒味还是烟味，或者是长期泡在烟酒之中产生的化学反应。所以，尽管继父总是要求春雨叫他爸爸，但春雨无论如何都不肯叫，只是用某种吓人的目光冷冷地看着他。

但在这个时候，春雨仅仅是不喜欢继父，还没有到恨他的程度。她只是不停地怀念爸爸，回想着那个雪花漫天的下午，如果她没有到马路上，那么爸爸也不可能为她而死，一家人的命运也不可能被这样改变，那个充满怪味的男人也不可能进入她的生活。

春雨忽然从回忆中醒了过来，她怔怔地说："如果不是我，爸爸不会死，一切都不会改变的。"

自从十一岁那年以后，厄运似乎从没有远离过她：令人厌恶的继父，母亲的永远离去，还有半年前荒村的噩梦……而现在她最好的朋友清幽也死了，另外两位室友许文雅和南小琴，一个已精神分裂，另一个出了车祸至今还没醒来。

"厄运一直都在我的身上，而我又将厄运带给了我身边的人……"

是啊，从父亲到母亲，从清幽到许文雅，都是她身边最亲近的人，却一个个离她而去，到如今只剩下春雨孤苦伶仃一个人。

"那些女生们说得对，我就是一个天生的灾星，任何人接近我都会倒霉。也许，我根本就不该降生到这个世上！"

正当春雨绝望地哭泣时，她的短信铃声突然响了起来。

已经是子夜十二点了，依然是那个地狱号码，依然是那条短信：

你已进入地狱的第 14 层，你将选择：1. 你最可怕的噩梦；2. 你最想去的一个地方；3. 你最痛苦的回忆。

春雨的目光落在了"噩梦"两个字上，她早已经经历过最可怕的噩梦，这个世界上还有什么噩梦能让她害怕的呢？于是，她大胆地选择了"1. 你最可怕的噩梦"。

在等待了几秒钟后，她收到了这样一条回复："你会重温噩梦的。"

看到这条短信，春雨的心里跳了一下，重温噩梦？这算是什么意思？春雨有些乱了方寸，手忙脚乱间先关闭了手机。

噩梦？哪一个噩梦呢？

此刻，窗外寒冷的夜色里，噩梦正在酝酿。

地狱的第 15 层

在这个黑暗的房间里，不知从哪里传来了一阵奇怪的气味，缓缓刺激着熟睡中的春雨。那气味通过鼻孔、咽喉、气管一直弥漫到整个肺叶中，使她从黑暗中醒了过来。

那气味的源头就在眼前，黑影覆盖了她的额头，向她靠近……再靠近……春雨睁开了眼睛，漆黑一片什么都看不到。但那浓烈的气味告诉她，那个人已经来了，只与她隔着几十厘米的空气。

虽然看不到那个人，但春雨的心脏几乎要跳出来了。她拼命地屏住呼吸，不让那个人的热气呼到脸上。她的嘴里发出嘤嘤的呻吟，但始终都无法大声地叫出来。

忽然，黑夜的窗外进来了一线微光，刺入了她睁大着的瞳孔，使她瞬间看清了那张可怕的脸庞。

她终于叫了出来，不知从哪里来的力量，全身都挣扎了起来，一巴掌打在了那个人脸上。他发出了一声可怕的怪叫，满嘴的怪味全都灌入了她的鼻孔。那只有力的大手抓住了她的小臂，立刻使她感到一阵钻心的疼痛。但她一脚踢到了那个人身上，总算从床上跳了起来，在黑暗狭小的房间与他撕打着。

可春雨柔软的手臂根本不堪一击，她只能退到了窗户旁边，不知何时窗户居然打开了。她爬到了窗户上，但那只手紧紧地抓住了她的脚腕，她一脚将那个人蹬开了，然后跳下了窗户……

她坠落到了一个黑暗的深井中，她感觉自己不停地往下掉，似乎没有到底的那一刻，直到她尖叫着睁开了眼睛。

清晨的光线照亮了春雨的眼球，她揉了揉自己的眼皮，发现这里并不是黑暗的深井，而是寂静的女生寝室。

看着窗外的晨曦，再大口地喘息几下，才明白刚才只是一场梦。

“重温噩梦？”好几分钟后，春雨嘴唇颤抖着说出了这句话，又是地狱的安排吗？

忽然，她感到手臂上一阵火辣辣地疼，才发现左手小臂上有几道明显的印痕，看上去又红又肿，像是被谁的手指抓出来的。

又是一阵冷汗沁了出来，如果刚才只是一场噩梦的话，那手臂上怎么会真的有抓痕呢？

难道世界上还有“真实的噩梦”？

春雨不敢再想下去了，她斜倚在上铺的墙边，紧紧地捂着手上的抓痕，泪水悄悄地滑落了下来。

隔着铁栏杆组成的窗户，许文雅静静地看着窗外的冬日天空。虽然皮肤还是像墙壁的颜色一样白，但她的气色明显好了许多，目光也不再呆滞而无神了。

桌子上摆着一部崭新的手机，这是几天前文医生送给她的礼物。忽然，手机的短信铃声响了起来，许文雅连忙抓起手机，看到了这样一条短信：“许文雅，今天还好吗？”

许文雅：“我很好，就是整天待在这个房间里，实在太无聊了。”

对方：“为何不玩玩手机？”

许文雅：“手机里存的号码我都忘了，现在只能玩新手机里的游戏。”

对方：“你是不是很喜欢玩短信游戏？”

许文雅：“对，特别喜欢。”

对方：“哪一个最好玩？”

许文雅：“地狱游戏。”

对方：“你是从什么时候开始玩这个游戏的呢？”

许文雅：“现在我算不清时间了，大概是一个月前吧。”

对方：“你又是怎么知道这个游戏的呢？”

许文雅：“有一次素兰在偷偷地玩手机，我看她玩得聚精会神的样子，心想一定非常好玩。我问她在玩什么游戏，可她不肯告诉我。”

对方：“后来呢？“

许文雅：“我追问了素兰好几次，她实在瞒不住，只能告诉了我那个号码，于是我就进入了地狱游戏。”

对方：“好玩吗？”

许文雅："非常好玩。但我很怕被室友们发现，只能每天半夜里躲到厕所里玩。但没想到，有一次被清幽看到了。"

对方："清幽是谁？"

许文雅："是我的室友，她每天半夜都要上厕所，那晚正好撞到了我，我只能把地狱游戏的玩法告诉了她。"

对方："再后来呢？"

许文雅："清幽死了。"

手机屏幕上的短信打到这里忽然停住了。许文雅死死地盯着屏幕，眼睛里似乎看到了什么可怕的东西。她忽然把手松了开来，手机便掉到了地上，而她的身体又像猴子一样蜷缩了起来。

就在这间病房的楼上，文医生正坐在电脑前，看着屏幕上打出来的这些短信。原来刚才与许文雅短信聊天的人正是文医生，他看着最后一条短信迟迟没有回复，知道楼下可能出问题了。

文医生跑到楼下许文雅的病房里，发现她已经静静地睡着了，手机掉在地上，屏幕上正是最后那条没有编辑完的短信。

悬着的心终于放了下来，文医生缓缓走出病房，给叶萧警官打了一个电话，希望他能够尽快到医院来一趟。

半个多小时后，叶萧满脸狐疑地来到文医生面前。

文医生并不多说，先让叶萧坐到电脑前，看一看刚才那段短信聊天的记录。叶萧一开始没看明白，但当他看到后半部分时，却沉默了半天没有说话。原来第一个玩地狱游戏的人是素兰，后来被许文雅发现了，而许文雅又被清幽发现了，这个游戏就这样在几个女生间传播了开来。

叶萧摇了摇头说："许文雅不是疯了吗？你是怎么做到的？"

文医生微微笑了笑："是的，许文雅精神分裂了，而她的症状又非常奇怪，所以引起了我的重视。这些天来我通过 E-mail 请教了许多欧洲的专家，向他们介绍了许文雅这个特殊的病例，并咨询国外有没有类似的病例。虽然欧洲的专家也一筹莫展，但他们向我提供了一些治疗手段。"

"什么治疗手段？"

"其实这种手段非常简单，我们中国人的祖先早就总结出来了，四个字——以毒攻毒。"

"以毒攻毒？"

"我送给了她一部新的手机。虽然许文雅嘴里一直胡言乱语，从来不回答人们的问题，但看到手机就有了反应。我偷偷地给她发了一条短信，她的拇指立刻活跃起来，回复了一条短信给我。”

但叶萧还是摇了摇头：“许文雅连话都说不清楚，还能发短信吗？”

“完全没有问题，虽然她可能暂时丧失了语言表达功能，但记忆还是基本完整的。可能手机短信的铃声和屏幕，突然触发了她脑中的某根神经，使她拿起手机来就能发短信。这些天来，我一直用这台电脑收发短信，以一个病人的身份与许文雅短信聊天，现在我几乎已成为她的短信男友了。”

“那许文雅认识你吗？”

“不，在她的面前，我永远只是文医生。实际上，任何人对她说话都没用，她也不会理睬我们。只有当她面对手机短信时，才完全摆脱了精神分裂的阴影，完全以一个正常人的思维与人交流。当然，目前她只能通过短信这个方式，当面交流是一点效果都没有的。”

叶萧总算点了点头：“这就是所谓的‘以毒攻毒’？你不怕她又去玩地狱游戏吗？”

“不可能，因为我给她的手机是我改装过的，根本就不能进入移动通信网。差不多就像是无绳电话，只能与我一个人交流。”

“小灵通也是这个概念吧？”叶萧忽然想起了一个人，他试探着问道，“文医生，那你觉得许文雅有可能治愈吗？就像过去春雨那样？”

文医生眯起眼睛想了想说：“我觉得许文雅的病虽然罕见，但还是有希望治愈的。这个女孩属于偏执型精神分裂，主要症状就是妄想。”

“又是妄想？”

“对，通过这些天来与她的短信聊天，我发现在她的精神深处，有一个关键词不断出现，就是猴子。是不是很奇怪？我也不清楚为什么猴子使她恐惧，但猴子是她妄想的根源。至少应该有两年以上的时间，一直都深藏在她心底，否则无法造成这么严重的后果。”

“也就是说，猴子是她长期以来积累下来的心理阴影？”

“没错，这很可能与她过去某一次特殊经历有关。那次经历给她的心灵造成了严重的创伤，而猴子则是那次创伤最重要的部分。从而给她心里埋下了深刻的恐惧。”

叶萧揉了揉自己的额头问：“可是，为什么她过去一直都很正常，在十天前才突然发疯呢？”

“因为每个人都有自我调节的能力，即便有很强烈的心理阴影，一般来说也都能很好地控制自己。说实话，生活在现代社会中的我们每一个人，都不敢保证自己没有心理阴影。坦率地说，包括你我在内，恐怕谁都不能避免。”

“你认为这很正常？”

“但是，有的人会遇到一些特殊的事情，也就是心理学上所说的‘诱因’，迫使内心最恐惧的那一部分释放出来，一旦突破某个临界点，就可能会发生精神分裂。”

“诱因？”

文医生看了看窗外花园里散步的病人说：“当然，这种情况还是极其罕见的，但在我们医院却很普遍。”

“那么导致许文雅精神分裂的诱因又是什么呢？”叶萧停顿了许久，然后自问自答道，“也许就是地狱的第19层。”

下午，春雨在公司里，马上就要下班了。

总算熬到星期五了，Coco她们都掩饰不住兴奋，大概盘算着周末怎么样宰男朋友一刀吧。严明亮整整一天都关在办公室里，春雨路过他的房间时特别小心，生怕身后又会响起他的声音。

实习的第一周就这么过去了，春雨不知道该如何形容自己的心情。至少对于毕业论文还是有收获的。但今天她有了更大的收获，上午刚进来的时候，她看到Coco正在门口换考勤板，春雨就帮着她一起换。

在过去留下的考勤板上，春雨竟看到了一个熟悉的名字——素兰！

素兰的名字怎么会出现在这里？她立刻就问Coco了：“这个素兰是谁？公司里好像没有这个人啊？”

“哦，那是过去在这里打工的大学生，她总共只在这里待了不到一个月。两个星期以前，她不知什么原因离开了公司，也就没有她的消息了。”

春雨急忙问道：“你还记得这个素兰是哪个大学的吗？”

“好像是你的校友啊，而且也是大四，一个长得挺漂亮的女生。”

“真是她！”

心脏好像被捅了一下似的，春雨呆呆地站了半天。

Coco满脸疑惑地看着她，伸了伸舌头：“莫名其妙。”

春雨立刻跑到自己的办公桌前，打开抽屉，找出了那只印着“兰”字的手机小饰物。再打开电脑，看着桌面图案的兰花，一下子全都明白了。“兰”字的手机小饰物，还有电脑桌面的兰花，不都代表了素兰吗？是的，就在两个星期前，素兰就是在这张桌子上打工的，干的也是与春雨一样的活儿。

天底下居然有这么巧的事情，难道是冥冥之中的安排？

带着心底的疑惑，春雨还是准时下班了。离开公司的时候，她又回头看了一眼严明亮的房间，依然紧闭着房门，像个坟墓似的。

在回学校的地铁车厢里，春雨收到了高玄发来的短信，说是有重要的事情要商量，要她在学校后门对面等他。

学校后门对面，不就是上次吃午饭的“倾城之恋”餐厅吗？春雨出了地铁站以后，又绕了一大圈，终于来到了餐厅门口。

高玄已经提前赶到了，他穿着一件黑色的风衣，在寒风中显得特别引人注目。他带着春雨来到了餐厅里，依然是靠里面的位置。

刚一坐下，春雨就开门见山地问了：“到底有什么重要的事情？”

“是关于马佐里尼的。”高玄低下头压低了声音，好像在说一件秘密似的，“今天我终于查到那个秘密了。”

听到马佐里尼这个名字，春雨立刻也紧张了起来：“是关于马佐里尼离开上海，又失踪了一年的秘密吗？”

“对。谁都不知道那一年里，马佐里尼究竟到了什么地方，又究竟发现了什么东西，结果还带了一个美丽的中国女子回来。”

“别卖关子了，秘密究竟是什么？”

高玄用一种特别低沉的声音回答：“他找到那处古代遗址了，在浙江西北部一个叫天苍山的地方。那里是绵延不绝的浙皖山区，当时是个比较偏僻的处所。马佐里尼独自一人来到了山上，终于发现了那处遗迹。但是，那个地方有个老人守护着，不让马佐里尼这个外国人进入。”

“那究竟是什么遗迹呢？用得着那么神秘吗？”

“据说非常神秘，是古代中国一位著名画家留下来的杰作。古画的名字非常特别，叫《十九层地狱图》。”

“《十九层地狱图》？”春雨立刻倒吸了一口冷气，这时桌子上的菜已经上齐了，但她仅存的一点胃口也消失了，“就是地狱的第19层吗？”

“不知道。现在我只能推测，也许在这幅古代中国画中，隐藏着地狱的第19层的最终秘密。”

春雨的筷子还没动过，她点了点头：“也就是说，马佐里尼千辛万苦地去寻找这个遗迹，就是为了要发现地狱的第19层是什么？”

“对，但是在马佐里尼到达那里之前，已经有个人在那里隐居了二十多年了。”

“就是那个老人吗？”

“是的，据说那个老人也是晚清著名的画家，是明朝朱氏皇族的后代，所以终生隐居于山林之中。”

“那他为什么不让马佐里尼进去呢？就因为他是个外国人吗？”

高玄不置可否地耸了耸肩："不知道，可能有许多原因。除了因为马佐里尼是外国人的缘故之外，我想关键一点还是，他不想让这个秘密泄露出去。"

"地狱的第19层的秘密？他难道害怕这个秘密一旦泄露，会造成非常严重的后果？"

"可能只是老年人的愚昧和顽固吧。"

春雨想了想说："所以马佐里尼才在山里住了整整一年，是吗？"

"对。马佐里尼在上海也学过中国画，他为了看到那个秘密，向老人要求学习中国画，他说他所做的一切，只是为了艺术。就这样他仿效古代中国的隐士，在深山之中结庐而居，不惜忍受一切的艰难，只为感动那位老人。"

"老人最后答应他了？"

"是啊，精诚所至，金石为开。老人终于答应收他为徒，但要求只有满师之后，才能让他看到那幅古画。就这样用了足足一年的时间，马佐里尼终于如愿以偿。"

听到这里，春雨已经迫不及待了："那幅古画究竟是什么样子？地狱的第19层的秘密又是什么？"

"这个我没有看到过，对我们来说依然是个谜。"

"依然是个谜？"春雨失望地吐出了一口气，但她又立刻想到了什么，"那么那个美丽的中国女子呢？她又是怎么回事？"

"那是马佐里尼在山里认识的一个采药少女，也许是一段绿野仙踪般的奇缘吧。马佐里尼深深地爱上了这个山间少女，后来把她也一起带到了上海。"

春雨咋了咋舌说："那一定是段非常奇特美丽的爱情吧，足够拍成一部好莱坞电影了。"

高玄终于长出了一口气："我所知道的就这些了。对了，你怎么还不吃呢？"

"我怎么吃得下呢？"春雨又仔细想了想说，"奇怪，你怎么会知道这些事情呢？"

"这种事情难不倒我。我在欧洲画画的时候，认识了一个意大利画家，我们是非常要好的朋友。昨天晚上，我给他发了E-mail，请他为我查一查马佐里尼的资料，而他的老师就是专门研究意大利美术史的专家。今天下午，我收到了他回给我的E-mail，刚才我说的那些事情，都是我朋友老师的研究成果。"

"原来如此啊。"春雨终于长出了一口气，在高玄的"监督"下，总算拿起筷子吃了一些菜。

忽然，她神经质似的抬起了头来，怔怔地说："那个遗址现在还有吗？"

“你问这个干什么？好像还没有被开发过吧，应该还保存着原貌。”

“那我们去那里看一看吧？”

高玄显然没有想到她会提出这个想法：“你说什么？”

“你不是说，那个遗址里有幅叫《十九层地狱图》的古画吗？那幅古画很可能隐藏着地狱的第19层的秘密。如果我们也能看到那幅古画的话，最后那个谜不就能提前解开了吗？”

“天哪，这真是个疯狂的念头。”

春雨继续说下去：“难道你要一直等到地狱游戏的结局吗？即便我们能活着到达‘地狱的第19层’，恐怕也无法预料接下来会发生什么。不如提前就知道答案，早一点从地狱中走出来。”

这时候，高玄已经低下头想了好一会儿了，终于抬起头来缓缓地回答：“好吧，我答应你。我们去寻找那个遗址，寻找那幅古画，寻找地狱的第19层的秘密。”

“太好了！”春雨掩饰不住心中的激动，“那我们什么时候出发？”

“明天早上八点，我在你宿舍楼下等你，开车带你去浙北天苍山。”

虽然心跳得厉害，但春雨还是控制住了自己：“那你认识路吗？”

“没关系，我知道那条路。从上海过去并不远，反正明天是周六。”看起来高玄也确实下定了决心，他深呼吸了一口气说，“今天晚上，我就去准备一下旅行的装备。你就不用带什么东西了，一切都交给我好了，我在欧洲参加过自驾车野营的。”

春雨总算是吃下了一颗定心丸，她又多吃了几口菜。毕竟明天要准备出远门了，还有许多未知的艰险在等待着她呢。

从餐厅出来以后，高玄一直把她送到了女生宿舍楼下，那双迷人的眼睛盯着她说：“春雨，既然我们都已经进入了地狱游戏，或许正是我们前世注定的缘。现在你的事情也就是我的事情，请你一切放心，我会保护好你的。”

也许这句话里还有双关语的成分吧，但春雨确实有些感动。她低着头说：“高玄，那天在图书馆遇到了你，可能是我最大的幸运。”

说完这句话，她立刻跑进了宿舍楼，身后还传来高玄的嘱咐声。

春雨没有再回头，她一路跑回了寝室里，后背靠在门上，不住地深呼吸着。

窗外的风更大了，零度以下的气温让房间里冷得要命。她准备了一下明天出远门的衣服和东西，便早早地钻进了被窝。

子夜十二点，短信铃声突然响了起来。其实春雨一直都没有睡着，就是在等待着地狱短信的造访。

这条短信是这样的：

你已进入地狱的第 15 层，你将选择：1. 你最想去的一个地方；2. 你最痛苦的回忆；3. 你最想做的一件事。

她真无法想象，自己已经进入“地狱的第 15 层”了，离那个致命的问题“地狱的第 19 层”一定也不远了吧。可是越靠近那个秘密，她的心里就越感到恐惧，好像离死亡也就越走近了一步。不，春雨不能等到那一天，她只能寄希望于提前破解，也许就是明天？

对，明天就要去那个地方了，去发现“地狱的第 19 层”的秘密。

春雨不假思索地选择了“1. 你最想去的一个地方”。

很快就收到了地狱的回复：“你要去什么地方？我会带你去的。”

春雨深深吸了一口气，颤抖着按下了拇指：“天苍山。马佐里尼隐居过一年的遗迹。那里有一幅名叫《十九层地狱图》的古画。”

她匆匆地将这条短信回复了出去，然后闭上了眼睛。

寝室里恢复了黑暗和寂静。春雨在心中问自己：明天将会发现那个秘密吗？

地狱的第 16 层

今天是星期六，女生宿舍楼的清晨静得出奇。

春雨很早就起来了，她先把自己弄得清清爽爽的，脚上穿了双新球鞋，还收拾了一个旅行包。她看着镜子里的自己，虽然算不上是花容月貌，但起码也能让许多男生流口水了。

八点钟，高玄已经准时等在楼下了。他也早就做好了准备，一身运动装的行头，看起来特别精神，在寒冬的校园里显得鹤立鸡群。

春雨跑到了楼下，向高玄微微点了点头。他们好像有默契似的，谁都没有先说话，一同快步走向了停车场的方向。

等到上了高玄的车以后，她才发现后座上放着许多东西，高玄说这些都是野外旅行必备的。在转动车钥匙之前，高玄又轻声地问了一句："春雨，你已经决定了吗？不后悔吗？"

坐在副驾驶位置上的春雨停顿了片刻，决然地答道："我不后悔，出发吧。"

"好的。"高玄转动了车钥匙，"目的地，浙北天苍山。"

星期六的上午，马路上终于没有再堵车了，车子很快就开出了市区，驶上了通往浙北的高速公路。

帕萨特在飞驰，春雨被捆在安全带里，凝视着飞速后退的冬日田野。冬天的郊区见不到绿色，满眼都是干枯的树枝和灰蒙蒙的天地。她瞥了高玄一眼，只见他聚精会神地盯着前方，脸色无比凝重。

春雨禁不住轻声说："表情为什么那么严肃？像是上刑场似的。"

高玄扑哧一声笑了出来："你的比喻很不恰当，应该说是下地狱。"

"下地狱？"

她吐了吐舌头，便不再说话了，心跳又莫名其妙地加快了。在开着空调的车厢内，再加上安全带的束缚，春雨觉得胸口一阵发闷，只能将衣服的拉链往下拉了拉。独自跟着一个男人出远门，春雨这还是第一次。虽然平时她总是告诫自己小心，但面对高玄的眼睛，她知道自己根本无法抗拒。既然已经“在路上”了，那命运就系在他的身上了，无论遇到什么情况，都必须无比地信任他，否则心里一分钟都不能安稳。

当车子开出两个多小时后，《东风破》的旋律突然响了起来，春雨立刻接通了手机，却没想到是叶萧警官打来的。

“春雨，你现在在哪里？”

“我去……”她看了看开车的高玄，对着手机说，“我去莫干山旅游了，现在正在路上。”

“好吧。我问你一个问题，你知道素兰前几个月的情况吗？”

“素兰？”

“是的，我听你们同学说，一个月前她曾经在一家公司打工，但后来不知什么原因又不干了。你和素兰的关系不错，我想你应该知道吧？”

春雨立刻想到了昨天在公司的发现，她犹豫了一下说：“是的，我知道素兰打工的那家公司。”

接下来，她把公司的名称和地址都告诉了叶萧，然后就挂了电话。

高玄稍微把头转了过来说：“素兰就是你隔壁那个女生吧？”

“是的，她也在我那家公司打过工。不知道叶萧为什么要问我这个问题。”

高玄没有说话，他继续盯着前方，一下子加快了车速。

驶出高速公路之后，他们又开上了一条国道，沿途穿过了好几座城镇，很快就进入浙西北的山区了。南方的山永远都保持着绿色，开到群山环抱的公路上，感觉与刚才的旷野完全不同了，春雨甚至打开了车窗玻璃，呼吸着山林间吹来的风。

中午时分，他们开到了公路边的一处山间度假村，就在这里吃了一顿午饭。度假村的人告诉他们，后面那座大山就是天苍山，有一条盘山公路可以上到半山腰。

春雨抬头遥望着天苍山，说实话，那座山并不是特别高大，但主峰两侧全是绵延起伏的山峦，覆盖着郁郁葱葱的树木，看起来范围很广，有些深不可测的味道。

她有些担心地说：“那么大的地方，你知道那处古代遗迹在哪里吗？”

“刚才我问过了，他们说山上确实有个古代遗迹，文物部门还曾经来考察过。只是那地方实在太偏僻了，所以一直都没有开发，也没有被人破坏。

就在盘山公路到尽头的地方，有一棵参天大树，树下就有一条山间小路，可以走进去直通那处遗迹。”

说完高玄就上了车，招呼春雨也快点上来，还特意关照道：“坐稳了。”

帕萨特刚拐过一个弯，就上了那条盘山公路。这条路果然险要无比，一边是莽莽的林海，另一边则是悬崖绝壁。在凛冽的寒风中看着连绵的山峦，令人心惊胆战。盘山路的弯道特别多，稍有不慎就会出大事，但高玄的车技非常好，轻轻松松就绕了过去。一路上春雨都抿着嘴巴，不敢影响高玄的注意力。看着无边无际的山野和森林，只感觉自己离尘世已越来越远，仿佛回到了数千年前的时代。

在盘山公路上走了两个多小时，突然发现前头已经没有路了，只剩下一处陡峭的悬崖。幸亏高玄的反应非常快，立刻急刹车才停了下来。他暗暗长出了一口气，然后下车看了看，这里就是盘山公路的终点了。

春雨也裹着围巾下了车。山上的海拔比较高，肯定要比平原冷一些，起码有零下四五度吧。她只能缩着脖子在四周寻找着，终于发现了那棵参天大树——果然是“参天”啊，起码有八层楼房那么高，底下的树干粗壮得惊人，就算十个人都合抱不过来。大树下确实有一条小径，铺满了常年累月的干枯落叶，蜿蜒着消失在密林深处。

高玄打开了后车门与后备厢，取出了几个大包，看起来就像是登山运动员似的。

春雨疑惑地问道：“怎么带这么多东西？”

“现在已经下午三点了，就算我们能够找到那个地方，今天也不可能下山的，盘山公路上可没有路灯，黑夜里开车下山实在太危险了。”

“你是说我们要在山上住一夜？”

“对，所以我才带了这么多东西。”高玄忽然明白了什么，微笑着说，“我知道你的担心了，荒郊野岭，孤男寡女……不过，我虽然不是正人君子，但也绝不是那种偷鸡摸狗的小人。”

春雨急忙打断了他的话：“不要再说了，只有脑子里龌龊的人才会想到这个上面去。”

“所以我还不是正人君子嘛。”

高玄冷冷地笑了一下，让春雨感到一丝害怕。他先把车子停好，前后轮都用木头给撑住了，然后抓起两个大包，全都背在自己身上，只让春雨拎了个不重的小包。

“现在就进山寻找地狱的秘密吧。”他高声说了一句，和春雨一起踏进了那条山间小径。

一进入小道，就能感觉到森林里的气息了。头顶被大树遮盖着，光线稀疏地落下来，使得地面异常阴暗，就像是傍晚时分。虽然是大冬天，但还能闻到千百年来落叶腐烂的气味。树上不时响起各种鸟鸣，特别是啄木鸟的声音非常可怕，像是什么妖怪的怒吼，让人听了毛骨悚然。

高玄走在前面，显得非常小心，每走过一段距离，就在树上留下一个记号，以免回来的时候迷路。春雨始终都是提心吊胆的，她还从来没有到过这么人迹罕至的森林深处。

过去常听老人们说，森林里藏着许多妖怪，专门吃俊男美女的心肝。虽然长大后她不再相信了，但如今走在真正的森林里，老人们的话就像咒语似的反复回响在耳边，就连掉下根树枝都会让她出一身冷汗。

这时，春雨拿出自己的手机看了看，已经没有网络信号了，也就是说，他们与外界彻底失去了联系。

眼前的山路渐渐变成了羊肠小道，两边都是高大茂密的竹林，小径弯弯曲曲似乎没有尽头。已经步行一个多钟头了，春雨两条腿都快走断了，当她绝望地抬起头来，才发现眼前的景象已豁然开朗，出现了一片竹林深处的开阔地。

原来是一大片残破的古建筑，大多数都没有屋顶了，只剩下四面的残垣断壁，看起来就像是拆迁工地，但不同的是在瓦砾堆中长满了高高的枯草，在寒风中不停地颤抖着。

春雨立刻忘记了双腿的酸痛，几乎跳起来说："我们找到遗迹了！"

而高玄则怔怔地站住了，他呆呆地看着眼前这一幕场景，似乎真的见到了一千年前的古人们。

他嘴里喃喃地说："这就是唐朝的竹林精舍。"

"竹林精舍？"春雨也听到了，她立刻回过了头来。

"唐朝末年，有一群文人和画家为躲避乱世，在这山中筑屋隐居，效仿魏晋的竹林七贤，自称为竹林精舍。"

高玄走到了她的身边，一起踏进了遗迹中间，在高高的石砌基础上，还残存着许多瓦片和砖块，都是唐朝留下来的原物。从地上的基础来看，这里本来应该有十几间屋子，现在几乎都残破了，只剩下一间歇山顶的房子，还完整地保留着屋顶和四壁。

他们小心翼翼地走进去看了看，用手电筒照亮了昏暗的房间，里面似乎还残留着灶台等生活设施。忽然，手电光束照到了地上一个发光的东西，高玄立刻捡了起来。

原来是一个金纽扣，上面蒙了厚厚的污垢，但仍然掩盖不住反光。

高玄点了点头说："这样的金纽扣，不可能是古人留下来的，唯一的可能是马佐里尼。"

"你说这是马佐里尼的金纽扣？"

"对，应该是那个时期西装上排的纽扣。"高玄把金纽扣放进口袋里，走到外边说，"至少它能说明，马佐里尼确实在这里生活过。"

春雨却暗暗地想，高玄这种循环证明的方法，好像不太符合逻辑学啊，不过她还是相信高玄的话。

她看着周围残破的建筑物说："好像没有传说中的古画啊？"

"我也不知道。不过，如果真有古画存在的话，那也不可能在这么显眼的地方，一定藏在某个隐蔽的角落里。"

他们又在遗迹中转了一圈，依然没有任何古画，或其他有价值的文物的迹象。忽然，春雨发现在前面的竹林中，似乎还隐约可见一堵围墙。那片竹林又高又密，在风中有节奏地摇摆着，看上去很像《卧虎藏龙》中李慕白与玉娇龙比剑的地方。

天渐渐黑下来了，黄昏的寒风呼啸在山林间，春雨瑟瑟发抖，索性小跑着冲向了那片竹林。高玄紧紧跟在她身后，很快就进入了竹林深处。天色本来已经很暗了，再加上头顶密密的竹叶，遮挡了几乎所有的光线，给人天黑黑的感觉。

越来越急的山风刮过竹林，无数片叶子互相摩擦着，发出波浪般"哗哗"的声音。置身于这片竹林之中，确实有一种返璞归真的陶醉，怪不得古人要跑到这里来隐居。

高玄已经掏出了大号的手电筒，照亮了黑暗中的竹林，那堵围墙很快就出现在眼前了，看起来也是残破不堪，中间有一道小门，看来里面是个小院子。

他们走进这个小院，果然没有多少竹子了，前面是一块巨大的岩壁，应该是到山脚下了。春雨提着手电筒走了一圈，忽然发现在一个不起眼的地方，山壁上露出了一个洞口。

高玄也注意到了这个山洞，立刻跑到了跟前。这是个大约三米高两米宽的洞窟，看起来真有点像西北地区的石窟。

洞窟里边黑咕隆咚的，有一股特别的气味散发出来，让春雨下意识地后退了一步。不知道里面会藏着什么东西，但只要一闻到这股怪味，她就会联想到穴居于山洞的南美吸血蝙蝠。

这时高玄抓住了她颤抖的肩膀，在她耳边柔声道：“别害怕，一切的恐惧都源于未知，等我们看到里面的东西时，也就不会再恐惧了。否则这种看不到的恐惧会纠缠你一辈子的。”

说完，他把两个大包放在了地上，又活动了一下筋骨，就好像要上场比赛似的。

春雨的眼睛睁得大大的，她只能看到头顶山岩的黑影，就像个巨大的头颅在看着她。终于，她重新调整了一下呼吸，举着手电筒，和高玄一起踏进了洞窟。

手电筒的光线照亮了洞窟的四壁，有明显的人工开凿过的痕迹。春雨一手握着手电，一手捂着胸口，面对着黑暗深处的洞窟，她仿佛再度回到了荒村的地下，可怕的神秘地宫之中……

她终于抑制不住地战栗了起来，现在唯一让她感到放心的，就是前边高玄的身影了，他一步一停地向前走去，显得镇定自若。而洞窟出乎意料地深，里面似乎还有很大的空间，手电筒的光线一下还照不到底，没多远就被黑雾吞没了。

突然，洞窟的墙壁上出现了一片色彩，高玄的手电马上对准了那个方向，那里立刻显现出了一幅壁画。

春雨倒吸了一口冷气，赶快缩到了高玄的背后。她看到墙上的壁画保存得相当完好，甚至颜色也非常鲜艳，长宽各有两米左右。画的内容是两个黑色的小鬼，抓着一个妇人的脖子，用铁钳把妇人的舌头活活拔了出来。

“拔舌地狱！”

她忍不住叫了出来。眼前的壁画不知用了什么技法，简直是栩栩如生，那个被拔舌的妇人，虽然穿着唐朝人的装束，但那张脸画得实在太真实了，好像是照片一样印在了洞壁上。

高玄也轻轻地叹了一声：“不可思议。”

他的手电把整幅画照了一圈，那画给人的感觉就好像是刚刚画上去似的。虽然画的笔法与线条仍然是中国式的，背景的图案也有敦煌壁画的风格，但人物的身体和脸部细节实在太写实了。妇人那种惊恐的表情，睁大着的眼睛，挣扎的双手，其写实程度绝不亚于任何一个欧洲画家。而人物形象的写实性，正是传统中国画里所缺乏的。眼前这种既有虚构的小鬼，又有写实的人物的壁画风格，实在是高玄闻所未闻的。

当年这幅画的作者，一定是隐居山林的世外高手，若是能在历史上留下名字，恐怕会令顾恺之、吴道子等大家黯然失色。

高玄又靠上去仔细看了看壁画的细节，那似乎是用某种特殊的矿物颜料画成的，再加上终年不见天日的洞窟环境，又隐藏在深山之中无人问津，所以千年以来会保存如新。

“终于找到《十九层地狱图》了。这应该是第 1 层地狱，我们再看下去。”

高玄拉着春雨继续向里走去，很快就看到了第二幅壁画，正是地狱的第 2 层“剪刀地狱”的场面，画面的大小和风格还是与第一幅相同。

“就像我们真的下了地狱似的。”

春雨轻声地说着，虽然壁画里的内容令人毛骨悚然，但春雨已经有些忘记恐惧了，因为她知道自己离最后那个秘密不远了。他们一路走了下来，又发现了许多幅壁画，按照传说中各层地狱的设置与排列，与壁画的内容几乎完全吻合。

上 9 层地狱的壁画很快就过去了，他们又发现下 9 层地狱的壁画。

随着越来越接近最后一幅画，春雨的心也渐渐提了起来。在黑暗幽深的古老洞窟里，从第 16 层地狱到第 17 层，再到第 18 层地狱，每下一层地狱都让人心惊胆战。幸好高玄紧紧地握着她的手，让她还有勇气继续走下去。当他们发现了第 18 层地狱的壁画，领略了传说中所有的地狱情景时，春雨已经有些走不动路了。

高玄在她耳边轻声道：“为什么不走了？下面就是最后的谜底了啊。”

“你知道地狱的第 19 层是什么？”

“看到了就知道了。”

春雨的话音里带着颤抖：“万一发现秘密会有危险呢？”

“我不知道。”黑暗中看不清高玄的脸，他的声音在洞窟里显得很特别，“但无论如何，我会保护好你的，我发誓。”

春雨伸手堵住了他的嘴：“不要发誓，我们走下去吧。”

几秒钟后，手电照亮了最后一幅壁画，地狱的第 19 层。

这时春雨都已经闭上眼睛了，她要等高玄看完以后才敢睁开眼。然而，她却迟迟没有听到高玄的声音，洞窟里静得有些吓人，使她身上的汗毛都竖了起来。

终于，她忍不住睁开了眼睛，却看到壁画被一大块黑色的污垢覆盖住了，根本看不到壁画的内容。但这确实是最后一幅壁画，因为可以看到四周的背景，都与前面十几幅画相同，只是当中应该有人物的地方，只剩下这黑色的一大块了。

高玄呆呆地站在壁画前，许久才说出话来：“地狱的第 19 层，被人放火烧掉了。”

原来这一大块黑色的印记，正是被火焰燃烧过留下的痕迹。这种古代颜料最害怕火烧，一旦遇到高温烧烤，立刻就变得“灰飞烟灭”，只剩下这黑色的烧痕。

“那究竟是谁烧的呢？”

高玄深呼吸着想了想说：“我猜应该是马佐里尼吧。当年他一定看到了这幅壁画，知道了地狱的第 19 层的秘密。而他只要把这幅壁画给烧掉，那么世界上知道这个秘密的人，就只有他一个了。”

“那么看护壁画的老人呢？”

“我不知道，也许死在马佐里尼手中了吧。”高玄微微叹了一声说，“现在我只能推测，马佐里尼为了得到这个秘密，以卧薪尝胆的毅力在这里跟老人学画，最终骗取了老人的信任。而在他知道了最终的秘密之后，又卸磨杀驴地害死了老人，并烧毁了最后一幅壁画，终于使这个秘密成了他个人的私有财产。”

春雨的嘴唇颤抖了起来，难道地狱的第 19 层的秘密已经永久失传了？自己千辛万苦地来到这个荒山野岭，看到的却只是这样一团无意义的黑色？这里已经是洞窟的尽头了，前面只剩下坚硬的石壁。

看着周围可怕的黑暗，她再也忍受不住地哭了起来。

高玄立刻搂住了她的肩膀，在她耳边轻声说：“不要太难过，只不过是一幅壁画而已，谈不上什么秘密。或许这最后一幅画里本来就没什么东西呢？就好像有的人一辈子为了得到宝藏，当他千辛万苦地找到装宝藏的盒子，却发现里面什么都没有，原来宝藏本来就不存在。”

泪水浸湿了高玄的肩头，他扶着春雨缓缓地向洞口走去。

一路上他们再也没有看那些壁画，让那些壁画见鬼去吧。

当他们走出洞窟的时候，才发现外边的天色已经全黑了，一阵阵寒风掠过竹林，发出可怕的呼啸声。

黑夜中的深山更加令人恐惧，春雨紧紧地靠着高玄，看着远方夜幕下连绵的山峦阴影说：“我们快点离开这里吧！”

“不行，黑夜里穿过森林会很危险。虽然来的路上做了记号，但在晚上还是很容易迷路，一旦迷路我们就彻底完了。”

迷路？春雨实在不敢想象，在漆黑的森林里迷路会有怎么样的结果。

高玄继续说下去：“说不定这里晚上还有野兽。”

“你可不要吓我。”

“浙皖山区一直都有狼出没，在这深山老林的冬天，说不定公狼母狼们都饿极了，正好我们送上门来。”

春雨摇了摇头说：“你说得可真幽默，那我们该怎么办？洗干净了身体等待老狼们，用我们的血肉解决国家保护野生动物的温饱问题？”

“现在唯一的办法，就是回到洞窟里去，再点上一堆火，这样野兽就不敢进来了。”

“在洞窟里过夜？怎么听起来像北京猿人？”

“这就是我们的祖先躲避野兽的办法嘛。山洞里面要比外边暖和一些，而且还可以躲避寒风。”说完，高玄便跑到四周捡起了干树枝，才几分钟工夫就收集了一大捆。然后他又抓起丢在洞外的两个大包，把它们一齐拖到洞窟里去了。

春雨一个人等在洞口，听着黑夜山林里的种种怪声，早已经毛骨悚然了，急忙跟着高玄一起回到洞窟。

手电筒在洞里扫了几圈，他们终于找了一块比较干净的地方。高玄在地上堆起了干枝，很熟练地点起了火，看着篝火在黑暗的洞窟里跳跃着，四周的洞壁上映出两个人的黑影，真有点原始穴居人的味道。而洞壁上那些彩色的壁画，也在火光中若隐若现，仿佛真的到了地狱世界。

春雨哆嗦地看着壁画说：“古人为什么要画这些画呢？”

“不知道，也许寄托了他们的某种情感吧。唐朝末年，社会动荡不安，画家们来到这深山之中，既可以说是隐居，也可以说是避难吧。那位不知名的伟大画家，就躲在这个洞窟里，或许用去了整整一生的光阴，就这么在洞壁上画啊画啊。我想他是通过这幅《十九层地狱图》的杰作，再现了尘世间的苦难，以及人心的险恶。其宗旨还是告诫人们，活着的时候不要做坏事。”

“每一层地狱都是对世人的一种警告？那么地狱的第 19 层，又警告了人们什么呢？”

高玄没有回答她的问题，自顾自地忙了起来。他从包里取出许多野营用品，不一会儿就支起了两个小帐篷，每个帐篷刚好只能容纳一个人，里面有足够保暖的睡袋和毛毯，完全可以应付 晚上了。

这时春雨才感到自己饿极了，高玄马上拿出野营专用的小油炉子，煮了两碗方便面，很快就解决了两个人的晚餐。

热气腾腾的面条暂时驱散了春雨身上的寒意，在篝火燃起的一团轻烟间，她看见高玄头上也流下了汗珠，火光在他脸上跳跃着，他们互相凝视着对方。

看着他那双被篝火照亮的眼睛，春雨的心跳也加快了，她暗暗地警告着自己，可毛细血管却不听大脑控制，一片绯红涌上了脸颊。

“你的脸怎么红了？”

高玄的眼睛真是敏锐，春雨只能低下了头：“你胡说什么啊，火光是红颜色的，脸看上去当然也显得红了。”

但他却放下了手中的面碗，表情变得沉静了许多，轻声说：“对不起，我不该带你来这里，让你吃了那么多的苦，却没有发现最重要的秘密。”

“算了吧。”春雨抬起头苦笑了一下，“是我先提出来的，这不关你的事。就算是难得出来野营一次吧，像这样在山洞里过夜，大概一辈子都不会有第二次的。”

“现在你害怕吗？”

“我不知道。但世界上最可怕的噩梦我都经历过了，我想我可以承受恐惧。”

高玄有些疑惑：“什么是世界上最可怕的噩梦？”

春雨其实是想到了荒村，她放下面碗沉思了许久，终于说出了那个地方：“荒村。”

“难道你去过荒村？”他显得非常意外。因为那本在大学生中流传很广的小说，使得高玄也知道了荒村的存在。

这个问题果然触到了春雨的痛处，她许久都没有抬起头来。尽管她不想再记起那里的一切，但在这黑暗的古老洞窟里，半年前的那段可怕经历，就像电影镜头一样不断在脑子里闪现着。

高玄看着她的眼睛，突然抓住了她的手，温暖的体温让春雨坚强了许多，她缓缓地抬起头来，泪水似乎在眼眶里蕴含着，却始终没有溢出来。

“告诉我，你在荒村都经历了什么？说出来就不会害怕了。”

她感觉高玄的声音像催眠曲一样，仿佛使她回到了很久很久以前。

终于，她把一切都说了出来，关于那古老的荒村传说，那段奇异的探险经历，还有事后发生的所有噩梦……

当然，最让高玄感到不可思议的是，春雨在医院里的那十几个日日夜夜，最终她竟奇迹般地恢复了健康，成了一个真正意义上的幸存者。等春雨全部说完的时候，她感到了一阵强烈的虚脱感，似乎有什么东西从身体里被抽了出去。

高玄轻轻地扶着她，让她靠在自己的肩头，就像大哥哥看护着小妹妹一样。而春雨希望的并不仅仅是这些，当然高玄也很清楚这一点。

篝火其实只有很小的一堆，高玄只能一点点地添加树枝，否则很快就会用光了。微弱的火光终于照亮了他们的脸庞，春雨也缓缓恢复了过来。她完全靠在高玄的身体上，仿佛有一只大手紧紧地护佑着她，使她不再感到任何的寒冷。

春雨抬头看着高玄的眼睛说："我已经说出了内心的秘密了，可你为什么不说呢？这样是不是不公平？"

"我心里的秘密？那你究竟要我说什么？"

她犹豫了好一会儿才说出来："你长得那么帅，一定有过很多女朋友吧？那就说说你的初恋好吗？"

"我的初恋？"高玄抬起头深深地吸了一口气，篝火红光下，他的眼神很奇怪。等了很久他才说："我不知道那算不算初恋，因为我确实很喜欢她，但是她却从来没有喜欢过我。"

他的回答让春雨很意外："会有这样的女生吗？"

"是的，她和你一样，也非常地特别，她的名字叫蕴涵。"

"是蕴涵？"

春雨立刻想起了这个名字，眼前也浮现起了旧照片里的女孩，八年前美术系的系花。但最重要的是，她和蕴涵长得很像，特别是她们的眼睛。

"对不起，我过去一直都不敢承认，也从来没有告诉过任何一个人。因为我已经把她在心中埋藏许多年了，我不想让别人知道我初恋的人。"

"为什么现在又告诉我了呢？"春雨的嘴唇忽然颤抖了起来，"难道是因为我长得很像她吗？"

"不，不是这个原因，而是因为今天晚上太特别了。我们在这样一个古老的洞窟里，一千年前的壁画看着我们，而你正躺在我的肩上，我能感受到你的呼吸，你的心跳，我不能再对你隐瞒了。"

春雨竟有些感动了，她柔声道："说吧，蕴涵是怎么吸引你呢？"

"我们是同一个班级的，从进入大学的第一天起，我就暗暗喜欢上她了。我也不知道为什么，因为我从小到大，就是一个极度自负的人，我认为世界上只有我才是最优秀的，别人都配不上我。但是，面对蕴涵的眼睛，我第一次向别人屈服了。可那时候的我太害羞了，而她看起来又太纯了，我从来就不敢说出我的心愿，只能在心底暗暗地喜欢她。"

"没有其他女孩子喜欢过你吗？"

高玄自嘲般笑了笑说："好像有很多吧，但我并不喜欢她们。真正能让我动心的只有蕴涵一个人。"

"而蕴涵甚至不知道你暗恋着她？"

"对，她应该不知道吧。后来，我听说她有了男朋友，我心里感到很难过，但这不是我能决定的，我只有默默地祝福她。再后来，我听说她因为恋爱的原因，精神有些不正常了。”

“她疯了？”

“谈不上疯，可能是有些精神忧郁吧。终于有一天，她跑到那幢教学楼里自杀了。”高玄仰起头，红色的火光中他的眼神无比忧伤，半天才说出话来，“我记得那时我非常伤心，但只能默默地藏在心里，一直到今天。”

“你忘不了她是不是？”

高玄又沉默了好一会儿：“是的，如果换作是你，你会忘记吗？”

春雨摇了摇头说：“谁都无法忘记自己的爱，谁也无法忘记自己的恨。”

“那你呢？你的爱与恨呢？”

“不！请不要问下去了。”春雨从他的肩头爬了起来，坐到了篝火的另一端。她与高玄隔着火光对视着，彼此的眼睛都被火照亮了，此时谁都不需要说话，沉默就是最好的语言。

就这样坐了很久，高玄终于说话了：“今天走了很长的路，你应该很累了是吧，早点进帐篷休息吧，等到天明我们就离开这里。”

虽然春雨还想和高玄聊下去，但此时干树枝差不多也快烧光了，坐在黑暗洞窟里的感觉可不是好受的，她只能乖乖地钻进了帐篷。帐篷又小又矮，躺在里面刚好可以伸直了腿。不过睡袋还是很暖和的，地上铺了厚厚的毛毯，可以抵御地下的寒气。

同样是蜷缩在黑暗的被窝里，但感觉与在寝室里完全不一样。她无法忘却自己的身下是岩石，帐篷外边就是古老的洞窟，更外边则是荒无人烟的莽莽群山，有无数亮着绿眼睛的凶猛野兽徘徊着。但更重要的是，有一个叫高玄的男人，就睡在与她咫尺之遥的帐篷里，这不能不让她心中的小鹿怦怦乱撞。

也许真的是太累了，尽管某种激情一直在血管里跳跃着，但她还是很快就困得不行，迷迷糊糊地睡着了。

不知过了多久，春雨浑身冒虚汗地醒了过来，耳畔只听到急促的短信铃声。脑子里还是恍恍惚惚的，她迟疑了好一会儿，才挣扎着把手伸出睡袋，好不容易才抓住了手机。奇怪，刚才手机明明没有信号的，怎么现在一下子又来了？

手机屏幕上依然显示了那个号码：“×××××741111”。

在这画着一千年前《十九层地狱图》的洞窟里，看着这条二十一世纪的地狱短信，仿佛有一种穿越时空隧道的感觉。

短信的内容果然不出所料：

你已进入地狱的第16层，你将选择:1. 你最痛苦的回忆;2. 你最想做的一件事。

前几层地狱都是三个选项,怎么现在变成两个选项了？在黑暗的睡袋里，她的眼睛被手机屏幕的背光照亮了，感觉真像洞窟里那一小堆篝火。她的拇指在“1”和“2”之间犹豫了几十秒，终于按下了“1. 你最痛苦的回忆”。

然而，春雨等来的并不是短信，而是手机的通话铃声。

在一千多年的洞窟里,响起了《东风破》的旋律。春雨赶紧接听了电话。电话里传来一个异常古怪的声音：“我是你最亲密的朋友，说出你最痛苦的回忆吧，我一定会帮助你解决的。”

在这里听到这种声音，春雨已经吓得魂不附体了，仿佛一千多年前的鬼魂，已经钻进手机里与她说话。

好一会儿她才说出话来：“你究竟是谁？我没有最痛苦的回忆。”

“至少你有最恨的人，你的继父。”那个声音似乎在故意吊春雨的胃口，好像直接进入了她的脑子里，“他就是你最痛苦的回忆，是吗？”

听到这里春雨已经无法抗拒了，她只能颤抖着说：“是的，他是我最恨的人，也是我最痛苦的回忆。”

“全都告诉我吧，你为什么恨他？”

虽然对方的声音令人恐惧，但春雨却自动地打开了心底的闸门。因为那么多年来，她从来都没有过向别人倾诉的机会，现在有某一个来自地狱的幽灵，愿意倾听她的一切痛苦，那么为什么不说出来呢？

在这黑暗古老的洞窟里，春雨再也没有顾忌地说了出来：“因为他不是人。虽然，他刚刚成为我的继父时，对我和妈妈还算不错。但过了一年以后，他就开始露出了野兽的一面，经常喝得醉醺醺的，时不时就打妈妈一顿。妈妈虽然每夜都在哭泣，但还是不愿意离开那个男人，因为妈妈没有工作，而我的生活和学习，也全都要依赖继父。我越来越厌恶他了，每晚都把自己锁在房间里，看着爸爸的照片流眼泪。有一回半夜里听到他打妈妈的声音，我就冲到房间里救妈妈，而他给了我一记重重的耳光，把我的鼻血都打了出来。妈妈看到他打了我，终于忍无可忍地要和他拼命，却被他用绳子绑起来又打了一顿。”

沉默了许久之后，电话里那个声音又说话了，依然是平稳而古怪的口气：“你是个可怜的女孩。你妈妈是个可怜的女人，为什么不与他离婚？”

“妈妈做不到，因为与他离婚的话，我就可能要失学了，我们也将被迫搬出去而无家可归。而那个男人就利用这一点，变本加厉地虐待妈妈和我。妈妈要去找街道办事处寻求帮助，他就用剪刀剪碎了妈妈所有的衣服，让她只能待在家里走不出房门。但更可怕的是，随着我一天一天长大，渐渐变成了一个花季少女，他的眼睛就总是盯着我的身体，他那种肮脏的眼神让我非常害怕……”

说到这里的时候，春雨哽咽着再也说不下去了，似乎悲伤已经堵住了喉咙。电话那头的声音又响起了：“终有一天，你会从苦难中解脱的。”

对方突然中断了通话，春雨这才像从梦中醒来一样。手机屏幕已经恢复了宁静，她挣扎着把头探出睡袋，深深地吸了一口气，好像刚刚浮出海面差点被淹死似的。

春雨大口地喘息起来，她回想着刚才在电话里说的一切，那可怕的往事如底片般呈现出来。抬头只见黑暗的帐篷中，那个男人的脸仿佛就在帐篷上，他在对她冷笑，露出了一排森白的牙齿，一种特殊的气味灌进了她的鼻孔。

她用双手抱着头，全身缩成了一团，颤抖着哭泣起来。她的哭泣是那样伤心，忍不住发出了声音，就像森林里受伤的小鹿，传出阵阵可怜的哀嚎。

突然，春雨听到外边传来一些奇怪的声音，一道幽暗的光线射在帐篷顶上，帐篷的小门微微颤抖了起来。

难道是什么野兽进洞来了？那幽光会不会是狼的眼睛里发出的绿光呢？如果不是野兽的话，会不会是《十九层地狱图》里的幽灵们跑出来了呢？帐篷终于被打开了，一道微光照射进她的瞳孔，她眨着眼睛看清了那张脸，原来是高玄。

他在帐篷口紧张地说：“发生什么事了？刚才我听到你在哭。”

春雨这才长长吐出了一口气。

“……没什么，只是做了个噩梦。”

“没事就好，那好好睡吧。”

高玄刚要离开，春雨却一把拉住了他的手，轻声说:“别离开我，我害怕。”

他只能蹲在帐篷口说：“你害怕什么？”

“我害怕一个人待在黑暗里。”

“也许，我也是吧。”

春雨紧紧抓着他的手说：“那你进来吧，让我靠在你身上。”

高玄低下头犹豫了好一会儿，终于钻了进来。但那么小的帐篷实在容不下两个人，他们只能都蜷缩着身体，宛如缩成一团躲避寒冷的小刺猬。空间实在太小了，春雨只能缩在高玄的怀中。她感觉一阵暖意流遍全身，似乎这里不再是黑暗的洞窟。

高玄始终都开着那盏小灯，他的手也非常老实，没有任何占春雨便宜的意思。

他轻轻地说："你做了什么噩梦？"

"非常可怕的噩梦，比地狱还要可怕。"

"现在你不会再做噩梦了，因为我会保护你的。"高玄的下巴贴着她的头发，柔声说，"快点睡吧。"

春雨不再说话了，她微微地笑了起来，深深吸了一口气，全是高玄身上的气息。她缓缓闭上了眼睛，把头埋在他温暖的胸膛上。在这个瞬间，她感到了幸福。

片刻之后，她终于睡着了。

高玄看着在自己怀中均匀呼吸的春雨，眼角禁不住流下了泪水。

洞窟外，夜黑风高，苍狼长啸……

地狱的第 17 层

凌晨三点，上海。

叶萧依然没有睡着，他坐在窗前的台灯下，看着手机屏幕上显示的号码："×××××741111"。今天又下了一层地狱，但他知道自己已经离谜底不远了。

他打开了刚收到的这条短信：

雪儿要对你说话。

身体凝固住了。他呆呆地看着手机屏幕，仿佛看到了雪儿的脸。

突然，手机的通话铃声响了起来，他缓缓接通了电话，听到了一个柔和的女声："叶萧，我是雪儿。请你告诉我，我是怎么死的？"

叶萧的手不住地颤抖了起来，他对着手机轻轻地呼唤："雪儿，真的是你吗？你想知道你是怎么死的吗？好的，我告诉你。还记得我们毕业以前，被分配到云南去实习吗？当时我们都跟着一个边境缉毒队，在那里参加稽查毒品犯罪的活动。在一次中缅边境的缉毒行动中，不幸出现了意外，贩毒分子的力量远远超过我们的想象，你和我们大部队失去了联系，被武装贩毒分子扣留了。几天以后，我们发现了你的尸体，简直惨不忍睹，你浑身上下都是被注射的针孔，你是在极度痛苦中死去的。"

说到这里，叶萧已经泣不成声了。

雪儿冷冷地问："你为我报仇了吗？"

"不久以后，我在边境逮捕了其中一个毒贩，周围并没有其他警察，我把他铐了起来，用枪指着他的脑袋，就是他对你进行了注射，让你在痛不欲生中死去。我非常愤怒，我恨那些家伙，恨到了极点，当时我只有一个念头，报仇，为你报仇。"

“你开枪了？”

“我……不记得了。我想我差点就扳动扳机了。子弹将从枪口射出，把那个混蛋的脑浆给打出来。但是如果我开枪，那我就违反了纪律，甚至违反了法律，因为他已经被抓住了，没有反抗，我不能打死他。”

“可是，你真的非常想看到他脑浆迸裂的样子。”

叶萧下意识地点了点头：“对，因为我非常恨他。”

雪儿在电话里大声地说：“所以，你开枪了，你真的开枪了，我看到你开枪了！”

“我开枪了吗？”叶萧的脑子已经完全乱了，“可能当时我真的开枪了，但我后来忘了？”

“是的，你开枪了！”

就在说完这句话后，电话里传来“砰”的一声——那是开枪的声音。

叶萧呆呆地听着枪响，仿佛自己手中真的握着枪，子弹从枪口旋转着射出，穿破层层的空气，最终打到了自己的心窝里。

“我中弹了？”

叶萧倒在地上，仍然傻傻地看着手机屏幕，只见屏幕上变成了一颗子弹的图案。

不！他发疯似的跳了起来，用尽全力将手机砸向了墙壁。

瞬间，手机被他砸烂了，摔成了十几块零件，散落在地板上。

他终究没有看到地狱的第 19 层。

清晨，天苍山。

一团雾气缓缓飘进了洞窟里，春雨终于睁开了眼睛，虽然眼前还是漆黑一片，但她知道自己已经挺过来了。

高玄依然在她身边，她发觉自己身上的衣服都是好的，身体仍然缩在睡袋里边。原来什么事情都没有发生，高玄只是这么搂着她过了一夜，并没有侵犯她的身体。

她像个小孩子一样看着高玄，怔怔地说：“为什么你的心像石头一样坚硬呢？”

“你醒了。”高玄在她耳边柔声道，“因为你太纯洁了，我只想做个守护天使。”

春雨不说话了，她伸出手抚摸着高玄的脸庞。有多少女生想要触摸的这张脸，现在就在她的手中，她的手指缓缓滑过他的鼻尖，直到他的嘴唇上。

他忽然说话了：“走吧，我们要早点回去。”

春雨温顺地点点头，钻出了帐篷。他们点起了灯，在洞窟里收拾了一下东西，便离开了这古老的洞窟。外边的天已经全亮了，他们的眼睛在洞窟里太久了，许久才适应了自然光线。

春雨最后看了四周一眼，轻声地说："再见了。"

虽然清晨的山间异常寒冷，但呼吸着森林里的新鲜空气，立刻使人心旷神怡起来。他们背着旅行包，穿过竹林，又回到了"竹林精舍"的遗迹。很快就找到了来时的那条小径，他们沿着林间小路走了一个多小时，终于回到了盘山公路上，帕萨特还好好地停在路边。

这时他们随便吃了一点干粮，就开着车下山了。下山路更为惊险，但高玄稳稳地把着方向盘，春雨也对他非常信任，不到中午就开到了山间度假村。

下午，他们沿着公路开回上海，一路上春雨始终保持着沉默，看着冬日里的田野，心里却在想着下一层地狱又会遇到什么？

他们回到上海时，天色已经渐渐暗下来了。据说有寒潮已经袭到，马路上的人明显减少了许多。高玄没有直接开回学校停车场，而是停在学校后门。他们都已经饿了，就先到"倾城之恋"吃晚饭。

晚饭很快就风卷残云般地被消灭掉了，春雨用纸巾擦了擦嘴说："我们走吧。"

但高玄依然怔怔地坐着，眼神有些怪异。他踌躇许久才说出来："春雨，既然我们都已经回来了，索性就把以后的事情告诉你吧。"

"以后的事情？"春雨听不懂他的话，但心里马上紧张了起来，"什么以后？"

"就是马佐里尼从天苍山回到上海以后的事。"

"难道你知道？"

"是的，但之前我并没有告诉过你。那是因为我担心你知道这些事情以后，会感到非常害怕。我本来想等我们去了天苍山，发现了地狱的第 19 层的秘密之后再说。"

"可我们现在还一无所获。"

高玄轻叹了一声："所以，我必须把那些事情告诉你。1902 年 8 月，马佐里尼带着一个美丽的中国女子回到上海，不到几个月就在租界举办了一场画展。整个画展总共只有一幅油画，这幅画的名字就叫《地狱的第 19 层》。"

"就像他过去画的那些地狱图？"

"不，与过去完全不同。据说马佐里尼的这幅画，把总共十九层地狱的景象都给画了下来，特别是第 19 层地狱。"

"那第 19 层究竟是什么样子呢？"

“我那位意大利朋友在 E-mail 里告诉我，马佐里尼在上海的画展只办了三天，总共只有几十个人去看过，都是租界中的外国人。然而，在画展结束不到一个月的时间内，所有看到过那幅画的人，全都离奇地自杀了。”

听到这里，春雨差点站了起来：“你是说，任何人只要看过那幅《地狱的第 19 层》，就会自杀？”

忽然，她想起了一首名为《黑色星期天》的钢琴曲，许多听过这首曲子的人，都无法忍受那忧伤的曲调而自杀了。这是一首真实的曲子，也是真实的故事。

“没错，凡是看过画的人全都死了，谁都说不清他们的死因。既然除了马佐里尼本人以外，所有看过这幅画的人都已经死了，那么也没人知道这幅画里究竟画了些什么。到底是因为画的内容过于恐怖呢，还是因为画展过程中出现了其他意外情况？总之这已经是一个谜了。”

“最重要的是，到现在我们依然不知道，地狱的第 19 层究竟是什么？”

高玄继续说下去：“因为所有死者都看过画展，所以租界工部局认定是那幅画杀死了他们。马佐里尼因此而被驱逐出租界了。”

“马佐里尼被赶出了租界？那他去了哪儿呢？”

“当然是回到了欧洲。但是，当他回到欧洲后不久，就产生了精神错乱。也许是因为画画过于投入了，也可能是在中国遭受过意外刺激，总之，他产生了强烈的幻觉，认为每个人都应该提前受到地狱的审判。”

“疯了？好像画家都喜欢发疯，就像凡·高那样是吗？”

“不，马佐里尼的情况与凡·高不同，他在欧洲制造了多起杀人案，后来东窗事发而被关进了监狱。”

“天哪，他由一个画家变成了杀人狂魔？”

高玄的脸色异常凝重：“虽然精神病医院愿意收治他，但当时的法庭还是以谋杀罪判处他死刑，不久就将他送上了绞刑架。”

“他就这样死了？也就是说，地狱的第 19 层的秘密，也一起被马佐里尼带进了地狱？”

“是的，现在这个世界上，已没人能解开这个秘密了。”

春雨无奈地苦笑了一下：“难道我们就只能等死了吗？”

高玄没有回答，低下头一直都沉默着。忽然，他抬头招了招手，叫服务员埋单。

从“倾城之恋”出来，高玄还是把春雨送回了寝室。周日晚上的女生宿舍热闹了一些，许多女生都看到了高玄，她们既羡慕又嫉妒地看着春雨，互相窃窃私语着。

一路上春雨始终没有说话，临别时她只是微微点了点头，便匆匆地跑上楼梯。

终于回到了寝室，她放下旅行包，看着清幽睡过的下铺，冷冷地说：“你知道那个地狱的第 19 层是什么吗？”

难得出了一次远门，还在山洞里过了一夜，春雨实在太累，便早早地爬上床睡觉了。春雨很快就睡着了，不知过了多久，突然被一阵手机铃声惊醒了。

依然是子夜十二点。

她恍惚着抓起手机，打开了那条来自地狱的短信：

你已进入地狱的第 17 层，你将选择：1. 你最想做的一件事。

这回只剩下一条选项了，“1”是春雨唯一的选择。

在“1”的回复发出不久，手机的通话铃声就响了起来。

她立刻接听了电话，听到了那个怪异的声音：“我知道你最想做什么事，因为你最恨一个人，你的继父，他对你做了什么？”

在黑暗的寝室里头，春雨感觉仿佛还在古老的洞窟中。她握着手机的右手微微颤抖，眼前似乎又浮起了那张肮脏的脸。

她赶紧闭上眼睛说：“那个男人，是一头真正的牲畜。那年我已经十五岁了，我的身体也正在发育，那个男人的眼睛，也从来没再离开我。妈妈也对他非常警惕，时时刻刻都保护着我，使他邪恶的手不敢接近我。但是，有一次妈妈突然生病了，被送到了医院，晚上只有他和我两个人在家。当我睡得正熟的时候，他居然趁黑摸到了我的床上。他身上那股怪味使我醒了过来，但此时他已抓住了我的双手。我立刻大叫着救命，双手拼命挣扎，终于一脚踢到了他。然后我爬到了窗户上，对他说‘只要胆敢靠近我，就马上从楼上跳下去’，他终于被我镇住了，只能离开了我的房间。我从窗户上爬下来，手里抓着一把美工刀，蜷缩在床上哭了整整一夜。我恨他！我恨他！就在那个时候，我心里只剩下一个念头：杀了他。”

“杀了他！”

电话里那个声音幽幽地传了出来，好像是一根针似的扎进了她的脑子里。

“是的，我是想杀了我的继父。在十五岁那年的夏天，我想了无数个杀死他的方法。我读了很多柯南·道尔与阿加莎·克里斯蒂的推理小说，因为那里面有许多巧妙的杀人手段。我借鉴了那些经典的杀人方法，精心制定出了好几个杀死他的方案。”

但春雨说到这里就说不下去了，她睁开眼睛看了看黑暗的寝室，胸口跳得厉害。

“是你杀了他！”手机里传出的声音让人毛骨悚然，但随后对方就停止了通话。

她呆呆地坐在床铺上，看着手机屏幕，许久都没有缓过神来。

窗外，长夜漫漫，北风狂啸，似乎有某些东西飘落了下来。

“是我杀了他？”

地狱的第 18 层

清晨，春雨蒙眬地睁开眼睛时，忽然被一片白光刺到了。她只能眯着眼睛向窗外看去，却发现是一片银白色世界。

这是今年冬天的第一场雪。

她立刻从床上爬了下来，隔着窗玻璃望着窗外。天上正飘着无数细小的雪花，洋洋洒洒地飘落到地上。对面的楼顶已经一片白色了，楼下那些树枝上也全是雪，地上铺了层盐一般的雪粒，几个学生已经跑到雪地上玩耍了。

春雨竟有些激动起来，这座城市已很久都没下过这么大的雪了。然而，看着漫天飞舞的雪花，她的心又冷了下来，因为她想到了自己十一岁那年的冬天，那个落雪的致命下午，使她永远失去了父亲。她还清晰地记得那年的雪，就和现在这场雪一模一样。

不，这场雪更令她恐惧。

她这才想起今天还要上班。等到上午九点半，她裹着件厚厚的滑雪衫出门了。

踏着雪走出校园，一路上到处都是在雪中玩耍的学生们。雪花落在她的头顶，缓缓地融化成冰水，从她头发上滑落下来。

赶到公司的时候，大家都在谈论今天这场雪，连上班的心情都没有了，都聚集在落地窗前，从高处俯瞰着整座城市的雪景。只见无数座高楼都淹没在白色的雪花里，这是多少年都难得一见的景象。

让春雨感到奇怪的是，今天老板严明亮始终都没有出现，但这正好方便了大家偷懒，下午一到就纷纷提前下班了。

春雨走出公司大楼的时候，手机的短信铃声忽然响了起来，屏幕上显示的号码是“××××741111”。

又是来自地狱的短信。过去每次看到这个号码，都是在深更半夜里，怎么今天大白天就过来了呢？她抬头仰望着白色的天空，难道是因为这场突如其来的雪吗？

春雨赶紧躲在路边一个角落，打开了这条短信：

请立即赶到黄泉九路 999 号，到达以后回复：1。

与过去所有的短信都不一样，居然要叫她立即赶到某个地方去。而且那地名又是如此奇怪——“黄泉九路 999 号”，世界上有这么怪的路名吗？又是“黄泉路”又是“999”，住在这条路上的人家不被吓死才怪呢。看起来更像是小孩子的恶作剧啊。

春雨在雪地里站了好一会儿，最后还是拦下了一辆出租车。她想到底有没有“黄泉九路”，问问出租车司机不就知道了吗？

没想到的哥肯定地回答有这条马路，原来这位师傅是个下岗工人，下岗前就在“黄泉九路”边上的工厂里上班。还没等春雨决定下来，出租车已经迅速驶向了这条不归的黄泉路。

路上足足开了一个小时，终于在郊区一条偏僻的马路上停了下来，四周看起来都是老工业区，而路牌上确实写着“黄泉九路”。

至于“黄泉九路 999 号”，正是一家破旧工厂的大门，春雨就在这里下了车。工厂的铁门紧闭，看不到有人的迹象，雪花覆盖了工厂黑黑的厂房，就像到了另一个玄秘世界。

带着心头的种种疑问，她拿出手机回复了“1”。

几秒钟以后，新的短信就来了：

你眼前有一个十字路口，先向右转，再一直往前走，过了一座桥以后停下来，然后回复：1。

果然，春雨的眼前有一个十字路口，一条横马路穿过了黄泉九路。

她赶快向右转，沿着横马路一直往前走去。大约走了三分钟，她就看到一座很小的公路桥，只能容纳小型汽车通过，桥下是一条无名的乡间河流。

由于天实在太冷了，河面上结了一层薄冰，雪花已布满了河面。走过这座桥，迎面又是一个十字路口。

春雨赶紧掏出手机来，回复了“1”。

来自地狱的回音很快就到了：

向左转，一直走下去，会看到一座大门，走进去，然后回复：1。

春雨来不及多想，立刻照办了。她沿着左面那条路一直走下去，四周几乎看不到一个人影，全是荒芜的工地或农田。

走了五六分钟，眼前果然出现了一座大门，门口还挂着一块很考究的牌子，上面题着某位名作家的字：“才智学院”。

她忽然想起了这个名字，前几年在报纸上看到过。当时是一所非常火的民办大学，后来因为资金的原因关闭了。原来这里就是“才智学院”过去的校园。

春雨在学院大门口徘徊了几圈，这里实在太荒凉了，根本就见不到人烟的迹象。

学院造在这种没有人气的地方，想不关门都难啊。但不管里面藏着什么东西，她都必须闯一闯。于是她下定了决心，小心翼翼地走进了学院大门。

里面确实是校园，有好几栋气派的教学楼，还有干枯了的大片草坪。只是全被白雪覆盖着，又没有一个人影，看上去更像是个废墟。一粒雪缓缓地飘到了她的眼睛里，冰凉的雪水融化在瞳孔中，她忽然想到了传说中的“鬼学校”。

春雨屏住呼吸，掏出手机来回复了“1”。

地狱的回音立刻就到了：

你已进入地狱的第18层。

下午四点，叶萧站在高耸的写字楼底下。雪花沾湿了他的警服，他的目光像鹰一样穿过下雪的天空，对准了19楼的窗户。

是的，叶萧还活着。

昨天凌晨，他面对地狱摔碎了自己的手机，然后就昏迷了过去。

清晨他又悠悠地醒了过来。他努力使自己清醒，回想着七年前的那段记忆。他甚至还给远在云南的同事打了个电话，终于使自己全都想了起来。

那一年在云南，他用枪指着毒贩的头，但他并没有开枪，他缓缓放下了枪，将毒贩押回了警察局。

对，《七宗罪》最后那一幕并没有发生，他也没有像布拉德·皮特那样愤怒地开枪。在那个生死一线的瞬间，他以理智压倒了仇恨，完成了作为警察应有的职责。

然而，地狱游戏还没有结束，他必须尽快地查出“×××××741111”号码背后的秘密。

在所有出事的女生里面，可以确定素兰是最早开始玩地狱游戏的。

而春雨又提供了素兰出事前打工的公司，那家公司又是主要从事短信业务的，这使叶萧注意起了这家公司。他先调查了这家公司的来历，是几个月前刚刚成立的，公司的老板叫严明亮，毕业于春雨他们那所大学，曾经在欧洲留学多年，刚刚回国不久。

今天上午，叶萧带着公安局的介绍信，去电信移动部门调查了严明亮公司所经营的业务，发现这些业务都是合法的，并没有什么可疑的地方。但接下去的业务记录里，却让叶萧有了意外的发现。

原来严明亮在两个月前，曾经开发过一个名为“HELL”的短信游戏，并为此注册了一个“×××××741111”的号码，但由于没人看到过游戏的内容，所以始终都没有运作起来。

这个发现让叶萧非常激动。

“HELL”就是“地狱”的意思，“HELL”短信游戏当然就是地狱游戏，而严明亮注册的“×××××741111”的号码更是铁证。

躲在地狱背后的幽灵就是严明亮？

目标已经很明确了，叶萧必须抓住他问清楚。

现在，叶萧已经走进了写字楼，坐着电梯前往严明亮的公司。

但这时公司已经下班了，只剩下一个女孩子在上网聊天。女孩看到一身警服的叶萧很紧张，因为她也不知道严明亮在哪里。

叶萧又问起了素兰的事情，这女孩对素兰还有点印象。

她紧张地说：“素兰在这里只做了一个月，但严老板非常器重素兰，让她帮忙一起做短信游戏的开发。”

“你知道是什么短信游戏吗？”

“只知道游戏的英文名称叫HELL，是我们老板自己策划开发，甚至自己编程制作的。我们员工都不知道游戏的内容，也从来没人看到过游戏。但不知什么原因，这款游戏最终没有开发出来，而素兰也不再来公司上班了。”

“素兰用过的办公桌在哪里？”

女孩指了指靠窗的座位。叶萧走到那张桌子边，发现台子上还有一张春雨的卡片。

“这里现在是一个叫春雨的女大学生在实习。”女孩怔怔地说。

卡片上有春雨的照片，叶萧当然知道她是谁。没想到春雨居然也在这里上班，那天她为什么不说出来呢？

忽然他握紧了拳头，当力量攒到最大的时候，他又放开了拳头，从兜里掏出手机，拨打了春雨的号码。然而，叶萧听到的是这样的回答：“对不起，您拨打的电话暂时无法接通。”

心又抽紧了起来。他连续拨打了好几次，但春雨的手机始终无法接通。春雨究竟在哪里呢？

叶萧焦虑地看着窗外，一粒雪融化在了玻璃上……

此刻，春雨正在地狱的第 18 层。

雪下得越来越大了，这是南方许多年都不遇的大雪啊。空空荡荡的校园里飘满了雪花，寂静得像墓地似的。

春雨已经走进了“才智学院”的大门，绕过那片被枯草和白雪覆盖的大草坪，来到了学校主大楼跟前。

她不知道自己干了些什么，到底是被催眠了还是被洗脑了，仅仅因为一个莫名其妙的短信，就跑到该死的“黄泉九路 999 号”。又像小孩子过家家捉迷藏似的，被那些个短信牵着鼻子走，一步步走到这个不见人烟的鬼地方来，现在弄得她已经迷失方向了，更别说找到回去的路了。

正当她开始后悔的时候，短信铃声又响了起来，依然是来自地狱的号码：

> 请进入主大楼，沿着走廊向右走，进入多功能大教室，从大教室腰门出去，沿着一条石子路继续走，直到进入图书馆大楼，然后回复：1。

看着这条短信所指示的路线，春雨都有些头晕了。究竟是进去还是不进去？这黑暗的大楼里不知藏着些什么东西，现在如果回头的话恐怕也迷路了。

既然已经进入了地狱的第 18 层，那就继续走下去吧。离那个最后的秘密，应该只有一纸之隔了。

她轻手轻脚地走进大楼，里面的走廊黑乎乎的不见天日，只有尽头处还有一线暗光。她照着短信的指示，沿着走廊一直向右走，可这栋楼大得要命，在走廊里找了好一会儿，才发现一扇敞开着的房门，里面正是多功能大教室。

大教室里有十几排座位，起码可以坐一百多个人。但座位上都覆盖着一层厚厚的灰，正面墙壁上的黑板也都破碎了。

春雨小心翼翼地穿过教室，果然发现了一扇腰门。从这扇门出去，后面是一块绿地，种满了各种树木，只是现在都枯着叶子，树枝上积满了雪粒。绿地中间有一条石子路，虽然落了一层雪，但跟旁边的草地还是能分辨出来。石子路弯弯曲曲的，又要穿过两边的树丛，所以一眼看不到头。

春雨转了好几个弯，终于看到了一个图书馆大楼。

底下的大门敞开着，她便走进了这座图书馆。里面铺的全是大理石，虽然蒙着厚厚的灰，但感觉还是挺气派的，只是现在看不到一本书。

春雨掏出手机来回复了“1”。

地狱短信很快就回来了：

> 穿过图书馆，沿着林荫道一直向前走，直到一栋四层的宿舍楼，

走进 309 房间。

春雨注意到这条短信的结尾，并没有注明回复“1”，那么如果她抵达以后，对方又怎么知道呢？

不管那么多了。她穿过了宽阔的图书馆，后面果然是一条林荫道。这条林荫道长得吓人，她足足走了十几分钟，头发上落满了雪花，终于发现了一栋四层的宿舍楼。看不出是男生还是女生的宿舍，只觉得在雪中特别可怕，像是欧洲中世纪的堡垒。

她拂掉头上的雪花，缓缓走上了楼梯，扬起了一地的尘土。走到三楼，从公用的走廊穿过去，一直走到底才是 309 房间。她深深呼吸了一口气，轻轻地推了一下门，没想到门一下子就给推开了。

房里的光线特别昏暗，里边放着三张上下铺的铁床，床上自然什么都没有。她呆呆地站在门口，看着这间六人住的寝室，不知道住过这房间的人，现在在哪里呢？是不是也到地狱里去了呢？

忽然，她有了一种绝望的感觉，似乎变成了宫崎骏画笔下的女孩千寻，突然走进一个巨大的主题公园，却见不到一个人影，然后便被拖进了另一个世界……

但春雨却有了新的发现，在寝室的窗台上有一个塑料袋，不知道里面放着什么东西。她赶快走到了窗台边，打开了那个塑料袋，发现里面居然有两包蛋糕，全都是真空包装的，还有一瓶可口可乐。

该不是两年前的学生忘了把早饭带走吧？

她看了看蛋糕的生产日期，居然正好是昨天！她怕自己是不是把年份看错了，但没有看错，就是昨天生产的。

可口可乐的生产日期也是前几天的，昨天生产的蛋糕，那肯定是今天才买的。

照这么说，在今天上午，不，可能就是刚才，有人把这些食物放到了窗台上，专为等待她的到来？真是不可思议。这些东西究竟是谁放的呢？是地狱里来的食物吗？

这时外边的天色已经暗了下来，而春雨也感到自己有些饿了，难道这蛋糕是专为她准备的晚餐？

既然什么都已经为她安排好了，那也就不要推辞地狱的款待了。

起码也要做一个饱死鬼。而这蛋糕也不会有什么问题的，因为春雨经常吃这个牌子的，知道随便哪个超市里面都有卖的。

她打开了蛋糕的真空包装，拉开了可口可乐，就在这间寝室里，吃了一顿特殊的晚餐。

在吃完这些东西以后，春雨才发现塑料袋里面还有一张纸片，上面用钢笔写了一行字：

晚餐后，走出宿舍楼，向右拐弯进入体育馆，在游泳池边停下来。

这回怎么不用短信了，而用了最古老的方式——小纸条。

纸片上的字迹很平常，看不出是谁写的，甚至看不出写字人是男是女。但吃饱喝足了的春雨又恢复了力气，她立刻就走出了这间寝室。

按纸条的指示，她向右拐到了一条小路上，果然见到了一栋很漂亮的建筑，应该就是“才智学院”的体育馆了。

夜幕已经降临，天空中依然飘荡着雪花。真是一个特殊的雪夜啊！

学校体育馆的大门敞开着，春雨小心翼翼地走了进去，却发现里面居然开着灯。在灯光的指引下，她先经过了一片室内篮球场，两边的座位都很整齐，篮球场的木地板还像新的一样，只是有很多灰尘。

春雨径直从篮球场上走了过去，看着两边的看台，那感觉真是太奇特了。篮球场最后有个小门，她穿过这道小门，迎面就看到了一个游泳池。但更令人吃惊的是，游泳池里竟然放满了水！

看起来这水还十分清澈，应该是刚刚放了不久。游泳馆里异常空旷，高高的天棚底下吊着十几盏大灯，春雨每走一步都会发出可怕的回声。忽然，春雨回过头看着身后的墙壁，在游泳馆雪白的墙壁上，红色的油漆写着一行大字：

你心底最深的秘密。

这是一个致命的拷问，春雨颤抖着看着这行字，几乎跪倒了下来。那行字写得很大，每个字大约都有一平方米大小，写在高高的墙壁上特别刺眼。

是的，那八个大字像刀一样，深深扎进了她的眼睛里，红色油漆很容易让人联想到鲜血。春雨只能后退了几步，一直退到游泳池边上才停下，心里默默地念着：“心底最深的秘密？”

突然，短信铃声又响了起来，她用颤抖的拇指打开这条短信：

杀了他！

在看到这三个字的同时，耳边仿佛响起了某个声音，不断地重复着这三个字。

她恍惚地看着整个游泳馆，似乎从天棚一直到池底，都在反复响彻着：“杀了他！”

对，再也不要隐藏了吧，春雨也轻轻地叫了一声："杀了他！"

这就是她心底最深的秘密。

这个秘密，许多年以来一直深埋在心底，从来都没有对任何人说起过。在十五岁那年的夏天，她非常想杀了那个人：她的继父。那是一个浑身怪味的男人，总是用肮脏的目光盯着她身体上突出的部位。在妈妈住院的那个夜晚，他真的趁机动手了。是春雨以死来威胁才保护了自己。是的，她恨他，恨极了他，恨到要杀了他。她想那个男人就算死一万次也绝不可怜。她想用各种方法来结果了他，同时又不露出自己杀人的马脚。而继父并未意识到危险就在身边，依然用那种目光盯着她。

就在某一天晚上，当春雨在厨房里洗碗的时候，那个男人从后面抱住了她，一张厚厚的嘴贴着她的耳朵，可怕的气味直冲到她的脸上。春雨拼命地挣扎着，但她根本就拗不过继父强壮的手臂。那个男人还捂住了她的嘴巴，让她无法喊出救命。

就在春雨几乎绝望的时候，她忽然看到了厨房里的切菜刀。虽然那个男人紧紧地抱着她，但却漏过了她的左手。她伸出手艰难地抓住了那把刀，再向身后深深地捅了出去。她感觉刀刃进入了某个柔软的身体，一股黏黏的热热的液体立刻喷到了她的手上。那双手仍紧紧地抓着她，但后来渐渐地抽搐了起来，直到被春雨挣脱了出去。

刀已经掉到了地上，春雨颤抖着回过头来，看到了那张完全扭曲的面孔。那个男人依然在抽搐，腹部已经被染成了红色，倒在地上停止了呼吸。春雨已完全吓呆了，她怔怔地看着地上的死人。是的，杀了他。

这就是她心底最深的秘密。

忽然，春雨听到了一阵熟悉的脚步声，那似乎是一个男人的身影，接着她就闻到了那股气味。

男人的脚步声在游泳馆内来回地飘荡着，似乎泳池里的水也跟着荡漾了起来，他缓缓地走到了春雨面前，露出了那张丑陋的脸。

继父回来了。

春雨的眼睛睁到了最大，瞳孔里映出了那个男人的脸，他的腹部似乎还是一片血红。

他冷冷地看着春雨，突然轻声地说："轮到你了。"

"不！"

春雨惨叫了起来，向后退了一大步，忽然感到脚底什么都没有，原来后面就是游泳池。

她一下子就掉到了泳池里，冰凉的池水吞没了她全身。更可怕的是她掉到了深水区，足足有三米多的水深，而她根本就不会游泳。

穿着厚厚的滑雪衫，春雨沉到了冰凉清澈的水底。她没有像所有溺水者那样挣扎，而是平静地躺在水底的马赛克上。接近零度的池水像是寒冷的北大西洋，她看到泰坦尼克号的落水者，漂浮在冰山下的海底。

那个女孩长着和她一样的面孔，长发像黑暗的海藻一样，随着水流而缓缓漂荡。冰水凝固了她的皮肤，将使她永远保持着青春，妈妈和一群美丽的海妖来到她身边，为她唱起一首大西洋之歌……

突然，一个黑影跃入了游泳池中，虽然刺骨的池水让他战栗，但他已看到了水底的春雨。他憋着气潜到了池底，双手抱着春雨的腰和大腿，艰难地将她缓缓托起。

春雨终于被托出了水面,开始大口地呼吸起来。幸好刚才她一直屏着气，所以嘴里并没有呛到水。那双有力的手将她推到了岸上,她浑身都被浸湿了，仰面躺在地上，因为刺骨的寒冷而全身颤抖。

突然，她感到一双火热的嘴唇贴在了她的嘴巴上，阵阵热气直灌入她的气管。她下意识地知道了那个人，于是她双手紧紧地搂着他的后背，不愿意让彼此的双唇分开。这时已经不是人工呼吸了，而是两个人深情的热吻。

"高玄……高玄……"

春雨在心里默念着他的名字，终于睁开了自己的双眼。是的，她看到了高玄的那双眼睛，他正忧伤地注视着她。

当看到春雨睁开了眼睛，他不禁轻声地说："你醒了？"

寒冷的刺激已使她说不出话来，嘴唇已经完全变成了紫色，但她的眼睛却是柔情似水。

高玄实际上正赤裸着上身，刚才他是脱了衣服才跳下泳池的。春雨身上的滑雪衫已经湿透了，他赶紧把春雨的衣服脱了下来，只剩下几件贴身的内衣。然后，他用自己的汗衫为春雨擦了擦水，再把他所有的衣服都穿在了春雨身上。

现在，春雨身上穿着高玄的毛衣毛裤，而高玄自己却还赤裸着上半身。

他艰难地背起了春雨，在她耳边轻声说："坚持住，千万不要睡着。"

高玄背着她跑出了游泳馆的后门，外面是被白雪覆盖的大操场，黑暗的夜空里正飘舞着雪花。

这真是一幕奇特的景象：在漫天的飞雪中间，一个赤裸着上身的男子，背着一个穿着男装的女孩儿，跑过幽灵般寂静的校园。

黑夜里的校园大得吓人，而且又没有灯光，高玄只能凭借记忆，在雪地上踩出一条小路，终于冲出了“才智学院”的大门。

大门外停着高玄的帕萨特，他将春雨放到了后座上，然后开足车子里的暖气，迅速掉头离开了这里。

在雪花纷纷的黑夜里，高玄赤着上身把着方向盘，飞快地穿过空无一人的小路。地上的泥雪高高飞溅而起，帕萨特就像一头雪夜里的豹子，终于驶出了这条黄泉九路。

高玄没有带春雨回学校，而是把车开到了苏州河边的大楼。他背着春雨走进了他的画廊，沿着楼梯一直到了三楼。这是套宽敞的个人住房，起码有一百多平方米。他将春雨送进了浴室，这时她终于缓缓苏醒了过来。

高玄轻声说：“快点洗个热水澡，否则你会生病的。”

这时春雨已经冻得像块冰了，她脱下了高玄的那些衣服，立刻泡在了充满热水的浴缸里。她的脸像雪一样苍白，血管几乎都要凝固了。她闭上眼睛沉在热水里，让热气渗透进毛细血管。浴室里被水蒸气覆盖住了，她的意识却还停留在游泳馆里，感觉自己仍然躺在冰凉的水底。直到泡了一个多小时之后，她才恢复了正常的体温，皮肤上也重新有了些血色，脑子也渐渐清醒了过来。至少，她知道自己还活着。

浴室门口放着一些干净的女人衣服，这是刚才高玄到外面专为她买回来的。她穿上衣服走出浴室，感到自己都快要累晕过去了。

高玄已经为她准备了一个小房间，她像是做梦一样躺到了床上，高玄给她盖上了厚厚的被子，又给她喝了一杯热咖啡，然后关灯走出了房间。在春雨沉入睡梦之前，嘴巴里自言自语地说：“你已通过地狱的第18层，进入地狱的第19层。”

地狱的第 19 层

在冰海中漂浮了很久，春雨终于缓缓浮出了水面。眼皮依然是那么重，但她还是睁开了眼睛，只看到一片氤氲的光线。

她使劲眨了眨眼睛，发现这是一个完全陌生的房间，自己正躺在一张柔软的小床上，厚厚的窗帘遮住了光线。对面墙上挂着一幅伦勃朗的《夜巡》，在近似舞台效果的光线下，一群十七世纪的荷兰人正巡逻着城市。

她艰难地支起了身子，回想着昨晚发生的一切：她进入了地狱的第 18 层——一间关闭了的民办大学，按照短信与文字的提示，她来到了学校的游泳馆里。在放满了水的泳池边，她想起了自己心底最深的秘密。这时死去多年的继父出现了，那个男人又一次来到她面前，让她绝望地掉进了泳池中。就在她即将淹死的时候，高玄跳入水中救了她，将她带到了这里。

对，这里就是高玄的家，下面就是他的画廊。

春雨双手抱着肩，深深地吸了一口气。她已经通过地狱的第 18 层了，那么什么又是地狱的第 19 层呢？

这时她又想了起来，昨天晚上自己的手机，连同被浸湿了的衣服，全都留在了那个游泳馆里。对她来说，地狱游戏已无法继续下去了。可是，她知道自己还没有脱离地狱，某个幽灵依然在等待着她。

房门突然被打开了，原来是高玄。

他看到春雨已经醒来，立刻坐到了床边说："感觉还冷吗？如果还觉得不舒服，我立刻送你去医院。"

春雨怔怔地看着他，沉默了一会儿后突然抱住了他，喃喃地说："现在我很好，只要你在我身边……只要你在我身边……"

高玄轻轻地吻了她一下："只要你没事就好，如果你也发生了意外，我真不知道该怎么活下去。”

“昨天晚上，你怎么也会到了游泳馆里？”

“因为，我也收到了地狱的第18层的短信，地狱短信把我带到了那个学院。在漫天飞雪的黑夜里，我穿过空荡荡的校园，最后来到了游泳馆里，却看到你掉进了冰凉的池水中。我立刻就脱下衣服，跳到游泳池里把你救了上来，然后就把你给带回来了。”

春雨明白了，但她还有一个疑问：“昨晚在游泳池边上，你看到那个男人了吗？

“哪个男人？”

“一个高大丑陋的中年男人，浑身散发着一股怪味，他来到我的面前，使我掉到了游泳池里。”

“不，我没有看到过其他人。我只看到你一个人站在游泳池边上，目瞪口呆地看着前方。然后，你恐惧万分地后退了一步，就掉进了游泳池。”

春雨睁大了眼睛：“你是说那个男人根本就不存在？”

“当然不存在。”

她摇了摇头，深呼吸着说：“难道是我的幻觉？”

高玄轻轻地抚摸着她的头发，说：“别再胡思乱想了，也许你想象中的那些东西都不存在呢？”

春雨又闭着眼睛回忆了一会儿，她想起了当时脑子里的幻想。在十五岁那年的夏天，她杀了自己的继父吗？

嘴唇开始颤抖了起来，而记忆则越来越清晰。不，她不记得有那样的夜晚，她的记忆里没有那么多血，也没有那么锋利的刀子。

突然，她记起了那个夜来香盛开的晚上，她的继父整整一夜都没有回家。第二天依然没有踪影，从此以后就再也没有他的消息了。她和妈妈重新过上了平静的生活，那个男人也没有再来打扰她们。

在春雨考进大学的那年，妈妈不幸得了癌症，在生命中最后的时刻，她终于告诉了春雨。原来那一年继父并不是失踪，他是在外面有了情妇，与人家私奔到了广东，后来又去了国外定居，他永远都不会再回来了。不久，妈妈就去世了。

对，她并没有杀死继父，是他自己离开了家。

而那个杀人的夜晚，仅仅存在于春雨的幻想之中。

现在，她已经战胜了这个幻想。

春雨终于长出了一口气，那么多年来的噩梦，应该可以终结了吧。

照这么说，那天在地铁里见到死去多年的爸爸，在校园里见到继父的影子，全都是自己的幻觉和妄想，大概都是地狱游戏造成的吧。

她重新睁开眼睛，看着高玄说："谢谢你，让我想起真实的记忆。"

"你的记忆本来就是真实的，只是在恐惧中产生了妄想而已。"

"现在是什么时候了？"

"你已经睡了十几个小时，现在是下午了。你是不是饿了？我出去给你买些吃的吧，等我回来。"高玄拍了拍她的肩膀，然后走出了房间。

她又静静地躺了一会儿，终于从床上爬了起来。尽管身体还是有些发冷，她仍拉开了窗帘，窗外积雪的反光让她几乎睁不开眼睛。

雪依然在下，窗下静静流淌着苏州河，无数的雪花飘到了河面上，又迅速地被河水吞没。河堤边的马路上没有多少人，只有远处的铁桥上不停地穿行着汽车，对面同样是一排旧式的大楼，视线再往后就被几栋高楼遮挡住了。

她看到一只麻雀飞过雪中。

雪花在医院里飘舞着，许文雅隔着窗户看着天空。她的头发梳得很光滑，自然地披在肩头，就像头温顺的绵羊。

叶萧和文医生就站在病房的门口，他们互相点了点头，悄悄地退出了病房。在外面长长的走廊里，叶萧轻声说："你打电话叫我过来，就是为了看这个？"

"不，我有了新的发现，我想我必须要告诉你。"

"等一下，我先告诉你一件事，春雨失踪了。"

"她失踪了？"

"我已经找了她整整一天了，手机也一直打不通。上午，我到学校里去找过她了，同学们说她整整一夜都没回寝室，不知道她到哪里去了。"叶萧自顾自地向走廊另一头走去，"你说她会不会旧病复发？"

文医生沉思了许久说："虽然这种病复发比例很高，但根据我对春雨的了解，我觉得不太可能。半年前她离开这里的时候，我对她的心理做过深入的分析，虽然她内心深处始终有某处阴影，而且不愿意告诉别人，但她自我控制的意识很强，不是那种精神脆弱的人。"

"好吧，但愿我只是杞人忧天。你又在许文雅身上发现了什么？"

"上次你已经知道了，我一直在用'以毒攻毒'的办法，通过手机短信治疗她的精神狂躁。主要就是建立她与人沟通的信心，同时克服她的恐惧心理。我深入了解她的内心世界，发现她在玩地狱游戏时，脑子里总是产生各种声音，就像真有个人在耳边对她说话似的。到了医院以后，她仍然常有这种感觉，并以猴子来指代那个对她说话的人。”

叶萧有些不耐烦：“这能说明什么？你上次不是说这是心理阴影吗？”

“是的，我们每个人都有心理阴影，但有的人会遇到一些特殊的刺激。如果说我们的心理阴影是魔鬼，而这个魔鬼一直被锁在保险箱里，现在有人给了你一把钥匙，迫使你把那个魔鬼释放出来，你明白了吗？”

“能不能说得更清楚些？”

“好吧。简单地说，这把打开许文雅内心的钥匙就是——心理控制。”

“心理控制？”

“对。达到心理控制的手段有很多，最常见的是暗示与催眠。”文医生也走到了走廊的尽头，看着窗外的雪花说，“暗示——就是人们为了某种目的，通过语言、手势、表情、行动或某种符号，用含蓄的、间接的方式发出一定信息，使他人接受所示意的观点、意见，或按所示意的方式进行活动。一般情况下暗示者是主动的、自觉的，受暗示者是被动的。在黑暗、恐惧的环境中，人们比较容易接受暗示。”

叶萧倒吸了一口气说：“你是说许文雅受到了某种暗示？那发出暗示的又是谁？”

“当然就是地狱短信了。从地狱的第1层到第19层，整个都是一个暗示的过程。事实上人类大脑接受的任何信息，都有可能成为某种暗示，手机短信当然也是一种信息。我通过短信与许文雅交流，其实也是一种暗示疗法。我发现她所玩过的地狱游戏，有着非常强烈的心理暗示作用。”

“我明白了，那么催眠呢？”

“暗示在我们的生活中无所不在，而且大多数是在无意识中发生的。而催眠必须通过某种特殊的手段，使人进入类似于睡梦的状态，也可以看作是一种特殊的暗示。”

“特殊的手段就是催眠术吗？”

“你认为什么是催眠术？那些用某个小摆钟或是巫术般的仪式才是催眠术吗？不，催眠术有许多种手段，不一定要面对面地进行。”

“这么说，通过手机短信也可以进行催眠了？”

文医生沉默了一会儿说：“此前尚没有任何这样的报道和病例，但我觉得许文雅很可能是全世界第一个被手机短信实施了催眠，并导致精神分裂的病例。”

听到这种骇人听闻的推论，叶萧不禁吓了一跳：“如果真是这样的话，那全世界第一个被手机短信实施了催眠的人，应该是素兰；而全世界第一个因此而自杀的人，则应该是清幽。”

“目前，我还不太清楚通过手机短信进行催眠的细节。但这种具有强大催眠作用的短信游戏，绝对是经过了精心设计的，否则不可能把正常人变成精神分裂。”

这时叶萧已经说不出话来了，因为他自己心里非常清楚，地狱游戏究竟是什么样子的。文医生的推测没有错，那绝对是经过精心策划出来的。

文医生继续说下去：“催眠的程度一般分为浅催眠、中度催眠和‘梦行’三级。在许文雅玩地狱游戏之初，所经历的是浅催眠，当时她并不感到恐惧，反而感到非常有趣。但这时她已经接受了暗示，对地狱短信产生了强烈的依赖感，必须不断进入地狱的下一层。然后就是中度催眠，这时她已离不开地狱短信了，有了越来越多的幻觉和妄想。最后就是催眠的最高一级——‘梦行’阶段了，当她进入地狱游戏时，实际上已处于一种类似梦游的状态，她的意识完全被短信控制了，对自己妄想出来的情景深信不疑，最后的结果就是精神分裂，永远陷在被深度催眠的‘梦行’阶段了。”

听到这里，叶萧的汗毛都已经竖起来了。到现在他才明白，当自己在地狱游戏中漫步时，已经被实施了浅催眠和中度催眠。这有点类似于未来电子游戏中的虚拟体验，通过在大脑上插上电极，让电脑直接与人脑交流，使你在玩游戏的过程中身临其境，好像真的到了某一个幻境之中。其实不过是电脑给你的综合刺激，使你产生虚拟的幻觉。

他又想到了昨天凌晨，他在地狱游戏中产生了许多幻觉，仿佛真的见到了雪儿，甚至产生了自己枪杀毒贩的强烈妄想，这大概就是最可怕的“梦行”阶段了吧。

如果当时他不把手机摔碎，大概结果就是精神分裂，或者是和清幽、素兰她们一样。想到这里，他脱口而出：“那么会不会因为‘梦行’而自杀呢？”

“完全有可能。当可怕的妄想充满了你的大脑，内心完全被地狱短信所控制时，那包括自杀在内的任何事，都有可能做得出来。”

叶萧的额头已经沁出了冷汗：“可设计地狱短信游戏的人，究竟是如何做到的呢？”

“我也不知道，但这个人绝对是个天才，既具有心理学方面的丰富知识，又精通计算机编程与游戏开发。而最重要的是——这个人非常疯狂！”

麻雀飞走了，天空中继续飘着雪，一条驳轮冒着漫天风雪，从蜿蜒的苏州河上驶过。眼前所有这些景象，酷似高更的一幅油画。

春雨离开了窗户，缓缓地走出了小房间。外面是个非常大的客厅，摆着各种欧洲古典式的家具，房子的装修也是欧洲古典风格的，就连墙上涂的颜色，感觉也像电视里看到的凡尔赛宫。而这栋楼本来就是三十年代建造的，所以高玄房间里的一切，看起来都好像回到了十九世纪的欧洲。房间里摆着许多油画，全都是十九世纪的古典风格，不知道是不是高玄自己画的。这些油画使房间看起来更像是宫殿，画中许许多多张欧洲人的面孔对着春雨，他们的眼睛他们的神态都是那样奇特，好像在这间屋子里都有了生命似的。

突然，春雨有了一个意外的发现，在所有这些油画的右下角，都用铅笔写了一个阿拉伯数字“19”。

这些数字看起来像是作者签名，在画中非常不起眼的位置，不仔细看绝对看不出来。为什么要在所有油画签名的地方写上“19”呢？但接下来的发现更让人吃惊，在所有家具上也镶嵌着“19”这个数字。比如一个欧洲式的大壁橱，在门把上镶嵌着金色的“19”；在沙发侧面的护手底下，也镶嵌着一个金色的“19”；在写字台的转角处，也有一个金色“19”。

所有在家具上的“19”都有一定的装饰性，就像英文的书写体那样，用镀金的铁条镶嵌在家具表面。

带着对于“19”的疑惑，春雨缓缓走进了另一个房间，这里应该就是高玄的卧室了。这房间布置得富丽堂皇，简直就像欧洲城堡里的贵族房间。更奇怪的是这房间没有窗户，是一个完全封闭的暗室，全靠头顶白色的灯光照明。

在卧室正对着大床的墙上，挂着一张巨幅的油画，春雨立刻就认出了油画里的人，马佐里尼。

是的，她看到过马佐里尼的照片，就是油画上的这个欧洲男子。他的目光深邃地看着前方，那双迷人的眼睛真的很像高玄啊。

高玄为什么把马佐里尼的画像对着自己的床呢？

忽然，她觉得画中马佐里尼的眼睛还在看着什么，她顺着想象中马佐里尼的视线向后看去，发现正对着一个大衣橱。大衣橱足有两米高，门上有面落地镜子，对面墙上的马佐里尼画像，正好被照在了镜子里。

春雨感到有些奇怪，她缓缓地走到大衣橱前，看着镜子里的自己——她穿着一条白色长裙，里面还衬着厚厚的衣服，因为房间里开着很足的空调，所以并不感到太冷。

黑色的长发披在肩头，眼睛睁得不是很大，目光略微有些慵懒。但脸色还是过于白皙了，看上去有些不食人间烟火的味道。她轻轻地抚摸着自己的脸，忽然感到脸庞有些扭曲了。

奇怪，她死死地盯着这面镜子，好像镜子后面还藏着什么，似乎听到了一些轻微的细语。

“谁在和我说话？”

春雨紧张地回头看了一圈，没有其他人和声音。她的目光又落在了马佐里尼的画像上，难道是他在和自己说话？

不，马佐里尼盯着的是这面镜子。

于是，春雨心里涌起了一股莫名其妙的冲动，她不知道这面镜子后面藏着什么，但她必须要打开来看一看。

她打开了大衣橱。

大衣橱里面并没有任何衣服，而是一扇小小的暗门。

春雨忽然激动了起来，她知道马佐里尼为什么要盯着这面镜子了。她轻轻地伸手推开了这扇门，发现里面还有一个暗室。屏住呼吸，她小心地跨进大衣橱门，进入了这间秘密的暗室。

暗室里不见天日，春雨在墙上摸索了一会儿，终于打开了电灯。这是间大约二十平方米的屋子，没有窗户也没有家具，实际上房间里什么都没有，除了挂在墙上的一幅油画。

油画几乎占据了整堵墙面，画的长度几乎有十米，高度也有二米多，放在暗室里更像是洞窟里的壁画。

春雨是从画的左面开始看起的，这是一幅欧洲古典主义风格的油画，无论色彩还是线条都非常写实，只是画的背景非常阴暗，似乎是一座莽莽的黑森林，或者是地下的某个山洞。

画面一开始是个西洋女子，她被两个妖怪一样的人抓住，铁钳正在拔出她的舌头。

“拔舌地狱！”她忍不住叫了出来。

没错，这幅画面酷似在古代洞窟里见到的壁画，正是《十九层地狱图》里的第一幅，也是地狱的第 1 层。

春雨按捺住心里的紧张，依次从左往右看去。下面所有的画面都是如此，按照地狱的排列顺序，从地狱的上 9 层到下 9 层，把每一层地狱的景象都展示了出来。

虽然，天苍山洞窟里的《十九层地狱图》是中国画的技法，而眼前这幅画完全是西洋油画的技巧，但无论是人物还是构图上，看起来几乎都差不多，可以说是中国画的西洋油画版。如果说有不同的话，那就是油画所展现出来的效果更恐怖，给人的视觉冲击和震撼力也更强，看到后来居然有了一种恶心感。幸亏春雨今天还没有吃过东西，否则早就要呕出来了。

看着眼前这幅可怕的油画，她从左面地狱的第 1 层数起，现在已经数到了地狱的第 18 层了。她的心跳越来越快，又产生了游泳池底才有的冰凉感觉，因为最后的答案就要解开了——

你知道地狱的第 19 层是什么？

现在，春雨已经看到地狱的第 19 层了。

这张巨幅油画的最右端，一对男女正在深情地拥抱着。那男子是个三十多岁的欧洲人，有一双深邃明亮的眼睛，穿着件欧洲中世纪贵族的长袍。

春雨立刻就认出了他——马佐里尼，画中的男子就是马佐里尼！

画中的女子是个中国人，只有二十岁左右的年纪，她穿着一袭白色的长裙，一头瀑布般的乌发垂在肩上。但更让春雨感到吃惊的是，画中的女孩长得非常像自己，尤其是那张白皙的脸庞，消瘦的脖子，忧郁的双眼。而春雨现在身上穿的白色长裙，恰好与画中的女子一模一样。

春雨恐惧地后退了一步，仿佛面对着一面镜子似的，看着地狱的第 19 层里的女子——同样是长发披肩，同样是白色长裙，同样是那张脸庞，同样是那双眼睛。好像画家就是以春雨为模特，画下了眼前的这幅画。

她呆呆地看着画中的自己：她双臂环绕着马佐里尼，两个人含情脉脉地注视着对方，他们分明是最亲密的爱人，似乎已经历了无数劫难，永远都不能分离。

不，春雨忽然有了另一种感觉，在马佐里尼的眼神里，似乎还带着某种邪恶。天哪，她这才发现了马佐里尼的真实面目，他拥有魔鬼般的邪恶，完全控制了眼前的女孩，使她无限深情地爱上了自己。耳边忽然又响起了那个致命的问题：你知道地狱的第 19 层是什么吗？

此刻，春雨已经知道了答案：

地狱的第 19 层＝爱上魔鬼。

这时她像虚脱了一样坐到地上，嘴里喃喃地念着："当你进入地狱的第 19 层，就会爱上最邪恶的魔鬼。"

突然，身后传来了一个沉闷的声音："你终于发现了最后的秘密。"

春雨像是被电触了一下似的，缓缓地回过头来，看到了一张阴影中的脸庞。

高玄。

"这个人非常疯狂？"

叶萧看着外边的雪，北风猛烈了许多，雪花疯狂地乱舞起来，全都融化在了窗玻璃上。

文医生也深深吸了一口气："对，如果不是这么疯狂的人，怎么会想到发明这样一种游戏呢？而且还造成了这么可怕的后果。天才往往都是疯狂的。"

叶萧忽然想起了严明亮，他还不清楚那个人的底细，但已经委托同事去调查了。难道严明亮就是那个"疯狂的天才"？

文医生忽然想起了什么："对了，还有些情况要告诉你。到我楼上的办公室去吧。"

他们很快来到了楼上，文医生打开电脑，屏幕上显示了一封 E-mail。叶萧看了一眼说："全部是英文，我没时间细看了，你说说吧。"

"昨天晚上，英国一家精神病医院给我发来了 E-mail。最近这些天，因为研究许文雅的病例，我查阅了国外大量的相关资料，还给欧美许多著名的精神病医院发去了 E-mail，询问他们是否有类似的病例。但到目前为止，国外似乎也没有类似许文雅这样的病例。但我在 E-mail 里说明了这种罕见的地狱妄想。英国的这家医院，就因为这个原因，给我发来了这份病例资料。"

"关于地狱妄想的病例？"

"是的，这家医院在三年以前，曾经收治过一个年轻的男病人。该病例具有某种家族病史，从小就极度自恋，认为自己是最完美的。他长大成人以后经历了某件挫折，内心变得更加阴暗，经常产生幻觉和妄想。英国一位最著名的精神病专家，曾经专门研究过这个病例，通过长达好几个月的催眠治疗，渐渐发现了他内心隐藏的东西。该病例病人认为自己不是一般的人类，而是尼采所说的'超人'。但更为奇特的是，该病例病人有着极其罕见的地狱妄想，他认为除了十八层地狱以外，还存在着地狱的第 19 层。"

"地狱的第 19 层？"

"对，他认为每个人都将经过地狱，但在前面的十八层地狱中，都会因为种种罪孽而被淘汰，只有最勇敢坚强的'超人'才能到达地狱的第 19 层。当然，这种妄想深埋在他心底，平时从来不显露出来。那位英国专家是在对他治疗的过程中，很偶然地发现了这一罕见的妄想症状。"

但叶萧还是有疑问："既然这个人把内心的妄想隐藏得很深，又是怎么才会被送到精神病医院的呢？"

"这是因为一起刑事案件。据说他在家里安装了偷窥的望远镜，偷看对面楼房里的每一户人家，他发现每一个窗户里都发生了罪恶的事情。比如：丈夫虐待了妻子，主人强暴了菲律宾女佣，子女殴打了年迈的父母，等等。

这些人看起来道貌岸然，其实私下里都非常肮脏，而这些人都逃脱了惩罚。”

“简直就是《后窗》的翻版！”

“是的，他也给那些做了坏事的人打了电话，但不仅仅是在电话里讹诈，更可怕的是，他在电话里对他们实施了催眠。是不是很奇怪？通过电话也能催眠？这大概和手机短信催眠是一样的道理。他实施的电话催眠相当有效，使那些人产生了严重的幻觉和妄想，结果有人因为实在忍受不了而自杀。英国警方介入了调查，根据死者的电话记录找到了打电话的人，发现了实施电话催眠的真相。本来英国法庭是准备起诉他的，但后来又把他送到了精神病医院，这才发现了他的地狱妄想。”

文医生的话还没说完，叶萧已经走到了窗边。他看着大楼对面的一栋住院楼，一排排窗户展现在眼前，每一扇窗户里都有精神病人在看着他。隔在他们之间的，是漫天的雪花。

突然，叶萧新换的手机响了起来，电话里传来一个陌生的声音，感觉非常别扭：“喂，是叶萧警官吗？”

“你是哪位？”

“我是严明亮，能和你谈谈吗？”

高玄的脸渐渐露了出来，在这间秘密的暗室里，他的眼睛竟有些可怕起来。他缓缓地走到春雨面前，将手伸向了她的额头。但春雨却后退了一大步，几乎退到了那幅画上。她颤抖着看着高玄，好像他一下子变得陌生起来。

高玄露出了奇怪的微笑：“你不是一直想知道吗？地狱的第 19 层是什么？现在你已经知道了，地狱的第 19 层就是一个字——爱！”

“爱？”

“是的，你知道你身后这幅画是谁画的吗？就是马佐里尼本人。当年他从天苍山回到上海，曾经举办过一次画展，挂出来的就是这幅油画，名字就叫《地狱的第 19 层》。”

“可你为什么骗我？明明这幅画就在你的手里，明明你知道地狱的第 19 层的秘密，却还让我到处去寻找，让我经受那么多恐惧！”

高玄又一次伸出了手，抚摸着春雨的头发说：“对不起，从我出生的时候起，这幅画就一直挂在这间暗室里，因为，我是马佐里尼的后代。”

“马佐里尼不是意大利人吗？”

“是的，但我也说过，当他在天苍山隐居的时候，认识了一个当地的美丽女子，他们深深相爱，并一起到了上海。”

“就是画上的这个女子？”春雨又回头看了一眼，颤抖着说，“她长得怎么这样像我？”

“这就是冥冥之中的安排了。有件事我一直没有告诉你，马佐里尼已经和她秘密地结婚了，后来还生下了一个男孩，也就是我的曾祖父。马佐里尼被绞死以后，女人独自带着儿子长大，并一直在上海居住。三十年代，他们买下了这套房子，就把马佐里尼留下来的这幅画，一直放在这间暗室里，不准让任何外人看到。我是在这房子里长大的，从小就看着这幅画，我觉得马佐里尼一直在对我说话，他的灵魂始终都飘荡在画中。”

“你有十六分之一的意大利血统？怪不得你的眼睛像欧洲人，特别像马佐里尼。”

“是的，我之所以瞒着你，是因为我曾经发誓不告诉任何人这个秘密。”

高玄继续抚摸着她的头发，手指像梳齿一样在她发丝间穿梭。他又贴到了春雨的耳边：“当我第一眼看到你的时候，我就无法控制自己了。我知道我迟早会爱上你的。但我又不能说出秘密，只能一直暗暗地帮助你，用特殊的方式让你知道马佐里尼，带着你去天苍山寻找古代壁画，一切都是为了让你发现秘密。其实，我刚才说出去买点吃的，就是为了让你有单独行动的机会。我想以你的聪明，一定会发现我卧室里的秘密的。这样一来，我既没有违背我的誓言，又让你如愿以偿了。”

“可现在我已经到了地狱的第 19 层，我不知道该怎么办了。”

“这幅画不是已经给出答案了吗？永远和我在一起吧，你一定会得到幸福的。”

春雨的身体不住地颤抖着，在犹豫了几秒钟后，她终于把手放到了高玄的掌中。

高玄轻轻地揽她入怀，在她耳边呢喃着：“我们永远都不会分开的。”马佐里尼正在画中冷冷地看着她。

突然，一阵奇怪的铃声打断了他们，高玄皱着眉头说：“是外面的门铃声，我出去看看，你就等在这里，千万不要出来。”

高玄走出暗室，来到客厅外打开了房门，看到了一张陌生的面孔。这是一个与他年龄相仿的男子，穿着笔挺的警服，露出锐利的目光。

“你就是高玄？”他亮出了一张警官证说，“我叫叶萧，能进去和你谈谈吗？”

高玄的表情异常镇定，他微笑着说：“当然可以，请进。”

叶萧缓缓走进客厅，目光敏锐地扫视着四周，说：“你是大学美术系的老师吗？”

“我不是老师，只是学校请我每周去讲几次课而已。我真正的身份是个画家。”

“你认识一个叫春雨的大四女生吗？”

“是的，我认识她，她给我做过模特。有什么问题吗？”

“你知道她现在在哪里？”

高玄耸了耸肩膀：“这我不太清楚。她怎么了？”

“她现在非常危险。”叶萧暗暗地握起了拳头，目光像鹰一样盯着高玄的眼睛说，“她很可能与一个精神变态者在一起。”

“精神变态者。能告诉我他的名字吗？”

叶萧沉默了一会儿，缓缓地说：“他的名字叫高玄。”

高玄的脸色依然保持正常，平静地看着叶萧却不回答。

忽然，在高玄背后的房间里，露出了春雨的脸。

叶萧立刻就看到了她：“春雨！”

高玄的脸色霎时变了，他飞快地退进了里间，然后把房门关了起来。他一把抓着春雨的手，向后面的房间跑去。

春雨还没有反应过来，只是一路叫着：“你干什么？我认识叶萧的。”

但高玄并不说话，他把春雨拖进了一个小房间，屋顶有一个小天窗，架着一道狭窄的梯子，他先把春雨托上梯子，然后自己也爬了上来。春雨立刻感到一阵寒冷，原来上面就是房顶了。脚下踩着积雪的瓦片，头顶上飘着雪花，而天色已经渐渐暗下来了。

高玄又把梯子拉到了上面，然后关上了屋顶的小天窗。他们沿着屋脊向旁边走去，瓦片上积了许多雪，稍有不慎就会滑下去，所以高玄非常小心，几乎是爬着过去的。

到了屋脊的另一边已经无路可去了，他们只能坐在了瓦片上。高玄把自己的外套脱下来，披在春雨颤抖的肩膀上，轻声说：“没关系，只要再忍耐一会儿，他们在下面找不到我们，就会以为我们已经跳窗逃了，到时候就会离开。”

春雨已经瑟瑟发抖了，她呆呆地看着周围的天空，屋顶上的视野非常开阔，旁边就是缓缓流淌的苏州河，四周耸立着许多栋高楼，但没有人会注意到他们，除非是从附近的高楼看下去。

她用一种怀疑的目光盯着高玄，冷冷地说：“不，你先告诉我，我们为什么要逃？”

高玄知道再也瞒不过去了，忧伤地说：“我只是不想与你分别。”

“为什么？难道叶萧是来抓你的？”

“我想是的吧。”他轻轻叹了一声，口中的热气立刻被风雪吞没了，“他们应该发现了秘密。”

“什么秘密？”

他那双眼睛忽然变得特别吓人，在飘雪的夜色里似乎露出某种野兽般的幽光：“地狱游戏的制造者，那个人就是我。”

瞬间，春雨的身体差点失去了平衡，高玄紧紧搂住了她。沉默了一会儿之后，她终于说话了：“你就是幕后操纵的黑手？地狱里的幽灵？”

“对，是我发明了地狱游戏，一切都是因我而起。你还记得在地狱咖啡馆里，和一个叫马佐里尼的昵称聊天吗？”高玄忽然停下来，为她轻轻地拂去了头上的雪花，“那个聊天室里的马佐里尼，其实也是我。”

“为什么？你为什么要这么做？”

“因为我是马佐里尼的后代，我不但继承了他的遗产，还继承了他的精神。你看过《地狱的第 19 层》，你也知道每一个进入地狱的人，都是犯下过深重罪孽的，而世界上没有一个人能逃脱过地狱的惩罚。有谁能问心无愧地告诉自己，一生中没有做过一件亏心事吗？”

“这算什么？原罪吗？”

“你看过《七宗罪》，其实七宗罪算什么？人类何止七宗罪，七万宗罪都不为过。从古至今不管是谁，每个人都有贪婪之心，每个人都有自私之欲。人类五千年的历史，不过是尔虞我诈的杀戮历史。”

雪花飘在春雨的眼睛里，但此时她已经忘记了寒冷，摇了摇头：“不，我不相信世界上所有的人都是有罪的。”

“即便没有做过恶事，但心存恶念即为恶。每个人的内心深处都有罪恶的念头，他们都将在地狱中接受考验，凡做过的恶事将会遭到审判，凡内心的阴影将被暴露。”

高玄从屋顶上站了起来，夜幕下宛如古老的恶魔。

“所以，你才制造了地狱游戏？让所有进入这个游戏的人，都成为你疯狂思想的试验品？”

“对。制造游戏的目的，就是用来检验一个问题：是否每一个人都是有罪的。”

春雨捂着自己的嘴巴说：“你早就疯了，是不是？”

“也许吧。每个进入游戏的人，都将经受不同的考验，每一层地狱都有可能使人 GAME OVER。经过前面 18 层地狱的淘汰，没有人能到达最后——

地狱的第 19 层。”他又坐下来轻抚着春雨的头发说，“然而，命运的安排让我们相遇，我发觉自己不可抑制地爱上了你。而命运让你也进入了地狱游戏，当我知道以后非常矛盾，我不想轻易暴露自己，但我也不能让你受到丝毫的伤害。于是，我处处在暗中帮着你，提高你的勇气和信心，希望你能够通过所有的障碍，最终进入地狱的第 19 层，永远与我在一起。”

“这么说，这一切都是你安排的？”

“一切都是事先设定好的程序，所有进入地狱游戏的人，都要经过那样的考验。昨天，我知道你已经进入了地狱的第 18 层，我担心你会熬不过这道关，就偷偷地跟踪着你。在寝室里放的那些蛋糕和可乐，就是我临时改变了游戏的程序，以免你挨饿。”

“那游泳馆呢？”

“我早就选中了才智学院这个地方，作为地狱的第 18 层。至于游泳馆墙上的那行字，我在一个月前就已经写好了，池水也是当时就放好的。昨天晚上，当我跟踪着你来到游泳馆，看到你掉进了游泳池里，这是我完全没有想到的，我立刻就跳下去把你救了上来。”

春雨感到了一阵绝望，她仰头看着本应无比浪漫的雪夜说：“天哪，你这些疯狂的思想，究竟是从哪里来的呢？”

“很早很早就有了，但我一直深埋在心底。我知道这个世俗的人间，是不会容纳我这种‘超人’的。”

“你说你是‘超人’？”

“在一百年前，马佐里尼认为自己不是一般的人类，而是尼采所说的‘超人’。我是马佐里尼的后代，我从小就有超出常人的智商，所有人见到我都会自惭形秽，我当然也是一个‘超人’。也只有‘超人’能不受地狱的控制，并主宰这个世界。”

“马佐里尼不是有精神病吗？你也遗传了他的精神病吗？”

“我可以告诉你，我确实在英国一家精神病医院里待过几个月，但我是故意要进去的，目的是为了掌握心理控制的方法。有一个老教授对我非常感兴趣，他每夜都与我畅谈哲学与艺术，他认为这是对我实施的催眠疗法，并声称发现了我内心深处的地狱妄想。其实，我是故意引诱他，因为我要从他的身上，学到世界上最高明的催眠技术。我是青出于蓝而胜于蓝，完全掌握了他的心理弱点，成功地对他实施了催眠。这位世界著名的精神病学教授，最终自己成了精神病人，至今还关在那所医院里。而我则偷偷地逃了出来，并修改了自己的档案和记录。除了那家英国精神病医院外，谁都不知道我的那段经历。”

春雨浑身战栗着说："你究竟是人还是魔鬼？"

“我不是说过了吗？我既不是人，也不是魔，而是尼采所说的‘超人’。”高玄继续抚摸着她的头发，柔声道，“警察找不到我们的，他们很快就会离开。等一会儿我们就下去，然后带着钱远走高飞。我在伦敦郊区还有一套房子，周围是一片美丽的森林，每年夏天都会开满鲜花，我们就隐居在那里，闻着森林里的清香，永远在一起。”

在漫天雪花的黑夜里，春雨坐在积雪的屋顶上，突然像是中了什么魔法似的，柔情似水地凝视着高玄。是的，他的眼神具有某种穿透力，春雨感到自己被那双眼睛完全看穿了，他的目光就像是一双无孔不入的手，细细地触摸着她全身的皮肤，还有她心底最隐秘的那一部分。

春雨感到自己的心被融化了，和那些雪花一样消逝在这茫茫的冬夜里。她缓缓倒在了高玄怀中，像是喝醉了一样说："你知道我有多爱你吗？好的，我跟你走，我们永远都在一起。"

就在他们的屋顶之下，叶萧已经找遍了高玄所有的房间，都没有见到一个人影，包括那间挂着画的暗室。

他又扑到了窗口，下面有三层楼，旁边好像还有扶手，他们会不会跳窗逃跑了呢？

叶萧呆呆地站在高玄的卧室里。两个小时以前，他还在医院里与文医生说话，英国一家医院给文医生发来了 E-mail，三年前那家医院也收治过一个奇特的病人，他有着隐藏很深的地狱妄想，并且拥有在电话中催眠他人的能力。

但是，最让叶萧感到惊讶的是，这个病人居然是个中国人，曾在英国留学了好几年，还是一个小有名气的画家。这个人的名字叫——高玄。

叶萧立刻想起来了。上午他在大学向春雨的同学们询问她的情况，大家都用带着嫉妒的口气说，春雨最近常和一个叫高玄的画家来往。文医生曾经说过，发明地狱游戏的人，一定是个疯狂的天才。而高玄就是这个疯狂的天才。

同时，叶萧接到了一个意外的电话，而打电话的人，正是最大的嫌疑人——严明亮。

电话里严明亮似乎很着急，希望能尽快与叶萧见面。叶萧立刻辞别了文医生，赶到了与严明亮约好的咖啡馆。严明亮早就等着他了，这个面如死灰的男人，看上去似乎已病了很久，那是他失去了一个肾的结果。

这是他们的第一次见面，严明亮用干枯的嗓音说："叶警官，我不想为自己辩解，你一定已经发现了地狱游戏。是的，我必须为此担负责任，但也请你听我说一个故事。”

然后，严明亮简要地叙述了自己悲惨的身世。后来他说到了在欧洲，当他走投无路的时候，是一个中国同胞帮助了他，那个人就是高玄。实际上他当时并不认识高玄，而高玄却认出了他，因为高玄是比他小两届的校友。

当时高玄非常有钱，据说他的祖先是个有名的欧洲画家，留下了大量的名贵画作，他到欧洲继承了这些画的所有权，获得了巨额的遗产。高玄知道严明亮在计算机与游戏开发方面具有特别的天赋，便给了他很大一笔钱，不但使严明亮摆脱了困境，还获得了在一家大游戏公司任职的机会。

后来，高玄和严明亮一起回到了国内。高玄虽然非常富有，但还是愿意做一个画家，并在大学里兼职讲课。而严明亮则开了一家短信服务公司。他知道高玄对他有救命之恩，所以一向对高玄言听计从。

就在两个多月前，高玄说要和严明亮合作搞一个短信游戏，由他提供游戏的创意和脚本，由严明亮来具体编程和技术支持。虽然高玄提供的创意和脚本恐怖无比，让严明亮接连几个夜晚做噩梦，但还是基本完成了游戏的制作。

但严明亮觉得不该轻易推出这个游戏,因为可能会引起一些问题。于是，他选择了当时为他打工的大四女生素兰作为实验对象。他让素兰去玩那个游戏，检验一下是否会出问题，结果素兰真的死于非命。不久还传出有其他学生出事的消息。

原本他以为 GAME OVER 仅仅是游戏结束，但没想到还有自杀和发疯。而地狱游戏里还带有手机病毒，能够远程控制对方的手机。比如有人出事以后，就会把游戏传播给死者生前通信记录最多的那部手机，而显示出来的号码还是死者的，其实手机已经中了病毒。

严明亮被吓坏了，惶惶不可终日，甚至连公司的服务器都不敢动了。那天春雨发现了他办公桌上蕴涵的照片以后,他已决定离开公司去香港。昨天，他听说了警察正在找他，知道自己是逃不过的，只能来坦白了。然后，叶萧从严明亮的嘴里知道了高玄的地址，便立刻赶到了这栋苏州河边的大楼。

底楼就是高玄开的“子夜画廊”。他在画廊的二楼，看到了那幅以春雨为模特的画，这使他确定高玄与春雨有着很深的关系。果然，刚才他看到了春雨的脸，但转眼高玄和春雨都不见了，就像是在空气中蒸发了一样。

叶萧又仔细地检查了一遍房间，看看有没有其他的门。在里面一个小房间，他注意到地板上有两块很深的印子，好像是梯子留下的痕迹。他立刻抬起头看了看，才发现头顶有个隐蔽的天窗。他踩了个凳子爬出天窗，没想到外面就是寒风凛冽的屋顶了。

这时夜幕已经降临，在积满白雪的瓦片上，他依稀见到了一对男女的身影。叶萧心里激动了起来，他立刻爬到了屋顶上，小心翼翼地向那对男女走过去。

他看到雪花飘在春雨的黑发上，像给她戴上了朵朵白花，她身穿白色的长裙宛如天上仙子，却被高玄紧紧地揽着。他们都坐在屋顶的最外侧，再往外一步就要掉下去了，春雨甚至都不敢站起来。虽然只是三层楼的屋顶，但在这冰冷的雪夜，依然让人感到高处不胜寒。

叶萧看了看下面的苏州河，再看看眼前的这对男女，终于大叫了起来："春雨，快点离开高玄！"

春雨也看到了叶萧，她下意识地站了起来，向他挥了挥手说："不，我要和高玄永远在一起。"

叶萧吃了一惊，虽然是在黑夜里，但周围高楼上亮着许多灯，所以他能看清春雨的脸庞。她似乎已经完全陶醉在幸福中，浑然不知身边就是个魔鬼，难道她的精神也被高玄控制了吗？或许爱情就是一种催眠。

高玄也站了起来。他大声地说："不要过来！否则春雨会很危险！"

叶萧立刻停了下来，距离他们大约有五六米，冷冷地看着春雨的眼睛。或许她也已经知道了吧，但她还是这般执迷不悟，看来已被爱冲昏了头脑。不，一定要让春雨找回自我意识，不能让她成为高玄的精神附属。

雪花也落在了叶萧的眼睛里，他忽然觉得高玄就像一个可怕的对手，而这个风雪之夜的屋顶，正是古代勇士决斗的好地方。

突然，他大声地说："春雨，你忘记了清幽吗？"

春雨忽然像触电了似的，喃喃地说："清幽？不，清幽已经死了。她是我最好的朋友，她已经死了。"

"你知道清幽为什么会死吗？"

"因为地狱游戏。"

"你知道是谁制造了地狱游戏？"

"是……"春雨忽然说不出话了，她抬起头看了看高玄。而高玄则冷冷地盯着叶萧，就像是在用眼睛决斗。

叶萧替她做出了回答："是高玄害死了清幽，也害死了素兰。许文雅的疯，南小琴的车祸，都是因为你身边的这个魔鬼。"

高玄不能再沉默了："不，是因为她们自己心里有鬼，所以才会被打入地狱接受公正的审判。”

“你没有权利决定别人的生死！”叶萧又向前跨出了一步，“该下地狱的人正是你自己。”

忽然，一阵风雪正好吹到了高玄的眼睛里，他低下头说不出话来了。

叶萧趁热打铁地说：“春雨，想想你的室友们吧！为了清幽，为了素兰，也为了你自己，不要和魔鬼在一起。”

风雪越来越大了，披在春雨身上的高玄外套也被吹了下去。一身白色长裙的她站在屋顶，黑色的夜幕像舞台背景一样衬在身后，宛如传说中的天使。

叶萧向她伸出了手：“来，回到人间来吧。”

而高玄重新抬起了头，他的面孔已经有些扭曲了，喘着气说：“不，春雨，你已经历经了千辛万苦，穿过18层地狱，抵达了地狱的第19层，你说过要永远和我在一起的。”

春雨回头看了看高玄，又看了看叶萧，她必须在他们中间做出选择，是人间还是地狱？

泪水已经不可抑制地流了下来，此刻她丝毫不感到寒冷，只有对自己命运的嘲笑，就像这漫天飞舞的雪花，刚刚来到人间就要化为冰水。在沉默了几秒钟后，春雨终于做出了选择。

她缓缓地向叶萧走了一步。

“不！”

高玄绝望地叫了一声，但他并没有阻拦春雨。忽然，又一阵风雪呼啸而过，一下子眯住了春雨的眼睛。她脚下微微一滑，立刻失去了重心，从积雪的瓦片上掉了下去。

叶萧的心也揪了一下，立刻奋不顾身地向她扑去，但为时已晚了。沿着积雪的屋顶斜坡，春雨一路滑到了屋檐边上，就在她即将掉下去的时候，一只手紧紧地抓住了她的手腕。是高玄抓住了她。此刻她的身体已经悬在半空中了。

叶萧也慢慢地爬到了屋檐边，大声说：“春雨，你一定要挺住。”

风雪裹着春雨的身体吹过，她感到自己飘荡在空中，就像一粒轻轻的雪，她抬起头看到了高玄紧张的表情。

现在，高玄已经用双手抓住她了，一边用力地说：“春雨，你不会有事的，快点上来吧。”叶萧的手也抓住了春雨手腕，和高玄一起用力地把春雨往上拉。

终于，春雨被缓缓地拖了上来，叶萧紧紧地抓着她的肩膀，将她拉到了身边。

但就在春雨被拉上来的同时，想不到的意外发生了，高玄因为用力过大，脚底一滑掉了下去。

高玄的反应非常快，一只手拉住了屋檐下的落水管，但整个身体都悬在了半空。

春雨立刻挣脱了叶萧，扑到屋檐跟前说："高玄，你不能下去！"

生死一线的关头，高玄的表情却异常平静。那张曾迷倒无数少女的脸庞，终于露出了可爱的小酒窝。他的眼睛与马佐里尼一样动人心魄，正深情地注视着春雨。

春雨抓不到他的手，叶萧想要帮忙，却于事无补。屋檐下的落水管年久失修，根本不能承受一个人的重量，开始发出扭曲断裂的声音。

高玄看着春雨的眼睛，缓缓摇了摇头，似乎已经放弃了一切。春雨的眼泪缓缓地滑落，一直掉到了高玄的脸上。

她声嘶力竭地叫了起来："高玄，我要和你远走高飞！去伦敦郊区的房子，永远在一起！"

"不，好好活着吧。"高玄面带微笑说出了这句话。

落水管终于断裂开来。

高玄把身体伸展了开来，像鹰一样坠落了下去。

在一切都结束之前，他轻轻地说了一声："我爱你。"

在这个寒冷的雪夜里，春雨扑在高高的屋檐上，看着自己深爱的男人进入地狱。

叶萧也伏在她身边，紧紧地抓住她的肩膀，轻轻叹出了一口气——

这就是地狱的第 19 层。

地狱的出口

一个月以后。

拍卖大厅里聚集了许多人，虽然他们已经等了三个多小时，许多人也都已经有了不错的收获，但没有一个人提前离场。因为大家都清楚，最好的拍卖品往往留在最后。

白发苍苍的拍卖师走上前台，对着话筒说："接下来是今天最后一件拍卖品。"

最后的幕布终于拉开了，墙上出现了一幅油画。这幅画的面积并不大，画中坐着一个美丽的女孩，沐浴在一片冬日的阳光里，泉水般的光线抚摸着她的皮肤，在幽暗的背景衬托下，她宛如传说中的天使。

拍卖师略带激动地说："想必在一个月前，大家都已听说了一个不幸的消息，青年画家高玄坠楼身亡。现在，我们拍卖的这幅作品，是高玄的一幅遗作，画名叫《幽暗少女》。高玄曾在欧洲学习绘画多年，获得过意大利'达·芬奇美术大奖'，他的作品具有欧洲古典主义风格，擅长通过光线表现人物的内心世界，被西方美术界誉为'中国的伦勃朗'。

"在高玄不幸去世后，他的画作在市场上的价格立刻大幅攀升，而这幅画更是被高玄视之为自己最重要的作品。请注意画中的美丽女孩，有评论家说，画家能把她画得如此美丽，一定深爱着这位女孩。但也有评论家说，画中的女孩的仙气太重，似乎不是现实世界的人物，应该是高玄想象中天使的形象。好了，现在正式开拍，起拍价人民币一万元整。"

台下立刻有人叫出了十万元的价格，但随即又有人加价了。正当大家纷纷举起牌子的时候，谁都没有注意到大厅最后一排，坐着个一身黑衣的女子。

她就是春雨。

春雨看到自己正端坐在油画里，被挂在大厅最醒目的位置，吸引着所有人的目光。她是在报纸上看到了这条拍卖的消息，所以专程赶来的，却没想到拍卖的竟是这幅画。

拍卖场上出现了一百万元的天价，终于买走了这幅油画。据说这次拍卖所得款项，都将用来助学。

她低着头走出了大厅，没有人注意到她的脸。当她走出拍卖所时，阳光正照射到她的脸上，她终于抬起了头，就像画中的样子。

是的，一切都已经结束了。

春雨独自走到了苏州河边，看着这栋三层的旧式楼房。底楼的子夜画廊已经关门了，她看不清三楼的窗户。

她回过头看着河水，阳光洒在缓缓流淌的水面上，发出金色的反光。她悄悄拿出新换的手机，一口气编辑了好几条短信：

在你死后的第二天，叶萧就查封了地狱游戏的服务器，不会再有人收到那个致命问题的短信了。

严明亮承认了自己与你的关系，并愿意承担一切法律责任，目前有关部门正在处理他的问题。

许文雅的治疗进展很快，她已经可以说话了，文医生相信她很快就会痊愈的。

南小琴已经醒过来了。因为脑部受到严重撞击，她失去了部分记忆，正好连同地狱游戏的记忆也失去了，真是因祸得福。

高玄，你能收到吗？

然后，她依次把这些短信发送到某个号码。

几秒钟后，短信铃声又响了起来……

图书在版编目（CIP）数据

地狱的第19层（新版） / 蔡骏著. -- 北京 : 作家出版社，2020. 1（2024. 1重印）
（悬疑世界文库）
ISBN 978-7-5212-0655-5

Ⅰ. ①地… Ⅱ. ①蔡… Ⅲ. ①长篇小说 - 中国 - 当代 Ⅳ. ①I247.5

中国版本图书馆CIP数据核字（2019）第159044号

地狱的第19层

作　　者：蔡　骏
出版统筹策划：汉　睿
特约编辑：赵　衡　沈贤亭
责任编辑：静　静
装帧设计：天行云翼 · 宋晓亮
出版发行：作家出版社有限公司
社　　址：北京农展馆南里10号　　**邮　　编：**100125
电话传真：86-10-65067186（发行中心及邮购部）
86-10-65004079（总编室）
E-mail:zuojia@zuojia.net.cn
http://www.zuojiachubanshe.com
印　　刷：唐山嘉德印刷有限公司
成品尺寸：152×230
字　　数：230千
印　　张：13. 5
版　　次：2020年1月第1版
印　　次：2024年1月第3次印刷
ISBN　978-7-5212-0655-5
定　　价：49.00元

悬疑世界文库

蔡骏策划
悬疑世界打造

蔡骏《地狱的第19层》
天堂与地狱只在每个人的心间。

悬疑世界文库
中国类型小说殿堂卷帙
【悬疑世界文库】魅惑解锁
时间从此分叉
万象森罗 蛰伏如谜
爱与恨正在演绎无数可能
悬疑无界 故事无常
敬请期待